KB117869

돌아서서
떠나라

돌아서서
떠나라

이만희 희곡집 3

arte

발문
시간과 공간의 압력을 견디는 정전의 힘

벌써 30년이 다 되어갑니다. 대학로에서 〈그것은 목탁구멍 속의 작은 어둠이었습니다〉라는 긴 제목의 연극을 본 지가. 그날 이후 저는, 이만희 작가의 열혈 팬이 되었습니다.

그는 작품성과 대중성을 잡기 위해 부단히 노력해온 작가입니다. 일단 작품이 재미있습니다. 그리고 따뜻합니다. 여기 수록된 18편 중 절반이 코미디입니다. 발랄하고 유머러스하고 해학적입니다. 템포가 빠르고 말도 맛깔납니다. 고단한 일상을 경쾌하게 풀어냅니다. 공연을 보고 집에 돌아오면 고향에 다녀온 것만 같습니다. 할머니가 얼어붙은 손주 발을 녹여주며 괜찮다고 다독여주는 듯합니다. 다시 살아갈 힘을 얻게 되고 모든 존재에 대한 애정이 솟아납니다.

그의 작품에는 흥행작이 많습니다. 〈불 좀 꺼주세요〉는 1992년 초연 당시, 3년 6개월간 공연하여 20만 명의 관객을 동원했으며 서울시 정도(定都) 600년 타임캡슐에 수장되기도 했습니다. 또 〈용띠 개띠〉는 10년간 장기 공연한 작품입니다. 제가 연극을 처음 보는 사람들과 극작을 원하는 학생들에게 반드시 권하는 작품이기도 합니다. 관극 시간 내내 맘껏 웃다가 돌연 휘몰아치는 슬픔에 눈물을 흘리게 되는 작품입니다. 그 슬픔이 우리의 평범한 일상의 것이어서 더욱 깊고 강렬하게 다가왔나 봅니다. 이혼을 결심한 부부가 이 작품을 보고 우리도 저들처럼 다시 한번 살아보자고 다짐했다는 실화도 들었습니다.

어느 해 10월입니다. 〈아름다운 거리〉를 보고 난 후, 그 서늘한 감동에 덕수궁 돌담길을 서성였던 기억이 아직까지 생생합니다. 이 작품은 우리가 살아가면서 잊거나 묻어버린 삶의 세목에서, 가장 중요한 인간에 대한 애정을 잔잔하게 일깨워주고 있습니다. 2인극은 미학적 완성도가 어렵다고 하는데 〈돌아서서 떠나라〉는 최고의 완성도에 도달한 2인극으로, 영화 〈약속〉으로 만들어져 당시 최고의 흥행 기록과 더불어 지금까지 한국의 대표적인 멜로영화로 꼽히고 있습니다. 아울러 1993년 국립극단에서 초연된 이래 지속적으로 공연되고 있는 〈피고 지고 피고 지고〉는 인생을 달관한 자가 아니면 보여줄 수 없는 맑은 경지를 보여주고 있습니다.

이만희 작가의 작품은 1년 내내 공연됩니다. 때로는 대학로에서, 때로는 지방의 크고 작은 극장에서, 혹은 연극영화과의 실습 작품으로 끊임없이 공연되고 있습니다. 그런데 간혹 그의 작품이 엉뚱한 대본으로 개작되어 공연되는 걸 본 적이 있습니다. 그래서 저는 늘 정본(定本)이 필요하다는 의견을 드렸고, 그 결과 네 권의 '이만희 희곡집'이 나오게 되었습니다. 여기에 수록된 18편의 작품은 모두 정전(正典, canon)입니다. 공연은 시대 상황이나 사회문화적 배경에 따라 조금씩 달라질 수 있지만, 정전은 그러한 시간과 공간의 압력을 견디는 힘을 가지고 있습니다. 그래서 본래의 자리로 되돌아오게 합니다.

올해는 이만희 작가의 등단 40주년이 되는 해이며 동시에 교수직 정년을 맞이하는 해입니다. 이 뜻깊은 해에 '이만희 희곡집'을 발간하게 되어 매우 기쁩니다. 극작가를 꿈꾸는 청년들과 희곡 연구자들, 그리고 연극인들과

독자들에게도 큰 기쁨이 되기를 소망합니다.

그리고 머지않아 더 많은 작품이 쏟아져 나와, 또다시 전집 발간이 이루어지길 간절히 바랍니다.

2019년 6월
동국대학교 영상대학원 교수
이종대

차례

돌아서서
떠나라

등장인물   공상두

　　　　　채희주

무대   시골에 있는 채희주의 집.

　　　응접실과 침실을 겸용한 실내.

　　　벽 가운데에 큼지막한 창문이 시원스레 나 있고 그 옆으로 실내

　　　정원이 아담하게 꾸며져 있다.

　　　밖으로 통하는 문과 욕실 문, 부엌으로 가는 문이 각기 다른

　　　위치에 있다.

1장

면회실.

조명이 한정된 공간만을 비춘다.

수녀복을 입은 채희주가 의자에 앉아 있다.

물끄러미 탁자를 보고 있다.

떨고 있다.

움직일 줄 모르던 채희주가 일어나 몇 번 움직이다가 객석에 등을 보인 채로 서 있다.

문 여닫는 소리 들린다.

어둠 저편에서 소리 없는 인기척.

채희주   (등을 돌린 채로) 미안해.

공상두   …….

채희주   정말이야. 미안해.

공상두   …….

채희주   상두니?

공상두   …….

채희주   공상두 맞지?

공상두   희주구나?

채희주   응.

공상두   미안하긴.

채희주   옷을 다른 걸로 갈아입고 오려다가 그냥 왔어. 감청색 미니스커트에 흰 블라우스 같은 거 말이야.

공상두	(공간 안으로 들어가 모습을 보인다. 죄수복이다.) 나두 갈아입을 게 없는데 뭘.
채희주	(그제야 등을 돌려 공상두를 바라본다.) 야위었나?
공상두	안 어울린다 야.
채희주	뭐가? 이 수녀복이?
공상두	아니. 내가 야위었다는 말.
채희주	나 안 어울려? (수녀복을 약간 들어 보이며) 이게.
공상두	하하하. 잘 모르겠어.
채희주	빽을 썼어. 아는 검사가 있걸랑. 유리벽에 구멍이 나 있는 그런 면회실 말고 다른 곳에서 만나게 해달라고.
공상두	…….
채희주	미안해.
공상두	벌써 세 번째다.
채희주	너한테 약속했잖니. 자주 면회 와서 솜옷도 넣어주고 사식도 챙겨주겠다고.
공상두	그런 건 미안한 게 아냐.
채희주	이런 생각을 했어. 우린 왜 남들처럼 평범하지 못할까. 외로울 때 위로해주고 힘들 때 힘이 돼주는. 남들은 오손도손 잘만 하잖아. ……우리가 애인이었던가 싶더라. 4, 5년 만에 오늘로 딱 두 번째 만나는 거니…….
공상두	평범한 삶이 꼭 좋은 건 아냐.
채희주	……요즘 기도원에 있어. 까마득한 시골이야. 여기까지 오는 데 걷고, 버스 타고, 기차 타고, 또 버스 타고 몇 시간은 걸렸겠다. 낮엔 밭에 나가 일하고 밤엔 기도만 해. 그 약속은 지켰다, 얘. 널 위해 기도하겠다는 말.

공상두   후후후.

채희주   밭에 나갈 땐 꼭 검정 고무신을 신걸랑. 다섯 발가락이 옹기종기
         있는 게 그렇게 정겨울 수가 없어. 고무신 속의 다섯 발가락. 이
         말 좋지, 응?

공상두   내 앞에 안 나타날 줄 알았어.

채희주   그건 내가 한 말 아니니? 니가 3년 만에 우리 집에 불쑥
         나타났을 때 내 첫 대사 같은데? 첫 대사는 아닐지 모르겠다. 내
         성질에 널 막 쏘아붙였을 테니까.

공상두   그때 말이야……. 하고 싶은 얘기들이 많았을 텐데 왜 그리도
         쓸데없는 말들만 늘어놓았을까.

채희주   글쎄 말이다.

공상두   내 친구 최풍세 알지?

채희주   알고말고. 허씨(氏)로 바꿔줬으면 좋겠다고 우리가 맨날
         그랬잖아. 허풍세. 이름이 어떻게 그렇다니.

공상두   제주도에 있는데 연락이 왔어. 최풍세가 쓰러졌다고. 부랴부랴
         비행기 타고 올라와서 병원으로 달려갔지. '무슨 얘길 하지?'
         가면서 계속 이 생각뿐이야. 병실 복도에서 최종 정리 해보는
         거지. 문 열며 첫인사를 뭘로 할까 하고. '어이 친구 안녕?' '야
         최풍세 지금 뭐 하는 거야. 빨리 일어나, 인마.' 방문을 쑤욱
         여는데 마누라하고 무슨 장난치고 있는 줄 알아? 주먹을 불끈
         쥐고는 마누라 대가릴 거기다가 박으라는 거야. 지가 엿 먹고
         싶다고 그랬더니 마누라가 "엿 먹고 싶은 놈이 사와, 인마"
         그랬다나? 그 병원에 네 시간 동안 있었어. 마누란 집에 보내고
         단둘이서만. 풍세가 노래도 잘하고 기타도 잘 쳤걸랑. 룸살롱에
         가면 인기 최고였지. 잘 노니까. 그만 가래. 추운 겨울날이었어.

오버를 입고…… 모자를 쓰고…… 갈 채비를 차리면서…… 시침
뚝 떼고 이랬지.

"언제 퇴원하냐? 술 마시러 한번 또 가야지."

"씨팔 놈아. 나 죽어, 인마."

"미친놈. 헛소리하고 자빠졌네."

"수술하려고 뚜껑 땄는데 시커멓게 번져서 도루 닫았어. 너 진짜
몰랐어?"

"알았어."

"씨팔 놈아, 근데 왜 시침 뚝 떼냐?"

한강이 흐르고…… 강변에 있는 병원이라 야경이 멋있었지.

"경치 좋다 야."

"그치?"

"밤에 혼자 있으면 무섭냐?"

"응."

"밤에 무슨 생각하냐?"

"한 가지."

"뭔데?"

"이렇게 죽어가는 건가."

"또?"

"없어. 좆 나게 욕이나 먹고 가는 인생이 더럽다 야."

"만약 낫는다면 무슨 일을 제일 하고 싶은데?"

"나 새 차 뽑았잖니. 바퀴도 두꺼운 걸로 갈고. 그 차 몰고
시골길이나 드라이브하고 싶다."

그놈하고 네 시간 동안…… 말하자면 장송 파티였는데 진짜
얘기는 마지막 1분뿐이었어. 나머진 엉터리였구.

채희주 그때 우리처럼?

공상두 그래.

채희주 …….

공상두 …….

채희주 엄기탁이는?

공상두 요즘도 자주 와. 걸핏하면 나 잡고 울지 뭐.

채희주 부인하고 잘 산대?

공상두 응.

채희주 놀랐지? 나 수녀된 거.

공상두 응.

채희주 반말 쓰지 말까? 오랜만이라 이상하다 야.

공상두 왜 좋은데.

채희주 아무 생각 없이 찾아갔어. 원장 수녀한테 결혼한 사람도
      받아주냐고 했더니 안 된대. 법적으론 처녀라고 했더니 그건
      된대. 법치주의 국가니까. ……좀 쑥스럽다 야. 실연당하고
      수녀 되고 상처받고 수녀 되고…… 이런 건 좀 통속적이잖아.
      사람들은 평범하게 버텨내기를 바라잖니.

공상두 보기 좋다 야. 아깐 이상했어. 니가 채희준가 싶기도 하고.

채희주 누구에겐가 맡기지 않고는 버티기 힘들었어. 널 배신한 건 아냐.

공상두 얼마 전에 사고 쳤어. 지하 독방 신셀 졌지. 깜깜해. 주삿바늘만
      한 빛도 없어. 인기척도 없고. 밥도 몰래 갖다 주고 몰래 가져가고.
      밤인지 낮인지도 모르겠고 몇 달간 있었는지도 모르겠고. 남들은
      미쳐서 죽어버린대. 풀려난 지 얼마 안 됐어.

채희주 상두야.

공상두 응?

채희주   힘들지?

공상두   응. 맘먹은 대로 안 돼. 농장에서 실컷 다짐했건만. 감방 생활……
         사형…… 상상도 해봤고 연습도 충분히 해뒀는데. 점점
         초조해지는 거 있지?

채희주   독방에서 내 생각도 했어?

공상두   후후후.

채희주   안 했구나?

공상두   후후후.

채희주   대학에 갓 입학해서 엠티를 갔는데 강화도였걸랑. 버스 맨 앞에
         앉아 랄랄랄라 가는데 많이 와봤던 데야. '저기를 꺾어지면
         사당이 나온다.' 진짜 나와. '다음엔 저수지다.' 그럼 저수지고.
         여섯, 일곱 번을 연달아 맞히는 거야. 분명히 초행길인데. 나중엔
         내 자신이 무서워서 안 맞혔다니까.

공상두   죽으면 그걸로 끝일까?

채희주   언젠가부터 이런 생각을 했어. (어렵게 말을 꺼낸다.) 가만히
         귀 기울이면 네 느낌이 내게 전달돼 와. 나 또한 너한테 그럴
         거구……. 넌 안 그러니?

공상두   너…… 내 꿈 꿨구나?

채희주   응.

공상두   빠르면 내일쯤? 느낌이 그래. "1208호 공상두. 이리 나와."
         감방 복도가 쭈욱 있어. 복도 끝이 두 갈래야. 왼쪽으로 가면
         면회실이고 오른쪽은 넥타이공장이야. 오른쪽으로 꺾일 땐 죄다
         넘어질듯 무릎이 휘청청거려. 감방 죄수들은 말없이 지켜보고.
         난 휘청청거리지 말아야지……. 결심은 그렇게 하고 있는데……
         잘될지 모르겠다.

20

채희주	(공상두에게 다가가 무릎을 꿇고 손에 채워진 수갑을 만지며 기도한다.)
공상두	넥타이 두르고 두건을 씌우면 달나라를 생각할 거야. 누가 그러더라고. 달나라에 굉장히 높은 인공 탑이 있대. 그럼 인간보다 뛰어난 고등동물이 있었다는 얘기고 외계인도 있다는 얘기겠지.
채희주	내 생각해.
공상두	간수가 아까 "1208번 공상두!" 이랬을 때 '오늘인가?' 싶었다.
채희주	(와락 안긴다.) 기도할게.
공상두	마지막 예식을 천주교식으로 볼까?
채희주	아니, 그럴 필요 없어.
공상두	그럼?
채희주	아무한테나 꼬옥 안아달라고 해. 내 품에 안겼다고 생각해.
공상두	그럴게.
채희주	너 인제 귀에서 웽웽 소리 안 나?
공상두	아, 비행기 소리.
채희주	그 소리 때문에 늘 사고 쳤잖아.
공상두	이젠 안 나.
채희주	너 지금 제일 하고 싶은 게 뭐야?
공상두	산에 가고 싶어. 솔바람 산 향기를 맡고 싶다.
채희주	나 너 선고받던 날 법정에 갔더랬어.
공상두	바보 자식.
채희주	그때 니 표정 생각나.
공상두	겁먹었지?
채희주	너처럼 나약한 게 무슨 건달이야?

공상두   보고 싶었다.

채희주   나두.

공상두   (떨어지며) 나 입에서 냄새날걸?

채희주   (때린다.) 아유.

공상두   이 안 닦은 지 열흘도 넘을 거야.

채희주   후후후.

공상두   가봐.

채희주   싫어.

공상두   이번엔 니 차례야. 전번에 내가 그랬잖아.

채희주   전번엔 내 집이었으니까 그랬지. 떠날 놈은 니놈이었으니까.

공상두   어서.

채희주   알았어.

공상두   힘내서 살아.

채희주   나 갈게.

공상두   잘 가. ……잠깐만. 세례명이 뭐지?

채희주   루시아.

공상두   루시아……. 채루시아.

채희주   (입구로 가서) 상두야.

공상두   …….

채희주   마지막인데 내 맘대로 불러도 돼?

공상두   그럼.

채희주   여보!

2장

공상두는 침대에서 자고 있다.

채희주는 음악을 들으면서 손톱 손질을 하고 있다.

줄로 손톱을 갈고 매니큐어를 바른다.

일어나 음악을 경쾌한 것으로 바꾼다.

거닐며 가볍게 몸을 흔들다가 노래를 따라 부르다가 본격적으로 춤을
춘다.

공상두, 깨어난다.

공상두   지금 몇 시지?

채희주   오밤중.

공상두   한참 잤나?

채희주   그래. 정신없이. 모르핀 맞은 환자처럼 날개 잃은 천사처럼.

공상두   (기지개를 켠다.)

채희주   푹 잤어?

공상두   응.

채희주   참 태평도 하시지. 할 말이 태산인데 그리도 잠이 쏟아지디?

공상두   후후후.

채희주가 춤추는 걸 바라보고 있다가 일어나 냉장고 있는 데로 가서
물을 마신다. 실내를 찬찬히 살펴본다.

공상두, 채희주와 멀찌감치 떨어져서 춤을 춘다. 느리고 육감적이게.

잠시 후, 채희주가 전축 있는 데로 가서 음악을 끈다.

채희주	고맙습니다, 공상두 선생. 선잠 든 채로 호흡을 맞추시느라 심려가 크셨을 것이옵니다.
공상두	황홀 무인지경이었습니다, 채희주 선생. 무례가 아니라면 한 곡 더 땡기시겠나이까?
채희주	공상두!
공상두	?
채희주	너 아직도 날 우습게 보고 있지?
공상두	…….
채희주	대답 안 해?
공상두	후후후.
채희주	귀관은 지휘관의 물음에 대답하라.
공상두	(경쾌하며 우렁차게) 제가 불이었으면 좋겠다고 생각했습니다.
채희주	무슨 뚱딴지같은 소린가?
공상두	남녀는 음양의 조화입니다. 남자가 차가우면 여자가 뜨겁든가 여자가 차가우면 남자가 뜨거워야 합니다. 우린 너무 냉랭합니다. 찬바람이 휙휙 붑니다. 시베리아 강풍입니다. 이상입니다.
채희주	귀관은 누구의 잘못이라고 생각하는가?
공상두	죄송합니다.
채희주	좋아. 쉬어.
공상두	나 코골디?
채희주	아니.
공상두	어떻게 지냈냐?
채희주	너야말로 그동안 뭐 하다가 별안간 나타나서 "밥 좀 주라." 밥 주니까 굶주린 맹수처럼 닥치는 대로 처먹고는 처질러 자댄다니?

공상두	은근히 쳐다보는 니 눈빛이 되게 뜨겁데?
채희주	그래서 모르는 척 자버리셨다?
공상두	응. 쪽팔리니까.
채희주	쪽팔릴 건 또 뭐 있어?
공상두	난 니가 정색하고 쳐다보면 좀 그래.
채희주	왜?
공상두	우선 난 건달이고 넌 의사니까 직업상 평소에도 그랬고, 넌 잘생겼고 난 못생겼으니까 그것도 그렇고, 넌 성실하고 난 개판이니까 여전히 그랬고, 난 게걸스럽게 처먹고 넌 고고하게 음악을 듣는 모습이 서로 또 그렇고, 하여튼 몸과 마음이 다 쪽팔려.
채희주	내 눈빛이 그렇게 뜨겁디?
공상두	응.
채희주	작렬해?
공상두	응, 쑤와 푸시식.
채희주	니 전화 받고 하두 가슴이 쿵쾅쿵쾅거려서 청심환을 두 알이나 삼켰다. 근데 아직도 그래. 봐봐. (공상두의 손을 가져다 가슴에 댄다.) 쿵쾅쿵쾅! 희한하지? 근데도 내가 얼음이냐?
공상두	그럼. 넌 불이었다가도 언제든지 얼음으로 돌변해버려.
채희주	예를 들면?
공상두	"자기야. 정신이 좀 산란하걸랑. 열흘쯤 시간 좀 주라." "자기야, 아버지 건강이 안 좋아. 이해할 수 있지?"
채희주	오해하지 말어. 니가 싫어서가 아냐. 그럴 땐 내 자신이 싫을 때야.
공상두	너무 총명해서 그래. 아무도 미덥지가 않거든. 이 몸을 편케 맡길

수가 없단 말이야.

채희주   아버지…… 돌아가셨어.

공상두   언제?

채희주   2년 됐어. '저 양반 언제나 가실 거나.' 맨날 염원했었는데.
          감쪽같이 사라지데. 그동안 널 얼마나 찾았다고. ……조금만
          일찍 가셨어도 지금쯤 우리 둘이 결혼해서 킥킥거리며 살 텐데.
          그렇지? 오늘이 애 돌이야. (가늘게) "여보! 애가 똥 쌌어요.
          여보! 애 똥배는 영락없는 당신 똥배예요. 여보!"

공상두   "나 여깄어, 여보!"

채희주   "여보."

공상두   결혼 안 하길 잘했지.

채희주   그럼 그럼. 난 피곤한 년이야.

공상두   그런 뜻이 아닐세.

채희주   야, 2년 6개월 만이다. 어디서 뭐 했니? 나이 40에 새삼스럽게
          군대 갔다 왔을 리는 없고.

공상두   서울에 없었어.

채희주   안 보고 싶디?

공상두   닭 키웠어.

채희주   닭?

공상두   응. 꼬꼬닭. 농장에서.

채희주   말도 안 돼.

공상두   깨끗한 모습으로 니 앞에 나타나려고.

채희주   감동적이구만.

공상두   너한테 몹쓸 짓만 한 것 같아서.

채희주   하, 그래서?

공상두	그냥 닭 키웠다고.
채희주	2년 6개월 내내?
공상두	응.
채희주	몇 마리나 길렀는데?
채희주	만 수(首).
채희주	우와, 혼자서?
공상두	응.
채희주	농장 어디?
공상두	강원도 깊은 산속.
채희주	취직했던 거야?
공상두	응.
채희주	잘도 참았다.
공상두	닭들이 딱 1년 살아. 6개월 동안 자라고 나머지 6개월은 알만 뽑고. 한 마리가 평생 150알 정도 낳아. 6개월 동안 거의 매일 낳는 거야.
채희주	그다음엔?
공상두	육계용으로 나가는 거지. 그것도 정이라고 팔아넘길 땐 마음이 안 좋더라구. 친구 같아서.
채희주	일부러 사서 고생을 한 거야?
공상두	닭장이 요만해. 그걸 케이지라고 부르는데 (가로)35, (세로) 30센티쯤? 한 케이지 속에 두 마리씩 들어가. 강추와 약추가 같이 있으면 약추는 모이를 못 먹어. 강추가 대가리로 약추 진로를 콱 막아버리거든. 이렇게. 그럼 케이지를 바꿔줘야지. 약추는 약추끼리 강추는 강추끼리. 후후후. 거기에도 나 같은 놈이 있더라.

채희주	어떤 놈?
공상두	피를 봐야 직성이 풀리는 놈. 일명 최강추. 무조건 옆의 놈 대가리를 쪼는 거야.
채희주	그럼 그런 놈들은 따로 키우겠네. 독방살이, 독케이지.
공상두	맞았어. ……나중엔 내가 그 독케이지 속에 갇힌 것 같았어.
채희주	엄기탁이 생각도 났겠다. 감방에 옴짝달싹 못 하고 있을 당신의 오른팔. 그가 오늘도 독케이지에 갇혀 있다. 육계용으로 끌려나갈 날만을 손꼽아 기다리며.
공상두	…….
채희주	화났어?
공상두	아니.
채희주	미안해.
공상두	일부러 최강추 한 놈을 풀어줘봤어. 꼬꼬댁 꼭꼭 꼬꼬댁 꼭꼭. 신나서 난리지 뭐.

공상두 장난치며 채희주에게로 간다.
채희주 도망치다가 강렬한 키스.

채희주	아냐, 아냐. 내 정신 좀 봐. 너 정말 나한테 말 안 할 거야?
공상두	뭘?
채희주	(어이가 없어서) 뭘?
공상두	아, 그 사건?
채희주	그래. 상두파 어쩌고저쩌고 매스컴에서 난리쳤던 그 사건 말이야. 니 짓이야?
공상두	응.

채희주	분명히 말해. 나 화낸다?
공상두	왜 그래?
채희주	아니, 왜 그러냐니. 그걸 지금 제정신으로 묻는 거야? 신문 보고 얼마나 놀랐겠어? 상두파 엄기탁 대란(大亂)을 정리하다? 세 명이야, 네 명이야.
공상두	다섯.
채희주	그래 맞다. 다섯. 난다 긴다 하는 두목 급들만 다섯을 해치웠어. '엄기탁이 솜씨론 아니다.'
공상두	'공상두다.'
채희주	'맞다.'
공상두	'총명하다.'
채희주	분명히 말해. 넌 아니지?
공상두	아냐.
채희주	시끄러우니까 잠시 피신했던 거지?
공상두	응.
채희주	(키스하며) 고마워. 그런 짓 없기다.
공상두	그럼 그럼.
채희주	무서워. 신문 텔레비전, 얼마나 떠들어댔다구.
공상두	걱정 마.
채희주	약속.
공상두	(손가락을 건다.)
채희주	더 이상 안 물을게. 애당초 사업 얘긴 안 묻기로 했으니까. 따악 하나만 묻자. 그럼 엄기탁이 짓이야?
공상두	아니.
채희주	뒤집어쓴 거야?

공상두   응.

채희주   누구 대신?

공상두   조직 대신.

채희주   앞으로 어디 갈 땐 구체적으로 또박또박 다 말하고 가. 알았지?

공상두   미안해.

채희주   아냐. 넌 정말 미안해해야 돼. 너무 야속하더라고. 내가 너한테
         겨우 고거였나 싶으니까.

공상두   보고 싶었어.

채희주   애걔걔? 보고 싶다는 놈이 소식 한 장 없었다니? 니놈이
         잠적해버린 뒤에 내가 아파트 담벼락에 대고 소리소리 질러대며
         맹세를 했다. "공상두 너 이 새낄 다시 만나면 내가 개자식이다.
         나쁜 자식. 다신 안 만난다, 인마. 치사해서 안 만나. 다 알어,
         인마. 한 달 뒤쯤 꽃 사 들고 나타나서 배시식 웃으면서 똬리 틀
         거지? 용서 안 해. 못 해. 싫다 싫어. 그것도 한두 번이다, 인마.
         만약 꽃 사 가지고 오면 그 꽃 저 쓰레기통에 냅다 쑤셔 박을
         테다. 내 분명히 말했어. 이젠 끝이야. 채희주 알겠지? 이젠
         정말 끝이다, 너. 다시 만나기만 해봐라. 너 죽어 죽어 쌍!" 한
         달은커녕 두 달 석 달이 지나가도 안 나타나.

공상두   후후후.

채희주   널 찾을 길이 있어야지. 오성이파 칼잡이한테 당했다는 소문도
         있고 산속으로 잠적했다고도 하고 스위스로 내뺐다는 야그도
         돌고 하니. 살로메에도 갔더랬어. 김경엽이는 알까 해서. 도통
         모르데?

공상두   정리하려고 나왔어.

채희주   정리? 나왔어? 그럼 또 어디로 들어가겠다는 거야?

공상두	손 씻으려고.
채희주	?
공상두	왜 그래?
채희주	?
공상두	좋아할 줄 알았더니?
채희주	이상해.
공상두	뭐가?
채희주	너무 순순해서.
공상두	걱정도 팔자다.
채희주	가난뱅이가 '이제 살 만하다' 싶으면 병들거나 죽는다잖아.
공상두	가장 값진 선물이 뭘까 하고 고민 끝에 고른 건데. 마음에 안 드나 부지? (웃는다.)
채희주	(같이 웃으며) ……허 참, 나한테도 이런 일이 일어나다니. 안 되겠다. 진정이 안 돼. 술 한잔할래?
공상두	좋지.
채희주	좋았어. 내가 가장 아끼던 걸로 내오겠어.
공상두	이렇게 좋아하는 것을 공상두는 왜 그리도 못 했다니?
채희주	누가 아니래니?
공상두	후후후.
채희주	(술 준비를 하며) 어떻게 정리할 건데?
공상두	구획 정리 끝났어.
채희주	빨리 말해봐. 궁금해 미치겠어. 살로메는 누구 줄 거야? 세명산업은 누구 주고? 후계자는 누구야?
공상두	차차 얘기하겠지?
채희주	누가?

공상두   내가.

채희주   누구한테?

공상두   너한테. 공상두가 채희주한테.

채희주   그놈의 성격 여전하시구만. 10년 만에 만난 불알친구하고
         당구장에 가서, "잘 지냈지?" "응." 두 게임째 접어들면 "사업은
         잘돼?" "그럭저럭." 게임 끝내고 나올 때쯤 "술 한잔하자
         야." "그래." 술집에 가서야 "반갑다 야." "나두." 대취해서
         나오면서야 "연락 좀 하구 살자, 이놈아." "으음, 그러자."
         선문답하듯 뜨문뜨문. 그것도 남성다운 거냐?

공상두   (호들갑 떨며) "우와, 친구 반갑다. 그래 살 좀 찌셨나. 어쭈
         배까지 나왔는걸. 마누란? 자식은 잘 크고? 이게 대체 몇 년
         만인가, 그래? 친구 생각에 도통 잠을 들 수 있어야지. 아줌마!
         소주 한 병에 해물 파전 두 접시. 자, 술 빨자 야. 안주 먹어.
         부카 부카 부카." ……우린 이러지 못하잖아. 너두 그러면서 뭘.

채희주   (가늘게 흉내) 여보!

공상두   여보!

채희주   한잔 받으시와요.

공상두   낭자도 한잔하시구려.

채희주   (타령조로 노랠 부른다.) 부─으─시─소.

공상두   그렇게 좋냐?

채희주   야, 우리 술 먹고 자자.

공상두   또 자?

채희주   낭군님. 그렇게 정색하고 물으시오면 이 소저 무안할
         따름이옵니다.

공상두   후후후.

채희주 그래……. 넌 아무리 봐도 건달이 안 어울려.

공상두 누군 뭐 '건-달'이라고 마빡에 써 붙이고 다닌대니?

채희주 그럼. '건-달'이라고 써 붙이고 다니는 애들이 얼마나 많은데.
스포츠머리에 흰 티에 까만 양복에 떠거리 이러면 다 그렇지 뭐.

공상두 샌님 같은 애들이 얼마나 많은데.

채희주 아냐. 얼추들 그래. ……헤헤헤. 난 건달은 무조건 우락부락
생겨야 되는 줄 알았어. 널 치료하고 나오는데 선배가
뒤따라오면서 "조심해, 오야붕이야."

공상두 언제?

채희주 우리 맨 처음에.

공상두 아아.

채희주 싸움꾼이 분명했지. 찔리고 까지고 웬통 상처투성이였으니까.
째고 바르고 꿰매고……. 나중에 아물면서 윤곽이 서서히
드러나는데…… 청초해. 내 표현이 좀 야했나?

공상두 좀 그렇다, 그치?

채희주 헤헤헤. 사랑하면 눈이 먼다잖아. 생각해봐라. 인턴 1개월 때다.
학교 갓 졸업하고 얼마나 떨렸겠니. 니가 첫 환잔데. 생각나?

공상두 뭘?

채희주 주사 잘못 논 거.

공상두 그래. 옆방 걸 나한테 놨다메?

채희주 링코마이신을 놔야 되는데 바륨을 놨어. 그것도 연거푸 세
번씩이나. 이상하지? 그렇게 떨렸어. 지금까지도 주사 놓을
때마다 그 생각난다. 선배한테 말했어. "주사를 잘못……."
그냥 넘어가래. 별 부작용은 없을 거라고. 바륨은 신경안정제고
링코마이신은 염증치료제걸랑. 염증 치료가 급한 너한테 난

한가롭게도 신경안정제를 놓은 셈이지.

공상두 　잠은 잘 오더라.

채희주 　잘 오지. 수면젠데. 양심상 그냥 넘어갈 수가 있나. 상상해봐.
　　　　니 병실이 좀 그랬니? 보초를 서고 있는 어깨들 사이를 비집고
　　　　들어가 니 앞에 섰어. "저어, 이만저만 죄송하게 됐습니다."

공상두 　고갤 숙이고 뜨문뜨문.

채희주 　니가 막 웃데. 얼마나 당황했겠어.

공상두 　어깨들이 뭐냐는 식으로 옆에서들 쫙 째려보고, 응?

채희주 　니가 뭐랬는 줄 알아?

공상두 　뭐랬는데?

채희주 　막 웃더니 "선생님 함자가 어떻게 되지요?" 가운에 이름이 적혀
　　　　있잖니. 건달이라 한글도 못 읽나. 날 고발하려나 부다. 치사한
　　　　자식. "채희줍니다." "채희주 선생. 스타킹이 댄싱 갔소이다."

공상두 　순간 어깨들이 모두 낄낄대고.

채희주 　다음 날이야. 수술 준비를 하고 있는데 어깨가 찾아왔어.
　　　　"회장님이 선생님께 드리랍니다." 웬 라면 박스? 우와. 집에 와서
　　　　하나하나 세봤다니까. 스타킹이 정확히 333야. 그걸 다 신는
　　　　데 3년은 걸렸을 거다. 그렇게 장난치길 좋아하더니. ……우와,
　　　　니가 벌써 40이야. 쯧쯧쯧 그동안 어디서 뭐 했다니? 나이만
　　　　처먹고 한 일은 없고.

공상두 　이 녀석아. 너도 내 나이 먹어봐라. "상두 씨. 추하게 늙어가는
　　　　이년 곁에 오늘 하루만이라도 머무소서. 팽팽하던 그 시절엔 제
　　　　잘못이 컸사옵니다."

채희주 　야, 그럼 큰일이다. 애들은 갈수록 이쁜 짓만 하고 할망구는
　　　　갈수록 미운 짓만 골라 한다는데. 내가 지금 분기점이잖아.

	서른셋. 큰일이잖니. 앞으로 미운 짓만 골라 하면 니가 토낄 거 아냐.
공상두	하하하.
채희주	헤헤헤. 누가 우리 대화하는 걸 들으면 웃길 거야. 일곱이나 어린 것이 반말 찍찍 하고. 손아래가 너한테 반말하는 사람 나밖에 없지?
공상두	후후후.
채희주	맞지?
공상두	그래.
채희주	왜 꼽쇼?
공상두	꼽쇼.
채희주	맨 처음에 반말한 게 언젠 줄 알아?
공상두	응.
채희주	말해봐.
공상두	부산에 놀러 갔다 돌아오는 차 안에서.
채희주	계속해.
공상두	눈을 지그시 감으면서 (깡패들 말투로) "공상두. 너 나 좋아하냐?"
채희주	빼먹지 마.
공상두	뭘?
채희주	그전에 내 허벅질 만졌잖니.
공상두	맞아. 누가 본댔나 만진댔나 미니스커트를 연신 내리는 거야.
채희주	야. 하나밖에 없는 미니스커트였다. 아빠한테 욕먹어가면서도 널 좀 유혹해볼까 하고.

둘이 운전하는 시늉.

채희주	"공상두. 너 나 좋아하냐?" 공 선생님 절 좋아하세요? 이럴 줄 알았지? "운전이나 잘해, 자식아." 그 순간 얼마나 통쾌하던지. 니가 무게를 되게 잡았거든. 게다가 건달이라지. 쌈박질 잘한대지. 붕 떠서 한 번에 일곱 명까지 놓고 친다지.
공상두	과장이야.
채희주	어떻게 하믄 싸움을 잘할 수 있어?
공상두	별걸 다 묻는다.
채희주	어서어.
공상두	즐겨야지.
채희주	때리는 걸?
공상두	맞는 걸.
채희주	건달 되기 전에 너도 많이 맞았나 보다 야.
공상두	건달 건달 소리 좀 빼라 야.
채희주	아, 듣기 싫으셨어?
공상두	10, 20대 건달 소린 그렇다마는 나이 먹은 건달은 좀 그렇지 않누?
채희주	(생각난 듯) 아, 그래.
공상두	뭐가?
채희주	야, 내가 대견스럽다 야. 생각났어. "공상두. 너 나 좋아하냐?" "뭐…… 뭐라구?" "운전이나 잘해 자식아. 손 치우지 못하간?" "허허 참."

"양아치들은 다들 이런다니?"

"뭐 양아치?" (운전하는 시늉) 시속 130…… 40, 50, 60, 70, 80.

"우리가 양아치 소릴 얼마나 듣기 싫어하는지 알기나 알어,
인마!"

공상두   하하하.

채희주   난 지금도 모르겠다. 건달과 양아치가 뭐가 다른지. 재목이 못
         되는 게 양아치니? 강물에선 겁나서 헤엄도 못 치고 둠벙에서
         노는 것들?

공상두   후후후.

채희주   엄기탁이 같은 친구가 주위에 있으면 건달이구 없으면 양아치고
         그래?

공상두   몰라.

채희주   엄기탁이는 널 사랑하는 것 같애. 의리를 넘어섰다니까. 옆에서
         지켜보면 그렇게 애틋할 수가 없다. 하루는 술이 이렇게
         취해가지고 집으로 날 찾아왔어. 엄기탁이가. 그날 영감이
         노발대발 화를 내면서 술을 니 얼굴에다 확 끼얹었었대. 순간
         엄기탁이 나서려는데 니가 막더래. 그날 밤 나를 붙잡고 어엉엉
         울면서 우리 형님이 이렇게 당했다고 그 새낄 죽여버려야 한다고
         대성통곡을 하는 거 있지. ……니가 죽으라면 죽을걸?

공상두   글쎄.

채희주   정말 사형시킬까? 그런 건 꼭 봐줄 것만 같애.

공상두   사형장을 우리네 말로 넥타이공장이라고 불러. 목에 동아줄을
         걸고 복면을 씌워. 바닥이 아래로 덜컹 제껴져. 아래로 뚝
         떨어지면서 목뼈가 부러져. 눈알이 튀어나오고 혓바닥이 찌익
         늘어지고.

채희주   아유. 이 좋은 날 왜 그런 얘길 해.

공상두   어제 엄기탁이 집에 갔더랬어. 술집에 나가고 있더라고.

채희주   엄기탁 부인이?

공상두   응.

채희주   돈 벌러?

공상두   아니, 즐기려고. 여자한테 처음으로 손찌검해봤다.

채희주   해보이 시원하디?

공상두   후후후.

채희주   그 여자도 막막했겠지. 애도 있을 거 아냐?

공상두   둘.

채희주   거봐.

공상두   나도 나이를 먹나 봐.

채희주   무슨 뜻이야?

공상두   왜 젊어서는 부어라 마셔라 닥치는 대로 발광하다가, 나이 들면 후회도 하고 용서도 하며 철들어 살게 되고, 죽을 때쯤 되면 다 도통한다잖아.

채희주   그래 세월이 진리야. 나 봐. 오줌 똥 못 가리며 방방 뜨던 이 철딱서니가 나이 먹으니까 제법 사람 꼴이 잡혀가잖니. (포즈를 취하며) 이젠 여자 냄새도 물씬 풍길걸? 어때?

공상두   물 한잔만?

채희주   왜, 술 더 안 마시려구?

공상두   응. 좀 얹힌 것 같애.

채희주   소화제 줄까?

공상두   아니 그 정돈 아니구.

채희주   어쩐지 걸구처럼 먹어대더라. (갖다준다.)

공상두   병원 그만뒀데?

채희주   빨리도 묻는다.

공상두   왜?

채희주   좀 쉬려고.

공상두   그럼 뭐 먹고 산다니?

채희주   바람 먹고 구름 똥 싸가며 산다, 왜?

공상두   오강국일 만났다. 그치 안즉도 장가 안 갔누?

채희주   응.

공상두   너 때문에?

채희주   대충. 맞아.

공상두   그렇게 싫어?

채희주   참 묘하지? 좋아했으면 좋겠어. 그칠 요만큼이라도. 불쌍하니까.
         정말이다. 다가가지 못하는 내 자신이 안타까운 거 있지.

공상두   지금도 그렇게 잘해?

채희주   더해.

공상두   "병원을 그만두셨어요."

채희주   그래 그래. 그랬을 거야. 극존칭 쓰는 것조차도 그렇게 싫은 거
         있지?

공상두   "무슨 일을 벌일지 염려스러워요. 저러다 자살해버릴 것 같아요."

채희주   으쓱거리지 말어. 그치 떼어버리려고 니 얘길 마구 해댄 거야.

공상두   오강국이 어디가 그렇게 싫디?

채희주   그 무서운 집착.

공상두   아아.

채희주   병원 그만두고는 집에만 처박혀 있었어. 무섭더라. 나중엔 내가
         나한테 헛소리하는 거 있지? 하두 심심하니까. 하루 점드락 저

나무만 쳐다봐. 속으로 아파하고 그래서 시들고 그러면서 여전히
어린잎을 예비하고. 언제나 침묵하는 나무를 보면서 '너야말로
사랑의 의미를 알고 있는 예수'라는 느낌을 받아.

공상두   참 묘하다.

채희주   왜?

공상두   농장에서 나도 그랬거든.

채희주   뭐가 통한 걸까?

공상두   나무하고 대화…… 해봤어?

채희주   거기까진 아니구. 나무 한 그루보다 더 참을성이 없고
조개껍데기보다 더 경솔하며 실개천보다 더 여유롭지 못한 나.
이런 내가 나 혼자서 그냥 치고받고 터지고 깨지고 하는 거야.
화장을 지우고 나이를 지우고 알량한 직함과 문패를 떼고,
이 모든 군더더기를 다 떼어버리고도 평범한 그루터기 하나
남아, 누군가가 쉬어갈 수 있는 빈터가 된다면. 항해하던 배가
난파되어 바다에서 허우적거릴 때 단 하나뿐인 구명조끼 던져줄,
그런 사람을 가졌는가. ……난!

공상두   …….

채희주   공상두 선생.

공상두   …….

채희주   공상두.

공상두   …….

채희주   상두야!

공상두   응?

채희주   무슨 생각했어?

공상두   아니 그냥.

채희주   넌 나간 사람 같애. 팔 벌려. 더. (가서 안기며) 난 누굴까?

공상두   강추일 거야.

채희주   아냐 약출 거야. 찬바람만 불어도 전신이 시린걸. 아버지
         병수발하면서 내 인생도 다 살아버린 것 같아. 영해 언니도
         그렇고. 영해 언니 죽었다?

공상두   뭐? 죽었어? 자살했나?

채희주   아니. 폐암. 죽으면서도 "공상두를 잘 붙잡도록 하거라, 으윽!"
         남들이 다 널 아니라고 했을 때도 언니는 기랬어. 우리가 부산에
         처음 갔을 때 말이야.
         "뭐 하는 사람이가?"
         "건달."
         "니한테 추근거리드나?"
         "아니."
         "하몬 그 흔한 키스도 몬 해봤나?"
         "응."
         "와? 나중에 재산될까 봐?"
         "언니! 싫다."
         "그 자슥 제법이다."
         "짜를까 말까?"
         "하냥 자보거래이."
         "언니!"
         "와 그리 팔짝 뛰노? 전쟁 났나?"

공상두   후후후.

채희주   언니가 왜 자보라고 그랬을까?

공상두   베갯머리송사라.

채희주	베갯머리송사라니?
공상두	"남녀관계가 어쩌고저쩌고 마주 보고 단정히 앉아 백날 천날 얘기해보거래이. 진전이 있는가. 자고로 하냥 자보지 않고는 정리가 안 되는 거이 남녀관계인 기라. 베갯머리송사라 안 카드나. 언감생심 언제 사내 배때기 위에다 떡허니 지 허벅질 올려놓아봤겠누. 척 올려놓고 술술 털어놓는 고거이 진짜인 기라. 알짜배기인 기라."
채희주	아이고, 아이고. 말은 참 비단이다.
공상두	원망하는 거야? 진전이 없어서?
채희주	그렇다.
공상두	야, 나한테도 순정은 있다.
채희주	야, 순정이라면 내 앞에서 언급을 말아주라. 공상두 순정 땜시 던 년이 이년이다. 싸움은 말리고 흥정은 붙이랬다고, 어때? (노래) 늦기 전에 늦기 전에 빨리 돌아와주오.
공상두	똥개도 한번 매 맞은 구멍으론 다신 가질 않는다.
채희주	단 한 번만이라도 맞아보긴 했다더냐? 약골이 살인낸다고 어디 한번 저질러보시지.
공상두	좋았어. 한번 저질러봐?
채희주	뜸 들이지 말고 어서 어서.
공상두	(다가가다 멈춰 서며) 봐줬다.
채희주	너 그렇게 피하는 건 책임지지 않겠다는 뜻도 된다. 나한텐 그렇게밖에 해석이 안 돼.
공상두	넌 다른 사람하고 달라. 최소한 내겐.
채희주	그 이쁜 마음 고이 간직하다 숫처녀로 가실 거나.
공상두	(소파에 앉으며) 영해 언니 말이야……. 깊은 얘긴 못 해봤지만

통할 것 같았어.

채희주   말이 얼마나 맛진데. 말을 안 해도 무진 법문이야. 찻집에 앉아
담배 피우는 걸 보면 하 슬퍼 보여. 야, 우리 담배 피우자.
(피운다.) 대부분이 그렇잖아. 하루에 네 갑씩 피우는 골초들도
그중 두 갑은 그냥 피우잖아. 언닌 아냐. '참 한 가치 한 가치에
최선을 다하고 있구나!' 언니가 회현동에 있는 클래식 카페에서
DJ를 봤더랬어. 나 고3 때. 커필 마시며 담배를 피우며 음악을
듣는 게 꼭 죽어가는 느낌이었어. 커피를 타서 자리로 와서
한 모금 마시는 시간이 늘 느리고 일정해. 감히 무슨 고민
있냐고 물을 수도 없고 그냥 배어 나오는 분위기만 가지고도 난
아파해야 하고.

공상두   지금도 영해 언니 생각이 많이 나겠구나.

채희주   왜 어렸을 때 소풍 가면 보물찾기 하잖니. 난 찾았다, 난 못
찾았다. 난 찾았기 때문에 행복하다, 난 못 찾았기 때문에
불행하다. 보물은 꼭 있걸랑.

공상두   어렵다 야.

채희주   사방에 보물이 널려 있어. 우린 그걸 못 찾는 거야.

공상두   더 쉽게.

채희주   보물이 너 말고도 또 있을 거란 말이다.

공상두   그럼 내가 보물이냐?

채희주   그렇다, 이 나쁜 자식아.

공상두   후후후. 농장에서 일할 때 보름간 앞이 안 보인 적이 있었어.

채희주   그랬어?

공상두   미치겠더라구. 이러다가 장님 되면 어떡하나. 우리 복실이 의사
선생님을 한 번만이라도 봐야 할 텐데.

채희주   (쨔려본다.)

공상두   ?

채희주   도대체 어떤 일이 있었길래 나한테 연락조차 없이 눈까지
          멀어가며 혼자 있어야만 했냐. 니 고민 앞에 난 아무런 힘도
          되어줄 수 없는 존재라는 사실이 견디기 힘들었단 말이야.
          사업 따로 불행 따로 사랑 따로. 넌 너 오고 싶을 때만 내 앞에
          나타나. 다른 여자 만나는 것만이 배신이 아니야. 니 마음에서
          나를 제쳐놓는 것도 내겐 배신이야. 넌 시간이 갈수록 농장에서
          평정을 되찾았는진 몰라도 난 갈수록 혼란스러웠어. 알겠어?

공상두   나가자. 답답하다.

3장

공상두, 팬티 차림이다.

추위를 이겨내려는 듯 덜덜 떨며 보건 체조를 한다.

그때 채희주가 샤워를 하고 나온다.

채희주   왜? 추워서?

공상두   응. 뜨거운 물 나오지?

채희주   니가 먼저 할 걸 그랬나 부다.

공상두   얼어붙어버렸나 봐.

채희주   물 받아놨으니까 푹 담가. 어서.

공상두   알았어.

공상두, 샤워하러 들어간다.

채희주, 가운을 걸친 뒤 경대 앞에 앉는다.

머리를 손질한다.

채희주   (욕탕을 향해) 춘사월에 수영한 기분이 어떠셔?

공상두   (목소리만) 넌 안 춥니?

채희주   안 추운 사람이 어딨냐? 참는 거지.

공상두   넌 가끔씩 이러나 부지?

채희주   그럼. (혼잣말) 미친놈. 쌩쌩거리는 바다에 나가 수영하는 년이
          어딨다니. 처음이다, 욘석아.

공상두   건강엔 좋겠다. 감기도 안 걸리고.

채희주   그럼 그럼. 왜 나 위장이 안 좋았잖아?

공상두   응.

채희주   겨울 바다 수영을 했더니 다 나았어. 덕분에 술도 잘 마시고.

공상두   그래? 야, 계속해라 야.

채희주   (혼잣말) 이놈아 내가 언제 위장이 안 좋았냐? 콩팥이 안 좋았지.
        (공상두에게) 제일 쪽팔릴 때가 언젠 줄 알아? 수영하다 어부를
        만났을 때. 어부들이 나를 돈 년 취급한다. 말은 안 하지만
        눈빛만 보면 알아. 그래도 기분이 엉칸 다르지?

공상두   응. 처음엔 춥고 떨리던데 나중엔 견딜 만한데. 운명을
        극복한다는 기분도 들고.

채희주   (혼잣말) 참 대단한 녀석이다. 한번 객기 부린 것 갖고 운명이라는
        엄청난 단어를 다 쓰고. (큰 소리로) 나중에 똘마니들 지옥 훈련
        시킬 때 한번 써봐.

공상두   지옥 훈련? 우하하하.

채희주   얼어붙었던 고추는 슬슬 풀려간다니?

공상두   야, 이제 살 것 같다 야.

채희주   (혼잣말) 써먹지도 못하는 고추는 잘 건사해서 뭐 한다니.
        거지한테나 줘버리지.

공상두   야, 뭐라고? 크게 말해. 잘 안 들려.

채희주   거지한테나 줘버리라고.

공상두   뭘?

채희주   쌍방울과 그 일행. 야! 공상두.

공상두   응?

채희주   오늘 올라갈 거야?

공상두   응.

채희주 내일 가면 안 돼?

공상두 안 돼.

채희주 꼭?

공상두 응.

채희주 그런 법이 어딨어. (혼잣말) 꼭 오늘이란 법이 어딨냐. 빚쟁이들
       보면 맨날 내일 내일 하더라.

공상두 너 지금 나 욕했지?

채희주 여기는 촌이라 그런지 아직도 거지가 있다. 한번은 거지가 걸어가더라.
       누더길 얼마나 껴입었는지 중국 놈들 공갈빵처럼 이래가지고
       뛔뚱뛔뚱 뛔뚱뛔뚱. 살살 꼬드겨서 세어봤다. 윗도린 열세 겹
       아랫도린 열 겹을 껴입은 게야. 보따리엔 썩은 사과, 곰팡이 핀
       떡, 못 먹을 것만 가득이고.

공상두 그래서?

채희주 그래서는. 난 거지의 정의를 이렇게 내린다. '남에게 받을 줄만
       알고 줄 줄은 모르는 작자들.' 따지고 보면 거지보다 더 딱한
       사람이 어디 있겠냐 싶더라. 남에게 맨날 얻어먹으면서도 갚기는
       싫고 주기는 아깝고, 행여 받은 걸 뺏길까 봐 주위를 살피면서
       보따리를 꼬옥 끌어안고 살아가잖니.

공상두 …….

채희주 왜 말이 없다니?

공상두 너 지금 날 빗대서 말한 거지?

채희주 널? 아니 날. 채희주. (혼잣말) 안 그런 사람들이 어디 있다더냐.

공상두 야, 빤쓰 없냐? 남자 빤쓰?

채희주 남자 빤쓰가 어딨냐? (서랍장에서 하나를 꺼내 건넨다. 욕실 문에
       기대어) 내 거다. 고무줄 늘어진 거라서 대충 맞을 거야. 상두야.

공상두	왜?
채희주	경치 좋은 데 가면 촌스러운 게 하나씩 공통적으로 있다.
공상두	뭐라구?
채희주	(혼잣말) 이제 귀까지 먹었나?
공상두	(욕실에서 나오면서) 너 또 욕했지?
채희주	헤헤헤. 겨울 바다나 명산대찰 같은 풍경 있는 곳에 가면 촌스러운 게 하나씩 있다구.
공상두	라면 봉지? 바닥에 껌 붙은 거? 아 포즈 잡고 사진 찍는 거?
채희주	(고개를 흔들며) 본신과 분신이 들통나버리는 낭만주의자.
공상두	뭔 소린고?
채희주	(식탁 위에 앉아 실제로 포즈를 취한다.) 홀로 낭만에 젖어 바위에 앉아 바다를 의시해. 낭만적으로 보이려고. 우수에 찬 양. 누군가가 말 걸어오길 기다리며. 속으론 춥고 떨리고 앉아 있는 게 지겨우면서도.
공상두	그게 뭐라구?
채희주	본신과 분신이 들통나버리는 낭만주의자. (공상두 아래쪽을 보며) 어때?
공상두	니 빤쓰?
채희주	그래.
공상두	이상하다 야. 입다 만 것 같고. 야릇한데?
채희주	나도 묘하다 야. 내 지조를 몽창 줘버린 것 같고. 한번 보여줘봐.
공상두	안 돼.
채희주	보여줘봐.
공상두	안 돼.
채희주	보여줘…….

공상두   짠! (보여준다.)

채희주   걷기 불편하지 않누?

공상두   좋은데. 니가 내 사타구니 속에 쑤욱 들어온 느낌이다. (휘젓고 다니며) 어때?

채희주   물 찬 제비로고.

공상두   임신한 것 같은데?

채희주   (웃으면서) 니가 오니까 참 좋다 야. 저 액자들까지도 생기가 넘치는 것 같애. 오늘 가면 언제 올 거야?

공상두   자주 와도 돼?

채희주   그럼. 하시라도. 이젠 혼자 살기 싫어. 밥 먹기도 싫고, 청소하기도 싫고, 잠자기도 싫고, 깨어 있기도 싫어. 우리 결혼할래? 너 손 씻은 김에.

공상두   닭 중에 암놈은 암놈인데 이상한 게 있다. 사료는 수탉처럼 많이 먹고 살도 투실투실한데 알을 못 낳아. 그런 걸 뭐라고 부르는지 아누? 미스 계라고 그래.

채희주   미스 계?

공상두   잘못 태어났다 이거야.

채희주   아, 미스 킴, 미스 리 하는 미스가 아니고 실수로 태어났다는 미스?

공상두   내가 미스 계인가 봐.

채희주   그럼 나도 미스 계겠네.

공상두   왜?

채희주   문제아들끼리 놀겠지. 안 그래?

공상두   헤헤헤.

채희주   헤헤헤.

공상두   여기 좋다 야. 나무가 있고 논밭이 보이고.

채희주   가을 들판이 일품이야. 석양도 보이고. 온통 시뻘게. 필터 낀
         것처럼.

공상두   언제 이리로 이사 왔어?

채희주   니가 산으로 도망치고 나서 한 달 뒤쯤?

공상두   여길 찾느라고 애먹었다 야. 오강국이가 자세히 가르쳐주지 않았으면
         못 찾을 뻔했어 야. (약도 그리는 솜씨) 척척 착착! 자주 들른
         솜씨던데?

채희주   (공상두 말투) "자주 들러서 니 빤쓰도 입고 가고 그랬냐?"

공상두   또 또 또 또.

채희주   아버지가 이 집을 참 좋아했어. 전생의 고향처럼 마음이 놓인대.
         마지막 투병 생활을 여기서 보냈걸랑.

공상두   그럼 이 집에서 운명하신 거야?

채희주   응. 오강국이가 가끔씩 와서 주사도 놔주고. 진통제. 난 못
         놓겠더라구. 사람이 어떻게 그럴 수 있니? 야위다 야위다 못해
         나중엔 꼬마들만 해지는 거 있지. 주삿바늘 꽂을 데가 있어야지.
         잡으면 껍질만 쭈욱쭈욱 늘어나고.

공상두   누구나 죽어. 어떤 죽음이냐가 문제지. 사내는 명분 있이 죽어야
         돼.

채희주   명분?

공상두   응.

채희주   이순신처럼? 안중근처럼?

공상두   응. 계백 장군처럼.

채희주   계백은 너무하지 않어? 아무리 불리한 싸움이라 해도 그렇지
         처자식까지 죽일 필요가 있었나?

공상두   질질 끌려다니면서 수모를 당하는 것보다야 훨씬 나았겠지.

채희주	(뚫어지게 본다.)
공상두	왜?
채희주	야, 우리 이민 갈래?
공상두	뭐? 이민?
채희주	뱀허물 벗듯 여기서 짠 빠져나가자.
공상두	나 못 가.
채희주	가자아. 여긴 싫어. 니가 손 씻는다지만 그게 어디 쉽겠어? 누가 또 찝쩍거려봐. 징 건드린 것처럼 쟁쟁쟁쟁 시끄러울 텐데. 이럴 때 환경을 바꾸는 게 최고야. 길이 아닐 때 다른 길로 째는 거라구.
공상두	니가 제일 싫었던 점이 뭔 줄 아니? 넌 장난치는 것 같았어. 난 사랑을 투쟁이라고 생각했고. 맨 처음 너한테 데이트 신청을 할 때도 '해? 말어?' 그 갈등도 투쟁이었고 너를 더 이상 만나선 안 된다고 결심했을 때도 나한텐 투쟁이었어. 엄청난 전쟁이었다구.
채희주	쯧쯧쯧. 그토록 만났으면서도 내 마음을 그렇게 몰라? 그 영롱하신 눈망울은 도대체 얻다가 써먹는다니그래.
공상두	아니, 내 말은 그때가 더 좋았단 말이야. "헤어지자." "그래? 알았어. 나 간다. 랄랄랄랄." 이젠 아냐. 돌변해버렸어. 가지 마라, 결혼하자, 이민 가자.
채희주	애원조로 질척댄다 이거구나?
공상두	그래.
채희주	그래서 내가 측은해 보이니?
공상두	안 오는 건데 그랬나 봐.
채희주	허허 참.
공상두	얼굴만 슬쩍 보구 가려 했는데.
채희주	그래 이제 봤으니 어서 가버려. 누가 잡겠대?

공상두	사랑해.
채희주	헤헤헤. 나두.
공상두	희주야, 이리 앉아봐.
채희주	자, 앉았다.
공상두	나 지금 가야 돼.
채희주	알어.
공상두	이제 가면 못 와. 자수하러 가는 거야. 그런 느낌 못 받아어?
채희주	무슨 말이야?
공상두	새남터에 있는 야쿠자 아지트에서 모임이 있었어. 안건은 구획 정리였지만 실상은 공상두를 모월 모일 해치운다는 계획을 추인하는 자리였지. 내로라하는 거물급들만 모였어. 신명준이, 고상균이, 남정택이, 장우신이. 난 야쿠자와 손잡는 게 죽기보다 싫었어. 그것들은 이런 내가 거슬렸고. 그날 내가 직접 다 해치웠어. 내 대신 엄기탁이가 들어간 거고. 난 잠시 피신해야 했구. 증거 보존까지 완벽해. 김 변호사가 내 단독 범행에 대한 사건 일지를 자세히 만들어놨어. 사건 당일, 그 후의 내 종적. 자수하면 그 사건 일지도 검찰로 넘겨지게 돼 있어. 내가 우리 역사 중에서 제일 싫어하는 게 뭔 줄 아니? 나당 연합이다. 신라가 당나라와 손잡고 백제를 쳤어. 난 그 꼴 못 봐. 내부 싸움에 왜 다른 놈을 끌어들여. 그것도 쪽발이를.
채희주	그걸 지금 자랑이라고 떠들어대는 거야? 아, 그래. 자랑거린 되겠다. 보도진이 벌떼처럼 몰려들 것이고 넌 신이 나서 떠들겠지. 선은 이렇고 후는 이렇다. 공상두! 여기서 하룻밤 묵은 것도 빠뜨리지 말고 밝혀줘. 나도 니 덕분에 매스컴 좀 타보자. 너와 결혼 안 하길 얼마나 잘했니. 평생 그 위대한 의리 명분을

52

좇아댕겼을 테니 이년의 속앓이가 얼마나 컸겠냐구. 나중엔

황산벌로 나가는 계백처럼 처자식 모조리 죽여버리고 가셨겠지.

공상두 날 그냥 보내줘.

채희주 …….

공상두 …….

채희주 난 어떡하고? 난 어떡하고?

공상두 죄가 깊은 곳에 은혜가 깊다. 성경에 그런 말이 있대.

채희주 짐작은 했었어. 틀림없이 니 짓이라고. 그전부터. 니가 한 짓이고

니가 수습 정리할 거라고. 혹시나 했지.

공상두 …….

채희주 그럼 무기징역인가?

공상두 아니.

채희주 사형?

공상두 응.

채희주 실감이 안 나. 왜 니가 죽어야 해? 그럼 이게 끝이란 말야? 왜

맨날 나만 이래? 어머니, 아버지, 영해 언니…… 이젠 너까지? 안

돼. 못 가. 여기 오지 말았어야 돼. 안 죽였지? 괜히 하는 소리지?

날 한번 떠보려고 그랬던 거지? 맞지? 빨리 맞다고 그래.

공상두 미안해.

채희주 …….

공상두 …….

채희주 면회 갈게. 솜옷도 넣어주고…….

공상두 오지 마.

채희주 그래도 자수했으니까 무기 정도일 거야.

공상두 농장에 있을 때 번개 치면 저건 내가 맞아야 되는 건데……

그랬어.

채희주   (울먹이며) 조금만 더 불면 풍선이 터질 줄 뻔히 알면서 왜 그랬어.

공상두   흙탕물이 조금 튀면 뭐가 더러운지 알지만 아예 빠져버리면 더러운 게 뭔지 모르게 돼. 니 말마따나 산속에서는 산이 안 보여.

채희주   니가 어디에 있건 항상 곁에 있어줄게.

공상두   …….

채희주   니 생일이 보름밖에 안 남았는데 생일 쇠고 가면 안 돼? 한 달만이라도 같이 살자, 응?

공상두   비행하다 이승에 낙하한 것만두 황송한데 예서 뭔 복을 더 누려?

채희주   가지 마. 자수하러 가지 마. 우리 도망치자.

공상두   안 돼.

채희주   지금부터 착하게 살면서 좋은 일 더 많이 하면 되잖아. 거기 가는 것보다 그게 더 낫잖아.

공상두   엄기탁이가 내 죄를 뒤집어쓰고 들어가 있어. 하느님이 내 병은 고쳐줄 수 있어. 하지만 내 대학 시험은 붙여줄 수가 없어. 왜냐? 날 합격시키려면 다른 한 놈을 떨어뜨려야 되는데? 이건 그런 일이야. 내가 살자면 엄기탁이가 죽어. 더러운 인생 살아오면서 가장 멋진 결심을 한 것 같다. 하시라도 죽음을 맞이할 준비가 되어 있다고 생각했다. 건달이라는 게 언제 어떻게 될지 모르는 거거든. 하루에 세 번쯤 죽음을 생각해. 포식했을 때…… 즐거울 때…… 이별이 떠오를 때…….

채희주   너한테 기별이 있을까 봐 한시도 집을 비우지 못했어.

공상두   고등학생 때 2백 명쯤 되는 떼거리한테 둘러싸인 적이 있었다.

우린 고작 다섯인데. 잘못하면 다 죽겠구나 싶더라고. 내가

나섰지. "나만 패라. 나 혼자 다 얻어맞겠다."

"어쭈? 이 새끼!" 하면서 주먹질 발길질이 사방에서 날아오더라고.

하나도 안 아팠어. 특별 봉사니까.

채희주   그런데?

공상두   내가 남을 위해 좋은 일 한 건 고작 그런 거야. 내 자신이 그렇게
        미운 거 있지. 죄가 깊으면 은혜도 깊다. 큰 죄를 지었기에 다행히
        큰 뉘우침이 있었어. 행여 이 뉘우침으로 바른 삶을 보았다면
        그걸로 족한 거겠지. ……깨닫고 뉘우친 만큼, 치러야 할 죗값은
        많아지고, 마음은 한결 가벼워졌어.

채희주   그래 니가 큰 죄를 짓고 그래서 큰 뉘우침을 얻었다면 그건
        분명 은혜겠지. 그 누군가가 너에게 준. ……난 상갓집에 가도
        안 울어. 그날은 슬프지 않아. 서너 달쯤 지나야 진짜 슬픈 거
        있지. 혼자 목욕하다가 밥 먹다가 문득문득 생각나. 그럼 밥
        먹다가도 숟갈 놓고 엉엉 울어대는 거야. (창가로 가 창문을
        연다.) 바람이 없었다면 난 살지 못했을 거야. 내가 바다를 그리워
        하는 건 거기에 바람이 불기 때문이야. 버스를 타고, 비가 들이쳐
        얼굴을 적셔도 난 꼭 창문을 열어야 돼. 누군가가 문을 닫으면
        발작이라도 하고 싶어. ……넌 TNT야. 언제 터질지 몰라. 새총을
        눈앞에 들이대고 팽팽하게 당기면서 위협을 하는, 그 긴장감
        속에서 너를 만나왔다. 솔직히 어떤 땐 건달이라는 게 매력이었어.
        어깨들이 도열해 있고 그 사열대 숲을 지나쳐 식사도 하고 우쭐한
        기분으로 파티에도 참석하고. 허나 그건 일시적인 기분이었어.
        왜냐? 너도 언젠가는 그 희생물이 된다는 것, 또 두 소경이 한
        막대기 잡고 걸어가다 강물에 하냥 툼벙하듯 나 또한 그리된다는

것, 또 내가 너를 위해 이토록 가슴 졸이며 기도하고 있는데 너도 언젠가는 변하지 않을까 하는……. 내 정신 좀 봐. 이제 와서 이런 얘길 해서 뭘 어쩌자는 거지. 잠깐만!

채희주 안으로 들어간다.
잠시 후,
외출복으로 갈아입고 나온다.

채희주   여기 지퍼 좀 올려줄래?
공상두   (올려준다.)
채희주   됐어. 이리 와봐.
공상두   왜 그래?
채희주   잔소리 말고 여기 와 서!
공상두   (따라 한다.)
채희주   신랑 신부 입장! 딴따따딴 딴따따딴.

무대 중앙으로 걸어 나온다.

공상두   나 안 할래.
채희주   시끄러.
공상두   장난 아냐.
채희주   나도 장난 아냐. 신랑에게 묻겠습니다. 신랑 공상두는 신부 채희주를 아내로 맞이하여 잘 살겠습니까? (공상두 옆구리를 친다.)
공상두   욱!

채희주　　"네"라고 크게 대답하였습니다. 이번엔 신부에게 묻겠습니다. 신부 채희주는 신랑 공상두를 남편으로 맞이하여 영원토록 한 지아비만을 모시면서 살 것을 서약합니까? 네─에. 이에 두 사람의 결혼이 이루어졌음을 선포합니다. (공상두에게 입맞춤) 다음은 예물 교환이 있겠습니다. (공상두 목에 걸어주며) 이거 아버지가 가장 아끼던 무공훈장이야. 너한테 잘 어울릴 거야.

공상두　　고마워. 근데 어떡하지? 거기 가면 보관소에 다 맡겨야 되는데.

채희주　　그래도. 이거 금줄이야. 가짜 아니다 너? 너 오면 주려고 내가 미리 금은방에 맞춰뒀던 거야.

공상두　　난 줄 게 없어.

채희주　　괜찮아.

공상두　　(껴안는다.)

채희주　　(살짝 밀치며) 다음은 주례사야.

공상두　　넘어가자.

채희주　　넘어갈 게 따로 있지.

공상두　　주례가 없는데 어떡해?

채희주　　야, 누가 주례사 듣디?

공상두　　하긴 그래.

채희주　　내내 조용하다가도 주례사 시작하면 떠들잖아. 에…… 신랑 공상두는 위대한 공자의 후손이올시다. 어려서부터 동네 싸움이 붙으면 늘 맨 앞에서 설쳐댔으며 싸워서 져본 적이 한 번도 없는 무시무시한 꼬마였습니다. 될성부른 떡잎은 어려서부터 알아본다 했습니다. 20세에 무교동 뒷골목에 양아치로 입문하여 그 후 3년 만에 실력을 인정받아 행동대장으로 승진하게 됩니다. 27세라는 약관의 나이로 상두파를 조직하여 두목의 자리에 앉게 되어 한국 밤거리의 큰 별이 된 야심만만한 사내입니다. 현재 일류 호텔의 나이트클럽을 제일 많이 갖고 있는 재력가로서 딴에는 야쿠자의 한국 상륙을 원천 봉쇄한다는 미명 아래 온갖 폭력을 자행한 되게 나쁜 놈입니다. 그러다가 뜻한 바가 있어 강원도 농장에 들어가 닭 키우다가 약간 맛이 간 채로 돌아왔습니다.

공상두   신부 채희주는 짧은 말로는 설명할 수 없을 만큼 다방면에 걸쳐 뛰어난 여성입니다. 우선 총명합니다. 이미 다섯 살에 천자문을 떼고, 열두 살에 달리는 버스 안에서 앞차 뒤차 옆 차 옆 차의 차량 번호를 모두 외웠습니다. 약관의 나이 18세에 고스톱을 치면, 누가 뭘 내서 어떻게 먹었는가를 처음부터 마지막까지 순서대로 줄줄줄 꿰뚫었습니다. 또한 채희주는 심청이 못지않은 효녀입니다. 그리고 꽤 괜찮은 의사입니다. 푸른 들판과 같은 미래가 있습니다. 랄랄라 노랠 부르며 곧장 가면 그걸로 만사형통입니다. 어느 날 벼락을 맞죠. 진 구덩이에 빠집니다. 나오라 해도 안 나옵니다. 그러나 언젠가 제정신이 들면 거기서 빠져나와 랄랄라 갈 것입니다.

채희주   그렇지 않습니다. 신랑 공상두는 진 구덩이가 아닙니다. 쓰레깁니다. 허나 순정이 있습니다. 아시다시피 밤거리엔 유혹하는 여자들이 많습니다. 그러나 공상두는 한 번도 빠져든 적이 없습니다. 병신입니다. 덕분에 신부 채희주는 아직도 숫처넙니다.

공상두   신은 공평하시어 영특한 사람에게도 맹한 구석을 주는 모양입니다. 신부 채희주는 요즘 들어 오락가락합니다. 자신의 핸드폰이 쓰레기통 속에서 발견되는가 하면 소지지가 신발장

위에 있고 기름에 전 프라이팬이 서랍장 속에 가지런히 놓여 있습니다.

채희주 예로부터 영리한 아이는 순진한 맛이 적고 미련한 아이는 인간미가 철철 넘친다고 했습니다. 신랑 공상두는 인간미가 철철 넘칩니다. 그만큼 미련퉁이라는 얘깁죠.

공상두 네, 저는 미련합니다. 얘는 모자르구요.

채희주 얘는 신발 신고 발바닥 긁는 놈입니다.

공상두 얘는 돈 년이에요.

채희주 아, 백년해로한다구요? 감사합니다. 인생은 이처럼 아옹다옹 티격태격거리면서 사는 건가 봅니다. 이상으로 주례사를 마치고 이어서 마지막 순서로 신부 채희주 양의 축가가 있겠습니다.

축가가 끝나면,

채희주 이상으로 신랑 공상두와 신부 채희주의 결혼식을 마치도록 하겠습니다. 휴우……. 우린 이제 부부야.

공상두 앞으로 좋은 사람이 나타날 거야.

채희주 아, 좋은 생각이 있다. 지금 이대로 서울로 가자. 으리으리한 식당에서 밥을 먹고 스카이라운지에서 술을 알딸딸하게 마신 다음에 2차로 나이트에 가서 밤새 흔들어대자구. 어때?

공상두 (뒤에서 껴안으며) 됐어. 여기서 헤어지자.

채희주 싫어. 밥 한 그릇 근사하게 멕여서 보낼래.

공상두 (윗양복을 벗어서 채희주에게 걸쳐주며) 무슨 선물이 좋을까 하고 한참 고민했는데 못 골랐어. 마땅한 게 없더라구. 널 생각하면 양에 안 차. 이게 선물이야. 추워하지 마.

채희주	그래……. 난 그 말 믿어. 사랑은 단박에 가는 거라는 말. 자꾸 너한테 마음이 쏠리는 거야. 니가 퇴원하니까 더더욱. 마음을 다잡을 겸 부산에 갔다. 영해 언니와 막걸리를 마시다가 사발을 바닥에 떨어뜨렸어. 이게 깨지면서 언니 발등에 얇은 사금파리가 꽂혔어. 피가 줄줄 흘러. 그런데도 햇빛에 사금파리가 반짝반짝. 내가 뽑으려고 하는데 언니가 "냅두거레. 보석 안 같나?" 보름쯤 지났을 거야. 엄기탁이가 병원으로 날 찾아왔어. "오늘이 형님 생일입니다. 가시죠." 너의 첫 데이트 신청이지. 차에 올라타면서 그 사금파리 생각이 났다. 가면 앞으로 가슴 아플 날이 많을 것 같은데……. 무슨 암시였나 봐.
공상두	희주야. 내 딱 한 번 울어봤다.
채희주	언제?
공상두	농장에 있는데 니가 보고 싶어 미치겠어. 서울로 올라와서 니 병원에 갔더랬다. 낙엽 떨어지던 가을이었어. 드디어 니가 퇴근을 하는 거야. 바바리 깃을 올리고 고개를 푹 숙인 채. 목도리로 얼굴을 반쯤 가리고는 힘없이 걸어가는 거야. 니 뒷모습이 너무 슬퍼 보였어. 나도 모르게 눈물이 쏟아지더라구. '하느님, 우리 복실이 행복하게 해주세요.' 나…… 간다.
채희주	사랑해.
공상두	소원이 하나 있다. 거기 있다가 니가 그리우면 돌아오고 싶다. 이 집으로.
채희주	기다릴게. 불 켜놓고.
공상두	내 생각이 짧았어. 누군가를 너무 쉽게 미워해서는 안 되는데. 힘내.
채희주	알았어.

공상두   가버리지 말까?

채희주   돌아서서 떠나라.

        공상두, 채희주를 물끄러미 바라보다가
        돌아서서 떠난다.
        채희주 무너져 내린다.

불 좀 꺼주세요

등장인물 사내

여인

남자 분신(남分)

여자 분신(여分)

남자 다역(남多)

여자 다역(여多)

남分과 여分, 무표정한 얼굴로 무대 중앙에 있는 의자에 나란히 앉아 있다.

사내와 여인은 오른쪽 벽에 기댄 채 포옹하고 있다.

구체적으로 말한다면 여인은 벽에 기대어 있고 사내는 여인과 하체를 밀착하여 한 손은 벽에 댄 자세이다.

일견 다정한 연인처럼 보인다.

그러나 서로의 표정은 딱딱하고 다소 어색하다.

말없이 서로 쳐다본다.

이따금씩 사내는 여인의 치마 속으로 손을 넣기도 하고 볼을 비비기도 하고 입술을 훔치기도 한다.

여인, 사내를 받아들이기는 하나 가끔 피하기도 하는 것이 마음에 썩 내키는 일이 아님을 알 수 있다. 그러나 완강하게 피하지는 않는다.

그들의 행동은 사실적인 영화처럼 느리고 부드럽고 그래서 감각적이고도 자극적이다.

여인 (살짝 빠지면서) 아, 안 되겠어요, 오늘따라 왜…….

사내 외면하지 마시오. (다시 포옹한다.)

여인 대체 뭘 원하시는 거죠?

사내 원하는 건 없소. (입술을 포갠다.)

여인 (몇 번은 수용하다가) 이러지 마세요.

여分 마치 날 가볍게 보는 것 같아 싫어. 그럴 리야 없겠지만.

사내 이 집에 들어서기만 하면 무슨 생각이 드는지 알아요?

여分 열녀문인가?

사내 분갈이오.

여인 분갈이?

사내	집에 화분은 작은데 몸체가 커서 뿌리가 밖으로 삐죽삐죽 나온 군자란이 있소. 애처로워 못 봐주겠습다.
남分	볼 때마다 분갈이를 해줘야지 했는데…….
여인	내가 그 군자란처럼 보이나 부죠?
여分	아, 나도 봤어. 지렁이들이 엉켜 붙은 것 같은.
사내	당신도 분갈이가 필요하오.
여分	이런 분갈이?
남分	맞아.
여分	파괴–변화–정리라는 그쪽의 지론처럼?
여인	난 파괴는 될지 몰라도 변화는 어려울 거예요.
사내	걱정 말아요. 새장에 갇힌 새도 풀어주고 일정 기간이 지나면 하늘을 훨훨 날아.
남分	새장에 갇힌 새! 너무 흔한 말이야. 삼빡한 말이 없었을까?
여分	아이, 얄미워. 이제 와서 분갈이라니. 그 긴긴 세월 동안 당신 때문에 내 인생이 어땠는데.
여인	의원직 사퇴도 이런 정리였나요?
사내	알고 있었소?
여인	어젯밤 뉴스 시간에 떠들썩하더군요.
사내	당신은 테레비를 안 보는 줄 알았는데.
여分	그럼 똥도 안 누고 밑도 안 닦고 코 풀어도 누런 콧물이 안 나오는 그런 천사 줄 알았니?
여인	난리법석이었지요. 강창영 씨가 도덕성 문제를 걸고 국회의원직을 사퇴했다고.
남分	심드렁한 표정이야. 이 여자가 왜 이러지?
여分	아, 왜 이렇게 말이 헛 나오지? 저 양반 속마음은 얼마나

아팠을까?

사내　　그 자린 내 자리가 아니었나 보오.

여分　　사과할까?

여인　　마음을 완전히 굳혔나 봐요?

사내　　예. 일순간 치기라고 생각하는 건 아니겠죠?

여分　　왜 마음에도 없는 말을 해? 치기라니? 내가 한 번이라도 자기를 같잖고 되잖다고 비웃은 적이 있었어?

사내　　아 아, 없었던 말로 칩시다. 내가 좀 예민해졌나 보오.

남分　　난 사실 개판인 놈이야. 정견 발표를 하는 그 엄숙한 자리에서도 입으로는 국민 운운하지만 어느덧 맨 앞에 다릴 꼬고 앉아 있는 여기자 허벅지 사이를 감상하고 있다니까. 누군가가 내 속을 훔쳐볼까 봐 늘 흥뚱항뚱거리지. 그러다 보니……

사내　　피해 의식이 배어 실수한 거였소. 이해하시오.

여인　　괜찮아요.

여分　　오히려 보기 좋다. 친숙해 뵈고.

사내　　(여인을 침대에 눕힌다.)

여인　　강 선생님, 솔직히 말해보세요.

사내　　뭘?

여分　　아랫도리가 묵직해지는 맛도 없이……

여인　　뭘 어쩌시겠다는 거예요? 나를 원하고 있지도 않잖아요?

사내　　사실 그래.

남分　　오랜 세월을 서로 친구처럼 지내왔으니 남녀 간의 사랑 감정은 어렵겠지. 그래도 나한텐 사명감이 있거든. 만약에 말이야, 나하고 육체관계를 갖는다면 당신의 열녀문도 그걸로 끝이 나고 그다음부턴 자유롭지 않겠느냐는 거지.

여分	여자는 남자하고 달라.
여인	여자들은 사랑 없는 육체관계를 원치 않아요.
사내	(미소만)

사내와 여인의 연상 장면이 삼원 구조로 진행된다.

여分의 맞은편에 남자 다역(남多)이 홍 선생 역을 맡아 앉아 있고

남分의 맞은편에 여자 다역(여多)이 사내의 부인 역을 맡아 앉아 있다.

홍선생	(그렇지 않으나 문학청년 같은 어투로 더듬거리며) 비 오는 날 이렇게 강물을 한눈에 바라보니 눈물겹도록 아름답군요. 우렁비 사이로 보이는 초록 산 먹구름이 이쁜 자태를 다투어 뽐내고 있군요. 어떻습니까? 눈부시도록 찬란하지요?
여分	의논할 일이 있다시는 건 뭐죠?
홍선생	박 선생님, 알아보니까 혼자시더군요.
여分	무슨 뜻이죠?
홍선생	춘천 쪽으로 드라이브나 하면 어떨까 하구요.
여分	그래서 어쩌시려구요?

부인	제가 우리 재웅이를 사랑하는 건 당신에게서 발견할 수 없는 순수함 때문이죠. 당신은 늘 뭔가를 감추려 하지만 우리 앤 안 그래요. 걔는 당신의 다른 모습이에요.
남分	여보!
부인	이젠 당신에게 관심도 없어요. 그저 건달 잡배로 풀렸어야 딱 알맞은 사람한테…….
남分	말이 지나치구만.

부인	지나치겠지요.

홍선생	곡해하지 마십시오. 전 박 선생님을 처음 본 순간 제 결혼을 미치도록 후회했습니다.
여分	홍 선생님.
홍선생	그동안 박 선생님 수업하시는 걸 남몰래 훔쳐보며 전 가슴 밑바닥부터 떨려오는 울렁거림을 눌러왔었습니다. 진심입니다.
여分	(일어서며) 시간이 있으면 교재 연구나 하세요, 네? 그리고 제 남편은 사업차 잠시 미국에 간 거니까 오해 없길 바라겠어요. (계산서를 집으며) 찻값은 제가 내죠. (다시 앉으며) 먼저 나가주세요.

남分	재웅이 문제는 이제 그만해둡시다.
부인	왜요? 우리 재웅이가 어때서요? 불구라서요? 뭐가 불구죠? 단 한 번도 남을 미워해본 적이 없는 그 마음이 불군가요, 그 미소가 불군가요? 걱정 마세요. 당신보단 나아요. 필요에 따라 흔들리는 그 눈금으로 뭘 또 재려 하시죠? (퇴장)

홍선생	박 선생님.
여分	아직도 더 할 말씀이 계신가요?
홍선생	죄송합니다. 계산은 제가 하죠. (계산서를 채가며 퇴장)

사이. 다시 원위치로 돌아온다.

사내	말이란 제도 안에 동화하는 데는 크게 기여할지 모르지만 이탈하는 데는 큰 장애가 되곤 하죠. 단적인 예로 말 많은

사람들이 용기가 없죠.

여分   갑자기 무슨 말을 하려는 거야?

사내   말 많은 짐승들이 또한 용기가 없고.

여分   내가 그래.

사내   푸른 평원에서 한가롭게 노니는 짐승들을 생각해봐요. 또
      서울이라는 울타리 안에서 수천만 마리의 동물이 우글우글대며
      살 때를 상상해보고. 엄청난 차이가 있을 거요.

여인   나도 그런 얘길 들은 적이 있지요.

여分   어떤 원숭이 부족이 넓은 지역에서 살 때는 넉넉하고 한가롭고
      평화롭게 잘 어울려 살았대나. 그런데 그 원숭이 부족을 좁은
      지역에 가두어 살게 했더니 요령 피우는 녀석, 아부 떠는 녀석,
      군림하는 녀석, 권모술수 아귀다툼이 인간 사회와 똑같이
      일어나더라는 거지. 두목 원숭이는 잠도 높은 데서 자고 털
      색깔도 윤기 있게 변하고.

남分   좁은 지역에 살게 되면 본래 가지고 있던 기질을 잃어버리게
      되지.

사내   우린 그 순수한 본성을 되찾아야 하오.

여인   제도 법률을 무시하면서까지요?

사내   아니죠.

남分   모든 생명체엔 자정 기운이 있거든.

사내, 여인을 강하게 덮친다.

여分   어어, 본격적으로 일을 벌일 모양인데 어떡하지?

남分   재웅이 병 고치는 데 한남동 건물 그거 팔어 말어?

여分	저 그림을 저쪽에다 걸어야겠어. 그게 어울리겠어.
남分	달호와 이 여자는 밤에 어땠을까. 신음 소리도 냈겠지? 냈다면 어떻게? 으헉 으헉 으헉.
여分	맞아. 스물일곱 코째에 단을 올려야 했어. 아! 그렇담 다 풀러야 돼?
남分	내가 왜 이리 허둥대지. 실마리가 안 풀려. 이영실이는 지금쯤 뭐 하고 있을까? 백인처럼 하얀 살결에 탐스러운 허벅지. 유학 갔다 온 지성파치고 그렇게 육감적인 여자는 처음이야.
여分	이 양반이 내 몸을 탐하는 건 아닐 텐데……. 대체 뭘 원하는 걸까. 혹시 몰래카메라로 어디선가 찍는 건 아닐까? 그렇다면 무엇에 쓰려고?
남分	그래, 영실이 생각을 하면 좀 기분이 나겠다.

감미로운 음악이 흐른다.

여多, 이영실 역을 맡는다.

욕탕에서 막 나온 듯.

이영실	아이, 보지 마세요. 선생님은 저의 어디가 그렇게 좋으세요?
남分	발목 뒤꿈치 살.
이영실	왜요?
남分	거기에 굳은살 없는 여자가 드물거든?
이영실	또요?
남分	영실이의 지성미도 좋고.
이영실	사모님께서 우리가 만나는 걸 눈치채셨을까요?
남分	알지.

이영실	예에?
남分	여기자와 정치꾼 사이로.
이영실	젊었을 땐 초강초강하니 이쁘셨겠어요.
남分	누가?
이영실	사모님요.
남分	아직도 젊어.
이영실	선생님. 절 좀 잘 키워주셔야 돼요?
남分	이리 와. (같이 퇴장)

여인	무슨 생각을 하세요? 빤히 쳐다보시면서?
사내	남이 보면 다정한 연인 같을 거라는 생각.
여인	후후후.
여分	거짓말.
사내	왜?
여인	해답이 아닌데요.
사내	실은 딴생각했소. ⋯⋯요즘은 이상하게 아침에 들은 가락이 잠잘 때까지 머릿속에서 떠나질 않는단 말이오.
여인	나도 그래요. 무심코 흥얼거린다니까요. 음악 틀어드릴까요?
사내	아니 됐소.
여인	피곤해 보여요. 술 한잔 드릴까요?
사내	아닙니다. 나 좀 여기 누워서 쉴게요.
여인	돌아갈 시간이에요.
여分	가지 마. 계속 얘기해.
사내	(시계를 들여다본다.)
남分	괜찮아. 11시 20분 전이야.

사내	집 앞 공원을 이 시간쯤 산책하다 보면 별의별 것을 다 보게
	되지요. 떼를 지어 노래하는 저 친구들 자기 노래가 얼마나
	재미있을까? 지겨운데도 악악거리는 건 아닐까. 입만 뻥긋뻥긋
	대면서 속으로 이 생각 저 생각 잡생각으로 꽉 차 있진 않을까?
남分	두만강 푸른 물에 앗짜라 자짜 삐약삐약⋯⋯. 이게 뭐 그리
	흥겹다고⋯⋯. 내 원 참.
여分	뭐래?
여인	못 들었어.
여分	무슨 생각하고 있었는데?
여인	여러 가지. 실은 아무 생각도 안 했어.
여分	가게를 내달라고 그래. 손님이 북적북적한 칼국숫집을 하고
	싶다고. 지금 생활은 외롭다고.
여인	싫어.
여分	왜?
여인	이분에게 외로운 흔적을 보이고 싶지 않아. 바보처럼 생각할
	거라고.
여分	그럼 꽃 가게를 내달라고 할까?
사내	두 손을 꼭 잡고 정답게 걸어가는 젊은이를 볼라치면 사랑스럽기도
	하지만 짓궂은 생각도 떠올라요.
여分	꽃 가게도 싫어?
여인	(고개를 끄덕인다.)
사내	실상 두 사람은 그렇지 않을 때도 많을 거란 말이오. 잡고 있던
	손을 슬그머니 빼자니 서로의 사랑을 깨는 것 같아 망설여지고
	계속 붙잡고 있자니 땀이 차서 역겹고.
여分	지금 내가 그래. 냉랭한 사람끼리 이게 무슨 짓거린가 싶어서

말이야. 폐쇄도로 복구 작업하는 거니? (여인에게) 어색해
미치겠어. 뭐라고 한마디 해.

여인　아닌 말로 달밤에 홀딱 벗고 체조하는 격이겠네요?

사내　네에?

여分　달밤에 홀딱 벗다니…… 좀 상스럽다.

여인　아, 아니에요.

사내　난 가끔 안중근 의사를 생각해봅니다.

여分　난 어렸을 적에 그 사람이 병 고치는 의산 줄 알았는데…….

사내　어찌어찌 반항하다 보니 의사가 된 것일까 아니면 본래부터
의사였던 사람인가. 후자였다면 지금의 나는…….

남分　상관도 없는 말을 지금 왜 해?

사내　(남分에게) 글쎄 말이다.

남分　너 혹시 달호 녀석 생각하는 거 아냐?

여分　자연스럽게 빠져나가는 방법이 없을까? 전화 걸어야 할 데가
있다, 꽃에 물 줄 시간이다, 화장실 좀 다녀오겠다. 화장실은 좀
그렇다, 그치? 쉬 하는 모습을 연상할 거 아니냐고.

남多, 발톱을 깎으며 남分과 전화 통화를 한다.
김달호 역.
사내의 연상 장면.

달호　헬로. 뭐 하누?

남分　여보세요. 누구시죠?

달호　누구긴? 내다. 달호다. 신문에서 맨날 본데이. 국정감사 활약이
대단하데. 참말로 자랑스럽데이. 아, 내 친구 자슥이 이렇게

훌륭한데 내 일도 마 잘 풀리지 않긋나. 실은 인편을 서울에 보냈다. 좀 도와주꼬. 내사 마 이번 일만 잘 풀린다면 그동안 꿔간 거 싸그리 갚을 끼다. 이봐라 내 말 듣고 있나?

남分　말해.

달호　딱 10만 불이다, 알긋제?

남分　협박인가?

달호　아! 이 문둥이 자슥. 친구끼리 협박은 무슨 협박이고, 좀 도와달라 카는데, 알긋제? 끊는다. 아, 그리고 내 마누라 좀 보살펴도오. 불쌍치 않은가 베. 그렇다고 처묵진 말고. 또 누가 아나? 서울 가서 내가 묵어야 될 일이 있을지. 하하하. 아이? 찰크덕.

사내　그 자식은 개자식이오. 당신 서방 말이오.

여인　공허한 외침 같아요.

여分　갑자기 왜 그치 얘기야?

여인　서방이라 생각한 적이 한 번도 없었을지 몰라요.

사내　정숙 씨는 기다 아니다부터 배워야겠소. 걸핏하면 그런 것 같다, 그럴지도 모른다.

여分　내가 모르는 게 너무 많거든.

사내　정숙 씨가 그 자식과 결혼할 줄은 상상도 못 했소.

여分　먼저 배를 바꿔 탄 게 누구신데?

사내　이런 것 아시오?

여分　관둬.

사내　사내들은 묘하다오.

여인　여자들도 묘하지요.

여分　거짓말. 그런 무책임한 말이 어딨어. 사내들이 어떻다, 여자들이 어떻다, 여자들은 안에 숨길 좋아하고 사내들은 밖으로 나돌기를 좋아한다. 획일적인 엉터리 말장난일 뿐이라고.

사내 사내들은 운명을 거부하고 여자들은 그 운명을 받아들이는 쪽이라고.

여分 치이. 남자들도 복종형이 쌔구 쌨고 여자들 중에서도 정복형이 쌔구 쌨더라. 영화를 봐봐. (깡패 몸짓) 어이 빵꾸! 빵꾸! 이리 와봐.

남多 (헤드폰을 꽂고 춤을 추며 등장. 똘마니 역) 저예?

여分 인마. 여기에 빵꾸가 너 말고 누가 있냐? 너 이 새끼, 앞으로 또 서울 미장원집 기집애 찝쩍대면 이쪽에도 빵꾸 낼 줄 알어. 알아들어?

남多 지가 언제……?

여分 이 새끼가 정말.

남多 예 예.

여分 기어서 꺼져.

남多 (기어서 퇴장)

사내 달호 그 자식이 미국에서 어떻게 살고 있는지 상상이나 해봤소?

여分 나타나기만 해봐. 그 이죽이죽거리는 주둥이에다 재갈이라도 처박을 테니.

여인 서양 여자 만나 잘 산다면서요?

여分 양년!

사내 예, 잘 살고 있지요. 낮엔 수영하고 밤엔 트럼프도 치며.

남分 내가 준 돈으로.

사내 양년들 품속에서 놀다가 무료해질 때면 이따금씩 당신도 생각할 거요. 오해하지 마시오. 사랑해서가 아니니까.

여인	그렇겠지요.
남分	어이, 토종닭!
사내	당신은 영락없는 한국 여인이오. 우리네 토종 여인들은 그저 순종하며 기다리며 사는 걸 미덕으로 알지요. 서방이 주색잡기에 골몰해도 언젠가는 돌아오겠지. 역마살이 끼어 몇 년씩 집을 비워도 내 팔자가 그럴진대……. 다 운명 타령일 뿐.
여分	이때야. 일어나.
여인	(일어서며) 차라리 풀장 수영 코치랑 풋사랑을 즐기라면 그건 또 모르겠어요. 아까부터 여러 가지를 생각해봤지요.
여分	아니, 10년 전부터 서로의 관계를 생각해왔는지도 몰라. 부인과의 잠자리를 떠올리다가 까닭 모를 질투도 많이 했으니까. 그러나 그건 이성으로 보고 느낀 감정이 아니었어. 아버지 같고 신부님 같고 오빠처럼 느껴진단 말이야.
사내	(여인을 뒤에서 끌어안는다.)
여인	오늘 도대체 왜 이러는 거예요. 차라리 날 여자로 보고 원한다면 또 모르겠어요. 그것도 아니잖아요?
여分	내가 무슨 헛점이라도 보였나? "서방 없어 굶주렸어요" 하고 희멀건 궁기라도 흘렸느냐구.
사내	거역해봅시다. 어렵겠지만.
여인	우린 뻔히 다 알고 있어요. 안 된다는 걸.
사내	기다릴 만한 가치가 있는 걸 기다려야지.
남分	달호 그 자식이야 당신의 기다림을 즐기기라도 하는 양 살고 있는데 약 오르지 않아? 엊그제 전화에서는 당신을 먹지 말라면서 낄낄거리며 끊습디다.
여分	약 오르게 만드는 게 누군데? 사실 내가 어때서. 어디가

	못났다고, 구원용으로 동정심으로 수해물품 선물하듯
	그러느냐구.
여인	그래서 그 사명감으로 날 어떻게 해보겠다는 거예요? 강
	선생님과 함께 있으면 엄마, 아빠, 신부님, 서방의 얼굴까지
	코앞에서 아른아른거리는데도요?
사내	예. 그 심정 잘 알아요. 나도 그래. 나도 별의별 생각이 다 나.
남多	(최병철 역 생선 장사 타령조로) 오징어 눈깔이 떴다 감았다 떴다
	감았다 싱싱한 오징어 사리엇. (사내에게) 그래, 그쯤에서 그만둬.
	오징어 눈깔이 떴다 감았다 떴다 감았다 싱싱한 오징어 사리엇.
	(퇴장)
사내	그쯤에서 그만두라고 아까부터 죽은 병철이 녀석도 나에게
	소리소리 질러대죠. 알죠, 최병철?
여인	예. 틈만 나면 말했잖아요.
사내	달호도 병철이 얘길 하던가?
여인	아뇨. 그 사람이야 어디 자기 흠될 얘길 하던가요? 집에 들어오면
	딱 세 마디뿐이었죠. 신문 가져와! 이불 깔어!
여分	불 꺼!
사내	내게 있어서 최병철인 신같이 우뚝 서 있는 존재죠.
여인	빚을 많이 졌다면서요?
사내	예. 평생 갚아도 못 갚을 빚을 졌지요.
여分	쯧쯧쯧. 바보 같기는. 적당히 잊어버릴 일이지.
사내	내일은 그 자식 무덤을 찾아갈까 합니다.
여分	나도 같이 가자, 응?
여인	남도 어느 섬이라고 그랬죠?
사내	예. 목포에서 두 시간쯤 배 타고 가면 장산도가 있지요.

여分	같이 가면 안 돼?
여인	혼자 가게요?
사내	예.

사내의 연상 장면.

세 남자, 어디선가 막 달려온 듯 헉헉 숨 가쁜 모습.

셋이 색안경에 모자를 푹 눌러썼다. 남分이 최병철 역을 남多가 김달호

역을 맡는다.

병철	창영아.
사내	응?
병철	달호야.
달호	응?
병철	여기서 흩어지자. 나머진 내가 책임지겠어. 이 최병철이 혼자서.
사내	안 돼. 이 일은…….
병철	(사내에게 주먹을 날려 쓰러뜨린 뒤) 웬 말이 많어. 너희들은
	제까닥 집으로 돌아가. 아무 일도 없었던 것처럼 집구석에
	처박혀 있으라고. 무섭다고 다른 데로 토끼지 말고. 그럼 다 같이
	걸려들어.
사내	병철이 넌?
병철	잠시 날겠어.
달호	어디로? 아이 된다. 살몬 같이 살고 죽어도 같이 죽는다 아이
	했나. 본 사람도 없다 아이가. 그렇다고 니 어무이가 나발 불고
	다닐 일도 없고.
병철	사람 일은 몰라. 일단 안전빵을 택하는 게 상책이야. 만에 하나

	짜부가 낌샐 채더라도 나한테 몰아. 여차하면 밀항선이라도 탈 테니까.
사내	싫어. 일은 내가 저질렀는데 왜 니가 뒤집어써.
병철	이 새끼야, 이건 내 일이야. 내 일에 니놈이 끼어든 거라고.
사내	싫어. 내가 저질렀으니 내가 책임지겠어.
병철	너 이 새끼. 말 안 들어?
사내	그래.
달호	창영아. 니가 참거래이. 병철이 성깔 몰라서 그카나. 설마 무슨 일이사 있긋나. 설사 안닥 해도 그 개고기 자식 잘 죽었다고 박수 치지 않긋나 말이다.
사내	관둬.
병철	(사내에게) 좋았어. 한번 얼러보시겠다? (무릎을 꿇는다. 사내에게 벽돌을 주며) 자, 찍어. 어서! ……못 찍어? (일어나서 벽돌을 뺏어 들고는) 자 무릎 꿇어. 빨리! (안타까운 절규로) 이 개자식. 골통을 박살낼 테니 어서 대보란 말이야, 이 새끼야.
사내	(부르르 떨고만 있을 뿐, 눈물이 흐른다.)
병철	니놈이 울면 난 피눈물이 흐른다. 개자식. (벽돌을 던지며) 잠잠해진 뒤에 연락하겠어. 자, 다음에 보자. (나가다가) 고맙다. 친구들.

남分과 남多 황급히 사라지고
사내 천천히 일어나 벽돌을 제자리에 놓고 여인에게로 온다.

여分	말해봐. 같이 가자고. 바다 구경을 하고 싶다고. 배 타고 가면서 화랑 얘기도 하는 거야. 거절할 양반이 아니잖아? 어서 말해.
여인	(순식간 다른 말) 비가 오려나 봐. 후덥지근한 게.

사내	집에 지리부도 책이 있을까요?
여인	예, 있을 거예요. (책상으로 간다.) 여기 어디다 둔 것 같은데. 나도 지리부도 보는 게 어렸을 때부터 취미였거든요? 다른 나라가 있다는 게 실감이 안 돼요. 거기서도 여기처럼 그렇게 살겠죠?
사내	암요.
여인	(허리를 굽혀 찾는다.)

사내의 연상 장면. 여인의 구부린 모습에서 비서 생각이 난다.
여多가 여비서 역을 맡아 옆에서 뭔가 찾는다.
사내, 여인과 여多의 엉덩이를 바라본다.

비서	의원님. 그 서류를 여기다 넣었던 것 같은데 의원님이 빼신 건 아니에요?
사내	아니.
남分	(비서 뒤로 가서 희롱하며) 옷이 멋진데? 색깔이 잘 받아. 짧은 치마도 어울리고. 오늘 시간 있어? 이따가 만날려? 좋아, 싫어?
비서	여기엔 없는데요? 캐비닛을 찾아볼까요?
사내	아니 됐어, 나가봐.
남分	(상냥하게) 내가 뭐 도와줄 일 없어? 말해봐. 다 들어줄게.
사내	아! 미스 킴. (사무적으로) 내가 뭐 도와줄 일 없나?
비서	(토끼 눈알) 예?
사내	아니 됐네. (고개를 숙인다.)
남分	(사내에게 다가와서) 왜?
사내	내가 싫다.
남分	이런 와중에서도 장난이나 치려 든다고?

사내	(끄덕인다.)
남分	남들도 그래. 다들 그래. 상주가 3일장 치르는 중에도 여자 보면 여자 생각, 신문 보면 증권 시세, 목욕 생각, 커피 생각, 머릿속에선 송방송방 칼싸움이 끊이질 않는다고.
여인	없는데요? 왜요? 가본 적이 없나요?
사내	아니, 그냥 찾아보고 싶었습니다.
여인	아, 예. ······ 참 이상해요.
사내	뭐가요?
여인	강 선생님 말이에요.
사내	아니 어째서?
여分	오늘따라 수척해 보인다. 뭣에 홀린 것 같기도 하고. (여인에게) 그치? 평소에 그렇게 점잖던 양반이 다짜고짜로 껴안질 않나. 그나저나 사퇴한 이유를 왜 말하지 않지? 그런저런 얘기들을 하려고 왔을 텐데. 물어볼까? 왜 그랬을까?
사내	내 행동이 이상한가 부죠?
여인	예.
사내	그럴 리가요.

그때, 초인종 소리.

여分	누굴까? 이 밤중에.
남分	혹시 기자들이 내 승용차 번호를 추적하다가······?
여인	누구세요?
목소리	접니데이. 떡집입니데이.
여分	어휴, 옆집 그 남자야. 밤늦게 웬일이니?

여인	(문을 따주며) 아, 안녕하세요. 어인 일로 밤늦게?
떡집	(남多가 맡는다. 슬리퍼에 반바지 차림) 늦었지예? 아직 안 주무셨능교?
여인	예.
떡집	아이고마, 우리 집 아새끼들이 호박떡이 잘 빠져 나왔다꼬 자꾸 여사님 갖다드리라꼬 등을 막 떼밀지 않는가 베예. 그래도 난 몬 간다 몬 간다 문고릴 잡고 물리쳤구마는 웬 근력들이 그리도 센지……. 지 아부지가 떡집한다꼬 아새끼들도 떡살이 배겼는지 밀려 밀려 예까지 안 왔는교. 좀 드시소. 마 우리 집 아새끼들이 여사님을 너무 좋아한다 아닙니꺼. 문둥이 칠푼이 자석들 돌봐줘서 정말 고맙습니데이. 에미 없이 커서 성가실 텐데예.
여인	고맙긴요 뭘. 들어오세요.
떡집	예? 아, 우야꼬! 저어 발바닥을 안 닦았는데예?
여인	저야 뭐 안에서도 신발 신고 사는데요 뭘.
여分	발도 참 되게 못생겼다.
떡집	참 신식으로 사시네예. (집을 살피며) 우와.
여分	정말 들어오면 어떡하니?
떡집	으리으리 짜리짜리. 똑같은 아파트인데도 왜 이리 다릉교.
여인	저야 혼자 사니까요.
떡집	여사님 손길이 구석구석에 쫘악 배었다 아입니꺼.
여인	떡집은 잘되세요?
여分	쯧쯧쯧. 이 등신. 그런 말을 물어보면 어떡하니. 신나서 떠들 텐데.
여인	그렇다고 온 손님을 어떻게 홀대하니?
떡집	아이고, 말도 마시소예. 오늘은 잎사귀 한 개짜리 쫄다구 순사가

떡하니 떡집에 들어서드마는 전화 좀 쓰겠다 하지 않능교.

아깝지만도 치안 유지를 위해 쓰겠다는데 국가에 충성하는 것도

있고 해서 쓰라 했어예. 까짓 전화비 나오면 얼마나 나오겠느냐.

가난도 비단 가난이라고 여지껏 체통 지키며 살아오지 않았느냐.

아 근데, 그 문둥이 자식이 자기 집에 전화를 하면서 "자야 비

올 것 같으니까 장독 닫아라이, 칠뜨기하고 팔뜨기는 들어왔나,

뜸물로 된장국을 안 끓이니까네 텁텁한 맛이 없드라이⋯⋯."

아이고 한 시간은 전화통을 붙잡고 있다 아입니까. 참았어예.

사내들은 큰일은 다 참는다 아입니꺼.

여分 점입가경이구만. 떡집이시여, 혓바닥에 떡살이 배겼는지 끈덕지게

말씀도 잘한다 아입니꺼.

떡집 그 뭡니꺼. 무전기 안 있습니꺼? 그걸 최고로 크게 틀어놓고는

순찰 중이다 오버. 또 저쪽에서도 뭐락 했노 오버. 시끌시끌

시끌시끌 시끌! 떡을 당최 못 팔겠어예. 인절미요, 하면 될

것을 (큰 소리로) "뭐락 했습니꺼. 인절미라예? 찹쌀떡이라예?

팥떡이라예? 쑥떡이라예?" 쫄따구는 가지도 않고 의자에 떡하니

앉아서는 떡 하나 집어먹고 내보고 물 달라 하고. 에라 쌍!

떡집을 닫는 한이 있더라도 할 말은 해야겠다 안 했습니꺼. 또

고종 육촌 성님이 구로 파출소 잎사귀 두 개 아입니꺼.

나도 떡 버티고서는 (계면쩍은 듯 배시시 웃으며) 떡집을 하다

보니 아까부터 떡떡 소리가 많지예? 헤헤헤. 좌우지간 나도 떡

버티고서는 "떡집에 순찰할 게 뭐 있능교. 쑥떡이 간첩질했능교

밀떡이 도적질했능교 이 찰떡이 간통질했능교. 내 성님이

잎사귀 두 개여도 내사 참재 참재 하며 어금니에 쎈 풀 붙이고

응당거리며 참았더니 떡집 한다고 떡하니 날 떡같이 봤다

아입니꺼? 예? 입구녁 뚫렸으면 말 좀 해보소.

내사 이래 봬도 왕년에……."

여인   저어.

떡집   예?

여인   손님이 오셔서요.

떡집   아 그런교? (그제야) 안녕하입시더.

사내   처음 뵙겠습니다.

떡집   아니 남자 아잉교? (사내를 보며) 어? (고개를 돌리며) 맞는데. 어?

아닌데. (이러기를 여러 차례)

여인   저어. 이 떡 아주 맛있게 먹겠습니다.

떡집   아, 예 예. 저 사람 강창영 국회의원 하고 되게 닮았지예?

여인   아. 그래요?

떡집   (시계를 보며) 어? 11신데. 늦었는데. (퇴장하며) 11신데. 저 사람

저……. 상당히 늦었구마는. (사내에게) 지금 몇 십니꺼? (대답이

없자) 자는가 베? 아! 11신데. 굉장히 늦었구마는. (퇴장한다.)

여인, 떡집 사내를 보내고 문을 닫고는, 사내에게 떡집 사내의 결례를

서둘러 제지하지 못했음을 말하려고 하는데,

사내, 혼자 생각에 잠겨 있다.

여인, 옆 의자에 조용히 앉는다.

사내의 연상 장면.

여多가 사내의 부인 역을 맡아 등장.

부인   전 못 보내요. 당신 속셈 뻔해요. 자식이고 가정이고 적당한

간격을 두며 잊고 살자는 거겠죠.

남分	자신을 현모양처에게 맞추려 하지 마오. 자꾸 얽매이게 되니까.
부인	당신한테 있어서 저와 재웅이는 뭐죠? 미국에 보내 치료를 받아보자구요? 뭘 어떻게 고치죠? 머리를 까고 식초라도 붓나요? 하긴 미국 식초는 좀 다를 테죠. 애초부터 틀린 아이라는 걸 당신도 잘 알고 있어요. 그래요. 재웅이를 볼 때마다 울화통이 터지겠죠. 창피스럽기도 하구요. 더더욱 의원님의 눈에는 없어져야 할 애물단지로밖에는 안 보일 테죠. 원망하세요. 미치도록 원망하세요. 저 혼자 다 뚜드려 맞고 참고 기다릴 테니.
남分	(일어선다.)
부인	화난 척 일어나지 마세요. 나가고 싶으면 그냥 나가세요. 언제 제 투정 때문에 마음 상한 적이 있었나요? 그 정도만 돼도 살맛 나게요? 나가서는 어린 계집과 신나게 노닥거릴거면서 그 맛에 아까부터 뛰쳐나가고 싶었으면서 왜 화살은 저한테 돌리는 거죠?
남分	(앉는다.)
부인	(울먹이며) 당신의 죗값으로 내가 왜 이렇게 살아야 되죠? 잘못이 뭐예요? 있다면 가르쳐달란 말이에요.
재웅	(바보라서 비비 꼬며 걷고 말도 간신히 한다. 남多가 맡는다.) 엄마 아빠 싸우지 마. 히히히.
남分	재웅아, 나가 있어.
재웅	아빠. 히히히.
부인	(와락 껴안으며) 불쌍한 내 새끼. (퇴장)
사내	정숙 씨.
여인	예?

88

사내   거개가 각각일 거예요.

여分   이 양반은 일관되게 말하는 법이 없어. 이 얘기했다가 저 얘기했다가
       주어도 없이 막 떠들어대기도 하고, 생각이 많은 탓일까? 나도
       그럴까?

사내   교회 신자가 사기 절도를 하면 우린 막 욕해대죠. 신자가 어떻게
       그럴 수가 있냐고. 교회에 나가 뭘 빌었는지 모르겠다고. 또 자식
       있는 여자가 바람을 피우면 우린 끝장난 여자로 취급해버리죠.
       자식 서방 다 버린 화냥년이라고, 동물만도 못한 죽일 년이라고.
       그러나 제각각이라는 생각이 들어요.

여인   이해가 잘 안 돼요.

사내   그런 죽일 년도 다른 면으로는 안 그럴 거라 이거죠. 자식을
       극진히 사랑하면서도 바람을 피울 수 있고, 절도범이면서도
       교회에 나가 기도하는 순간만큼은 독실한 신자일 수 있는……
       우리한텐 길이 여러 개 있는 게 아닐까요? 제각각 소중하고
       독립된 길이.

여分   그렇겠지?

여인   글쎄요.

사내   난 그걸 처한테 배워요.

여인   아직도 사이가 원만치 않은가요?

사내   어떤 사람이 싫어지기 시작했다면 어디서부터일까요? 떡집 사내
       말마따나 큰 것은 차라리 참기 쉽겠지요.

남分   꼬랑내가 싫고 입 냄새가 싫고 코 고는 것도 싫고 할딱할딱 숨
       쉬는 것도 싫고 밥 씻는 것도 싫어. 살아남겠다는 일념으로 꼭
       저렇게 악착같이 처먹어야 하는가 싶은 것이 그냥 싫어지는
       거야.

여인	화합해보세요.
사내	그럼요. 열심히 사랑할 거요. 사랑스러운 구석도 있고.
남分	특히 자식 사랑하는 부분만큼은. 처가 재웅이를 사랑하고 있는 한 난 결코 그 여자한테서 벗어날 수가 없을 거야.
사내	사랑 따로 미움 따로지요.

사내의 연상 장면.
남分과 여多(사내의 부인 역)가 병원 복도를 말없이 걷는다.

남分	병원 복도는 늘 어둠침침해. 아무리 밝아도 말이오.
부인	……
남分	소독 냄새가 지독하지 않소?
부인	그만 가보세요. 재웅이가 깼을지도 모르겠어요.
남分	의사 말은 생명엔 지장이…….
부인	밤기운이 차가울 거예요. 바쁘실 텐데 가보세요.
남分	여보, 회개하고 있소.
부인	늦었어요.
남分	다시 시작하는 거요.
부인	또 말이 앞서시는군요.
남分	정리할 거요.
부인	뭘요?
남分	우선 의원직 사퇴부터. 기자들을 모이라 했소.
부인	어려운 결정을 하셨군요,
남分	벅찬 일은 또 내가 잘하잖소. 늘 보면 저지르면 수습이 됩디다.
부인	후회하지 않으실까요? 일생 동안 쌓아오신 건데.

남分	이 나이에 무슨 일생이겠소.
부인	잘 생각해보세요.
남分	그럴 운명인데 뭘. 자, 그럼. (돌아서다가 다시) 사랑하오…….
부인	제도적 사랑이겠죠.
남分	본능적으로도.
부인	그건 노력 가지고 되는 게 아니죠. 그거야말로 운명이지요.
남分	(안타까운 듯 물끄러미 바라본다.)

그때 따르릉 전화 소리.

남多가 떡집 사내 역을 맡아 양말을 깁고 있다.

어깨로 수화기를 고정시키고

떡집	아이고, 접니데이. 떡집입니데이. 아직 안 주무셨능교?
여인	예.
떡집	호박떡 맛있지예?
여인	아, 예.
떡집	여사님 지금 뭐 하시능교? 전 마 독서 중인데예. 이 얘기가 너무 재밌어갖고 시간 가는 줄도 모르고 읽다가 문득 이상한 생각이 들었다 아입니꺼. (갑자기 작은 목소리로) 듣기만 허시소. 그 남자 갔능교?
여인	아뇨.
떡집	혹시 여사님께서 지금 위험한 것 아입니꺼? 네, 아니오로만 대답허시소.
여인	아니오.
떡집	진작부터 아시는 사람이라예?

여인	예.
떡집	휴우, 그럼 됐심더. 전 또 택견복으로 갈아입고 뭉둥이로 할까 부지깽이로 할까 여차하면 싸듬이질 치려고 안 했습니꺼. 아, 세상이 하도 지저분헌케 별의별 아새끼들이 날뛴다 아입니꺼.
여인	그럼 이만.
떡집	아, 다행이네예. 하지만 우리 집 시계는 11시 15분인데 그 집 시계는…….
여인	(끊는다.)
떡집	보소. 보소. 아이고 끊었는가 베. 늦었구마는. (바늘에 손이 찔린다.) 아프고마는. 아이고, 아 그래도 늦었구마는.
여인	후후후.
사내	누군데요?
여인	떡집 아저씨예요. 후후후. 독서하고 있었대요……. 강 선생님!
사내	예?
여인	지금 무슨 생각을 했는지 알아맞혀볼까요?
사내	예?
여인	둘을 맺어주고 싶다고 생각했죠? 떡집과 날.
남分	으잉? 우와.
여分	저 표정 좀 봐. 가증스럽기도 해라.
여인	그런 게 강 선생님의 미운 점이지요.
여分	나에 대한 무지몽매한 동점심.
사내	건강하질 않소. 삶이. 동물과 같이.
여分	짐승이란 말이 어울리겠다.
남分	저 여잔 짐승이란 말을 넣고 싶었겠지?
여인	(슬그머니 화가 나서) 서방이 무슨 애완용 똥강아지랍니까?

여分	자제해. 농담 갖고 왜 그래?
여인	(멋쩍은 미소) 건강하면 다게.
사내	저런 처지에서 자식들 구김살 없이 키우기가 어디 쉬운 일이었겠소?
여分	(여인에게) 야 야, 니가 져라 져.
여인	그건 그래요.
사내	천성이 맑은 탓이지요. 내 말은 그런 뜻이오.
여인	알아요.
여分	'저런 타입에다 지적인 면이 보강되었다면 한번 엮어보겠는데' 하는 그 생각까지도. 아마 가는 곳마다 그 생각일걸. 부하 직원 중 성실한 사람이 있으면 나를 떠올리고, 운전수가 인상이 좋아도 항상 엮어줄 생각.
여인	어디 상처(喪妻)한 사람이 없을까, 이혼한 사람이 없을까. 초라해지는 건 나죠. 다 큰 것이 내일모레 40인 것이, 먹이 쪼아오길 기다리는 제비 새끼처럼.
사내	화나게 했다면 미안하오.
여인	자신에게 뱉은 넋두린걸요.
남分	그대가 행복하게 사는 걸 보고 싶어서 그래.
사내	무릎은 좀 어떻소?
여인	보시는 대로 많이 나아졌어요.
사내	그럼 학교에 다시 나갈 작정이오?
여인	글쎄요.
여分	거긴 너무 무기력한 곳이야. 고여 있는 물 같애. 나무들은 쑥쑥 자라는데 우린 싹둑싹둑 잘라내기에 급급했으니까.
사내	난 자격증만 있다면 시골 학교 선생을 하고 싶소. 지금

당장에라도 말이오.

여인   (의미 있는 미소만) ······.

여인의 연상 장면.

교장실.

여인이 의자에 앉아 있고 여分은 그 옆에 걸터앉아 있다.

남多가 (대머리 가발을 쓰고) 교장 역을 맡아 잠시 서성인다.

교장   글쎄 안 된다니까 그러시오.

여인   글쎄 교장 선생님.

교장   (의자에 앉으며) 글쎄 이것 보시오. 가르치는 것만이 전부가
아니에요. 우리 교육 동지들은 학생들에게 모범을 보여야
해요. 결혼한 지 일곱 달밖에 안 돼 애 낳은 여자를 어찌 강단에
서게 할 수 있단 말이오. (혼잣말로) 아이구, 동방예의지국이
동방개판지국이 되어버렸으니 이거야 원······.

여分   아이구 아이구 지지리 궁상. 지가 무슨 도덕군자랍시고. 니놈이
용산 카바레 단골이라는 거 선생들이 다 안다, 이놈아.

여인   입이 열 개라도 할 말은 없습니다만······.

교장   (말을 막으며) 아 아, 보아하니 박 선생께서 지금 여교사회 회장
자격으로 항의하러 온 모양인데 일없으니 나가보시오.
내가 교장으로 있는 한 어림도 없는 소리외다. 교육이란 실수를
용납하지 않습니다. 난 교육자가 그런 추문 추행에 휩쓸리는 것
용서할 수 없소이다.

여分   윗단추를 하나 풀러. 가랭이도 좀 벌리구.

여인   (슬며시 그렇게 하고는) 물론 교장 선생님 뜻을 모르는 바가 아닙니다.

	그래도 사표만은 피할 수 있는 방법이 없을까 해서요.
교장	없소이다.
여分	됐어. 음성이 변했어. 이때야.
여인	(상체를 구부리며) 제가.
여分	그 각도면 보일 거야.
여인	김 선생님을 대신해서 사과드리겠습니다.
교장	글쎄 일없다 이 말이외다. (가슴을 훔쳐보며) 허허, 글쎄 일없다는데 왜 이러시오. 나가보세요.
여인	정말 안 되겠습니까?
교장	안 된단 말이오.
여分	(여인에게) 비켜. 내가 할게. (교장에게) 교장실이 왜 이리 덥지요? 여기 지퍼 좀 올려주실래요? 아이, 보지 마시구요. (뒤돌아서서 껴안으며) 부끄러워요. (여인에게) 보지 말어.
여인	내가 날 보는데 어때서?
여分	넌 그럼 혼자라고 거울 앞에서 너 혼자 무슨 짓을 해도 괜찮디?
여인	알았어. (시선을 돌린다.)
교장	박 선생. 이러시면 안 됩니다. 여긴 신성한 교장실이에요. 누가 결재라도 맡으러 들어오면.
여分	들어오라죠 뭐. 노는 덴 그저 저질이 최고예요.
교장	허허, 이것 참.
여分	아이, 왜 제가 싫으세요?
교장	그런 건 아니오만.
여分	안 그래도 복잡한 세상, (교장의 대머리를 쓰다듬으며) 이것저것 다 따지면서 어떻게 사신단 말입니까요. (넥타이를 풀어 던지며) 이런 구속에서 벗어나세요. (수염을 떼어내도 좋다.)

교장	글쎄 그렇긴 하지만.
여分	교장 선생님은 제가 사모하는 사람과 아주 닮으셨어요.
교장	아, 그렇소?
여分	늙고 젊은 차인 있지만.
교장	나도 속 나인 청춘이오.
여分	오늘도 용산에 출근하실 거예요?
교장	글쎄요. 흠 흠.
여分	저도 가볼까 해서요.
교장	아, 그러면 이따가 만나서 제대로 돌지 뭐.
여分	그러믄요. 저 김 선생이 꼭 사표를 내야 할까요?
교장	아, 아닙니다.
여分	안 내도 되죠?
교장	아, 그럼요.
여分	(따귀를 때리며) 개자식.
여인	잘 알겠습니다. 실례했습니다. (여인과 여分, 교장실을 나와 복도를 나란히 걷는다.) 니 방법을 한번 써볼 걸 그랬어.
여分	넌 못 해.
여인	그렇지?
여分	니 한 몸 던져 막았어야 되는 건데.
여인	(사내 곁에 앉으며) 후후후.
사내	왜 그래요?
여인	갑자기 우스운 생각이 들어서요. 기독교에선 음심을 품는 것만으로도 죄가 된다고 그러잖아요?
사내	그렇지요.
여인	그렇다면 나 같은 사람은……. 어휴!

사내	난 말이오, 어휴 어휴 어휴!요.
여인	학교를 한 2년쯤 휴직하고 보니 이젠 그저 시큰둥해요.
사내	그럼 뭘 하려고?
여分	화랑.
여인	생각해봐야죠.
남分	여자들 직업으로는 학교 선생이 좋긴 좋은데.
여인	서서 수업하다 보면 (무릎이) 재발할지도 모르겠고.
사내	그렇겠군요.
여인	그나저나 뭘 하긴 해야 할 텐데…….
여分	내 치료비 대랴 생활비 대랴 너무 미안해서.
여인	고아원에서 애나 하나 데려다 길러볼까 봐요.
사내	아서요.
남分	정이란 애물단지오. 애간장 녹인다는 말이 딱 그거지.
여인	한번 해본 소리예요.

사내와 여인, 공통의 주제가 없어 표류한다.

남分과 여分도 멍한 채,

벽에 걸린 그림을 보며 사내가 무슨 말인가 하려 하자 여인도 거들려

하지만 사내가 말이 없자 여인도 입을 다문다.

이것저것 살피다가 화병에 시선이 멎는다.

사내가 먼저고 여인이 나중이다.

항아리 꽃병에는 안개꽃이 가득 있으며 백합 한 송이가 청초하게

높이를 달리하고 있다.

서로 이심전심의 미소를 주고받는다.

사내   저 꽃 말입니다.

여인   새벽같이 일어나 사 왔지요.

여分   왜 그랬을까? 도덕성 문제라면 내가 관여된 건 아닐까? 그토록
자신만만하던 분이 갑자기 왜? 하루 종일 아무 일도 못 했답니다.
울적한 하루였어요. 뭔가가 무너지는.

여인   사실 강 선생님이 유명하다는 것만으로도 제겐 큰 위안이었거든요.
옆에 쫌팽이 선생들이 추근거려도 "야 인마! 말을 안 해서
그렇지, 내가 강창영 씨하고 보통 사인 줄 알아?" 이랬어요.
되지도 않게.

사내   안 어울려요. 필경 백합이 나인 모양인데 거리가 멀지 않소?

여인   글쎄요.

여分   내겐 늘 그렇게 보였는걸? 난 그쪽을 감싸는 안개꽃이구.

남分   미안하오.

여分   늘 뒷모습뿐이었지. 무수한 정을 쏟아부어야 한 번쯤
뒤돌아볼까 말까 하는.

        여分, 그 항아리 꽃병을 들고 남分의 집에 들어온다.
        공동의 연상 장면이 겹쳐진다.
        이원 구조.

여分   강 선생님.

남分   (여分의 등장에 허둥지둥 주위를 치운다.) 아니 박 선생님께서
웬일로…….

사내   난 그때 정숙 씨가 강 선생님이라고 부르면 이상했다오.

여인   달리 호칭이 없었죠.

사내	어울리질 않았어요. 선생은 그쪽이고 나야 학교 농장에서 잡일이나 하는 과수지긴데 선생 소리를 듣게 되면 어색해서 자꾸 주위를 살폈죠.
여分	강 선생님.
남分	(주위를 살피며) 웬 꽃입니까?
사내	그때까지 꽃을 주고받아본 적이 한 번도 없었소.
여分	강 선생님 드리려구요. 꽃병을 구할 수 없어서 된장을 퍼내고 이것으로⋯⋯.
여인	밤마다 사택에서 시(詩)를 쓰고 그림을 그리고 음악을 들으면서 지새울 때죠. 다음 날 반쯤 감긴 눈으로 아이들을 가르치고. 아마 가오작 면내에선 내가 제일 좋은 전축을 가지고 있었을걸요.
사내	양구 전체에서도 빠지지 않았을 게요.
여인	몇 달치 봉급을 모아서 산 것이지요.
사내	사택을 지나치다가 그 방에서 흘러나오는 음악을 훔쳐 듣곤 했죠.
여分	강 선생님. 마냥 이렇게 들고 있을까요?
남分	아, 예. 어떡한다.
여分	아! 저기가 좋을 것 같네요.
남分	아, 그렇습니까? 이런 게 처음이라서. (받아서 제자리에 놓는다.)
여分	뭘 하고 계셨어요?
남分	빨래하려고 막. (침구 밑에 감추었던 빨랫감을 집어 들다가 팬티임을 알고는 도로 숨긴다.)
여分	후후후. 그럼 하세요.
남分	아닙니다. 나중에 하죠.
여分	재웅인 자나 봐요?

남分	예.
여分	하긴 꼬마 녀석이 아빠 꽁무니를 졸졸 쫓아다니느라 고단했을 거예요.
남分	저어, 대접해드릴 게 없는데…….
여分	이렇게 서 있을까요?
남分	아닙니다. 앉으십시오.
여分	아녜요. 됐어요. 그래도 무엇이든 주셔야죠.
남分	냉수라도 드릴까요?
여分	냉수 말고 다른 거요.
남分	뭐요?
여인	후후후. 밤마다 맨발로 과수원 다락집으로 달려가곤 했죠. 마음속으로.
여分	바늘질감이나 빨랫감이나.
남分	예에?
여分	가볼게요.
남分	저 그 꽃…….
여分	제 마음이죠. 늘 여기에 와 있으니까요.

남分과 여分, 감전된 듯 쳐다보다가
제자리에 와 앉는다.

| 사내 | 이해가 안 됐어요. 왜……? |
| 여인 | 이유가 있다면 나도 그걸 알고 싶어요. 그저 아장아장대는 재웅이를 앞세우고 과수원을 향하던 축 처진 뒷모습이 좋았었노라고 아득하게나마 생각하고 있지요. |

여分	강렬했지. 당시의 주제는 늘 그쪽이었으니까. 그림도 그랬고 시도 그랬고.
사내	아름다운 곳이었죠.
여分	큰 나무가 하늘을 가린 산골짜기 다람쥐 학교였어. 수업이 끝나면 산으로 들로 사슴이 되어 목동이 되어 그렇게 살았었는데.
사내	다시 가고 싶지 않소?
여인	가고 싶죠. 가서 피리 부는 소년이 되어 살고 싶죠.
여分	싫어. 너무 적막해. 소리소리 질러대도 공허한 메아리만 되돌아오는 늘 혼자뿐인 곳이었어. 이젠 산토끼나 아기 다람쥐를 벗으로 삼고 지내기엔 너무 거칠어졌어.
여인	왜 떠났죠?
사내	그냥 그 맑은 물에서 살도록 두고 두고 싶었다오.
여인	후후후. 그래요. 그 맑은 물에서 오래오래 잘도 살았지요.
여分	천만에. 거칠고 낯선 곳에 혼자 뚝 떨어진 느낌이었지. 지금은 이골이 났지만.
사내	아둔패기 허드재비라는 말이 있지요. 아둔한 사람을 낮추어 아둔패기라고 하고 허드레로 쓰이는 물건을 허드재비라고 하오.
여인	아둔패기 허드재비?
사내	난 그런 놈이었소.
여인	(더운 듯 머리를 들어 올린다.)
여分	머리를 묶을까 올릴까 자를까. 내 겨드랑이 털을 보았을까? 아 후덥지근해. 넌 어때?
여인	괜찮아.
여分	정신이 산란해. 왜 이러지?
여인	글쎄. (사내에게) 덥죠? 시원한 물 좀 드릴까요?

사내	술 없습니까? 소주요.
여인	마시다 남은 게 좀 있을 거예요. (찾는다.) 반쯤 남았네요.
사내	정숙 씨도 혼자서 술 마실 때가 있던가?
여인	그럼요.
여分	어떤 날은 물컵에다 가득 따라 단숨에 마신다.
사내	적적할 때요?
여인	그렇지 않은 날이 있던가요.
사내	그럴 땐 대개 뭘 하는데?
여인	후후후.
여分	말하지 마. 하고 나면 후회할 거야.
여인	문을 다 닫고 빨개벗고 그냥 왔다 갔다 해요. 얘기도 하고.
사내	누구하고?
여인	또 다른 나하고요.
여分	나야.
여인	내 분신은 나완 영판 다르죠. 미니스커트에 쇼트커트에 영리하고 명랑하고 재치 있고.
여分	(자태를 취하며) 야물딱 지고 유혹적이지. 한마디로 싱싱해.
여인	그 여잔 늘 나를 나무라죠. 솔직해지라구요.
여分	어이 강창영. 너 이혼해. 나랑 같이 살자. 응?
여인	아름작아름작 날 약 올리기도 하구요.
여分	그래 너 같은 년은 평생 가도 속 알갱이 얘긴 한마디도 못 할 거야.
남分	똑같군. (사내에게) 야, 무기력! 네놈도 매가리가 없어.
사내	사람들의 가슴을 쫙 째고 그 안에 들어가보고 싶소. 어떤 모습일지.

남分	볼만할 테지.
여分	배 속에 온갖 잡균이 우글우글거릴 거야.
남分	목사면서 복덕방 개업한 놈. 스님이면서 무당인 놈.
여分	마누라 오뎅 장사 시키면서 술집에선 돈 팍팍 쓰는 허랑방탕한 놈, 백화점에선 1원 한 푼 못 깎으면서 시장 콩나물 값은 팍팍 깎는 허방찬 년.
남分	(사내에게) 그러는 넌?
여分	(여인에게) 그러는 넌?
여인	내가 수녀가 되고 싶었을 때 그 여잔 화가가 되라고 부추겼지요. 지금은 둘 다 다 거리가 멀지만.
남分	아니야. 지금도 내겐 그렇게 보여.
여인	수녀가 되는 게 어렸을 때 꿈이었죠.
사내	단 하루도 그렇지 않은 날이 없었소. 고독하고 순결한 게…….
여인	겉모양뿐이지요.
남分	그야 그럴 테지. 당신이 정숙하고자 했을 때 분신은 길길이 날뛰고 싶었을 테니까.
여分	그래 그래. 나도 어떤 날에 술에 취해 내 자신을 내던지고 싶기도 해. (취한 척) 어이 친구. 한잔 마시자구, 응? 뭐 난 석녀인 줄 아냐? 나도 인마 적당히 즐길 줄도 알고 짜릿한 거, 감미로운 거, 짜고 맵고 떫고 애린 것, 알 건 다 안단 말이야.
여인	돌아가세요. 늦었어요. 부인이 기다리겠어요.
여分	자고 가. 밤새 하위 술이라도 마시게…….
남分	내 처는 병원에 있소. 재웅이 곁에.
사내	고등학교 때 버스를 탔는데 퇴근 시간이라 만원이었어요. 어머니는 절에서 식모 일을 하실 때고. 차 안에서 어머니를

보았소. 바닥에 쭈그려 앉아 있었지. 그 앞에는 큰 양푼이
있었고. 양푼에 뭔가가 가득한데 보자기로 덮여 있어서 무엇인지
몰랐죠. 그게 이리 치이고 저리 치이고, 손님들이 투덜대고, 어머닌
아랑곳없이 그저 누가 양푼을 밟을까 봐 그것만 노심초사. 그땐
버스 출입문이 두 개였고 여차장도 있었거든요. 여차장도 한몫
거들어요. "아주머니, 그러니까 타지 말라는데 왜 타욧. 에이
쌍!" 그래도 묵묵부답. 남루한 차림에 기미가 가득 낀 얼굴.
내릴 때가 되었지요. 또 한차례 언성이 어머니께 모아지고 어머닌
앞문으로 내리고 난 뒷문으로 내렸지요. 길 가던 행인이 거들어
양푼을 어머니 머리에 이게 해주고. 난 10여 미터 떨어져서
어머니 뒷모습을 보며 따라갔소. 산동네로 꼬불꼬불. 어머니가
함박웃음을 지으시며 양푼 보자기를 걷는데 그건 절에서
얻어온…… 밥이었어요.

사내의 연상 장면.
여多가 어머니 역을 맡아 등장.

어머니	창영아, 나다.
남分	어머니.
어머니	괴롭쟈?
남分	뭘요.
어머니	어떤 스님이 네 이름 석 자가 붕붕 떴다고 안 좋다고 하셔서 늘
	울연했단다.
사내	(혼잣말로) 강 창 영.
남分	그게 뭐 이름 탓인가요?

어머니	에미 탓이겠지.
남分	그런 뜻이 아니에요.
어머니	내 자신 큰 나무가 되어 니가 가는 곳마다 넓은 그늘을 만들어주고 싶었다.
사내	(여인에게) 어머닌 내가 뭉우리 돌처럼 둥글둥글 살아가길 원하셨지요.
어머니	이 에미가 죽어서도 니 앞길을 이렇게 가로막고 있으니 내 너를 어찌 볼꼬. 앞으론 니 앞에 안 나타날란다.
남分	어머니, 그건 실수였어요. 팔자 도망은 독 안에 들어도 못 피한다고 그건 다 운명이었다구요. 자주 찾아오세요. 살아생전 불충한 죄를 다 어찌 씻겠어요.
어머니	효자 녀석. 창영아.
남分	예?
어머니	재웅이는 잊거라. 내다 버려. 몹쓸 핏줄이고 살 붙은 생명이다.
남分	마음 쓰지 마세요. 재웅인 제 몫인걸요.
어머니	은결들었어.
남分	요즘은 말도 조금씩 해요. 아프지도 않구요.
어머니	녹아내릴 액운이 아니다.
남分	처도 귀여워한다구요. 진심으로.
어머니	내다 버리라니까.
남分	어머니.
어머니	에미라고 부르지도 말거라.
남分	어머니.
어머니	정 아쉽거든 며늘아기한테 남은 정을 쏟아. 걔가 바로 네 어미다.
남分	어머니.

어머니	그래 그래. (퇴장)
여인	(시를 읊는다.)

당신은

가방을 메고 몇 번이고 집을 향해 손을 흔들며 멀어져가고

매일 보는 뒷모습에 번번이 눈시울이 뜨거워지는

아침마다의 가난한 작별

전엔 그 가방에 원고지가 가득하였는데

이젠 도시락이 가볍지 않은 무게로 어깨를 누르고

당신 자식들 빛난 얼굴 보라고

아이들을 안아 올려 당신께 보여주고

들어와 열쇠를 찾습니다.

당신의 영육에 불을 지필 수 있는

기름을 보관한 창고의 열쇠를 찾습니다.

사내	좋은 시군요. 정숙 씨가 쓴 거요?
여인	예.
여分	거기와의 결혼 생활을 상상하면서.
사내	스스로에게 가능성을 두지 않은 사람, 결코 성공할 수가 없소.
여分	갑자기 무슨 소리야?
남分	난 지금까지 젊은 나이에 뭔가를 이루어보겠다고 서둘러 왔어. 이리 뛰고 저리 뛰고 쉴 새 없이 뛰어다니며 나이 더 먹기 전에 반드시 이루어내고야 말겠다는 맹렬한 투지로 그렇게 살아왔지. 허송세월로 나이가 드는 것이 왜 그리 안타까웠는지 몰라. 그러나 요즘은 이런 생각이 들어. 60까진 연습이라고. 진짜는 60부터라고. 진짜를 위해 지금까지 준비해온 거라고.
사내	정숙 씨. 시작해봐요. 흘러간 시간들이 결코 헛된 것만은 아닐

게요.

여인   무슨 뜻이죠?

사내   시를 써봐요.

여分   시도 조금, 수녀도 조금, 그림도 조금, 선생도 조금. 뭔가 하나를
       잡고 일로매진해야 되지 않겠어? 재주가 아까워. 재주가 여럿인
       건 재주가 아냐.

사내   진짜 재주는 하나뿐인 거라오.

여인   이 주제에 무슨 시인이겠어요?

사내   왜 기대가 크면 섭섭이도 클까 봐?

여인   호호호.

사내   난.

여인   말씀해보세요.

사내   아마추어는 싫소.

여인   무슨 뜻이죠?

사내   취미 운운하지 말라 이거요. 시가 아니라면 직업 화가로 나서요.

남分   미술 선생으로 자위치 말고. 삶의 역사성을 모르는 자는 아마추어야.

여인   그건 악력이 없어서 안 돼요.

사내   (여인의 말투를 흉내 내며) 참 안 되는 것도 많아요.

여分   그래서 되는 것도 없어요. 묘한 일이지? 오히려 난 당신을
       시인이라고 생각해왔는데. 시 한 편 쓰지 않은 거기를.

사내   본격적으로 시에 몰두해보시오. 겸손이 지나쳐 답답할
       지경이니까.

여分   시인 남편을 둔 부인은 행복할 거야.

사내   행복하게 보이는 사람은 있을지 몰라도 행복한 사람은 없을
       거요. 그렇게 보일 뿐이지요.

여分	그래. 우리가 행복이라 느끼는 건 종종 허영의 그림자일 거야.
사내	(여인에게 담배를 건넨 뒤 불을 붙여주고 자신도 피운다. 내뿜는 담배 연기를 아스라이 쳐다보다가) 이틀 전에 재웅이가 죽으려고 독약을 마셨소.
여인	뭐예요? 갑자기 무슨 소리예요?
사내	모든 일은 갑자기 찾아온다오. 그전부터 서서히 옥죄오는 운명을 우린 모르고 살질 않소.
여인	왜요? 어떻게 됐어요?
여分	죽었어?
사내	죽진 않았죠. 모진 게 목숨 아닌가? 그 녀석도 앞으로 질긴 고생 감내하며 악착같이 살아갈 모양이야.
여分	충격이 컸겠다.
사내	싹 훑어내서 괜찮다고는 합디다. 위가 좀 망가진 것 빼놓고는. 입원해 있어요. 산소 호흡기를 쓰고.
여인	이유가 뭐죠?
사내	말을 해야 알지.
남分	왜 몰라. 다 알면서.
여分	어쩐지 이 양반이 이상하다 했어.
사내	미국에 보내서 치료를 받아볼까 했는데
남分	개자식. 거짓말.
사내	솔직히 보기 싫어 보내려 했소. 그 때문에 마누라와 자주 다퉜지. 그 녀석 보는 데서도. (머리가) 텅 빈 녀석인 줄 알았더니 둘이 싸우는 얘길 다 알아들었던 모양이오. 짐작이긴 한데 자기가 없어지면 둘이 다투지 않고 행복하게 살 것이라 판단했던 것 같소.

남多	(재웅이 역) 히히히 아빠! 나 이뻐? 히히히. (퇴장)
여分	글쎄. 나한테도 뜻밖인걸. 재웅이가 그런 행동을 할 수 있다는 게.
남分	정치적 야심이 내 눈까지 멀게 했던 거지.
여分	늘 떼어내고 싶었던 혹이었겠지.
여인	강 선생님.
사내	(손으로 여인의 말을 제지한다.) 아 아.
남分	어떤 위로의 말도 하려 들지 말어. 이런 놈은 당해야 싸니까.
여分	가엾은 양반.

그때 따르릉 전화 소리.

여分	(벌떡 일어나 전화 받으러 가며) 그치야. 떡집이야. 이 사람 안 되겠어. 보자 보자 하니까 은근슬쩍 걸치려 한다니까. (전화를 받으며) 야 인마, 할 일 없으면 손 발 닦고 이 쑤시고 코 쑤시고 자라 자. 넌 잠도 없냐? 새벽부터 또 떡 쳐야 되잖누, 떡. (끊는다.)
여인	(전화를 받는다.) 여보세요……. 그냥 끊겼네요.

그때 따르릉 소리.

사내	내가 받아보죠. (받는다.) 여보세요.
남多	(소년의 목소리로 단숨에 말한다.) 야 새꺄, 누가 너더러 받으랬냐. 다음부터 마누라에게 받으라고 해. 알았지? 찰크덕.
사내	(수화기를 내려놓는다.) 뭐라 말할 틈도 없구만.

여인	중학생 같죠? 오늘은 좀 빨랐군요. 매일 12시 직전에 와요.

다시 따르릉 소리.

여分	아이구, 번호를 바꾸든지 해야지 원.
여인	(받는다.)
달호	(남多가 맡는다. 양녀 역을 맡은 여多의 허벅지를 베고 누워 왼쪽 다릴 꺼떡거리면서 전화를 하고 있다.) 헬로 헬로.
여인	여보세요?
달호	정숙이가? 내다.
여인	누구시죠?
달호	네 서방이다. 달호다. 서방 목소리도 까먹었나.
여인	말씀하시지요.
여分	개자식, 몇 년 만에 웬일이니.
달호	오랜만이다. 으잉? 잘 있었나. 별일 없고? 내사 마 여기 일이 바빠갖고 그동안 전화 한 통 번듯하게 못 해봤다 아이가. 내후년쯤에는 한번 안 들어가겠나 싶다 카니.
여인	용건이 뭐죠?
달호	오랜만에 서방 음성 듣고 용건이 뭐냐니 그게 무슨 말버릇이고. 고치거래이.
여分	개자식. 양년 허벅지 베고 누워 왼쪽 다릴 꺼덕꺼덕거리면서 전화하고 있겠지?
달호	미술 선생은 잘하나?
여分	휴직한 지가 3년째다 요놈아.
달호	그건 그렇고 강창영이는 가끔씩 만나나? 어려운 일이 있으몬 그

	친구에게 부탁하그라. 내 일처럼 잘 봐줄 거고만. 아무 일 없쟈?
여인	무슨 일요?
달호	아니다. 내 너한테 돈을 안 부쳤나. 옷 한 벌 해 입도록 하거래이. 근사한 걸로. 알긋나?
여분	이걸 죽이고 개 값을 물어?
달호	내 끊는다. 아 참, 그리고 강창영이가 우찌 된 거고?
여분	그걸 묻고 싶었겠지.
달호	의원직을 사퇴했다니 날벼락 같은 소리 아이가. 여기 교포들도 난리데이. 집에 전화해봐도 비서만 있고 행방을 모른다 안 카나. 혹시 아나 해서 전화해봤데이.
여인	뭘요?
달호	아무것도 모르나? 도덕성 문제라 카는데 그게 뭐꼬? 혹여 알게 되몬 퍼뜩 이리로 전화 좀 주거래이. 받아쓰거래. 여기가……. 아이다. 내가 내일 전화할 거고만.
여분	미친놈. 내가 니놈 찾아 미국 갈까 봐 그러냐?
달호	야 야, 시간이 있으몬 창영이 집 좀 안 가볼래? 그 자식이 지금까지 냄새만 풍기다가 된 똥 한 번 퍼즐근하게 싸는가 싶었더니 빵 하고 헛방구 싼 게 아닌가 해서 안타까바 그런다. 찰크덕.

여인의 연상 장면.
여분, 벽장에서 장총을 꺼내 침대에 누워 있는 달호에게로 간다.
총으로 쿡쿡 찔러 달호를 깨운다.

| 달호 | 아니, 정숙이 아이가? 언제 미국에 왔노? |

여分	일어나.
달호	정숙아. 와 이카노, 응?
여分	저리 붙어. 아구창 함부로 놀리지 말고.
달호	정숙아—이.
여分	(양녀에게) 너도.
양녀	미투(me too)?
여分	어서.
양녀	저논 행국 말 잘 못 해요.
여分	어서.
양녀	아닌 밤중에 홍두깨라더니.
여分	앉아. 일어서. 앉아. 일어서.
달호·양녀	(따라서 한다.)
여分	불쌍한 자식. 이리 와.

달호가 오자 개머리판으로 가슴팍을 친다.

달호 넘어진다.

여分, 달호의 머리를 짓밟고는

여分	그따위 전화 다신 하지 말어. 내 앞에 얼씬거리지도 말고,
	알아들어?
양녀	빨리빨리 대답해요.
달호	예. 예.
여分	(허공에 총을 쏘며) 나쁜 자식. 빵! 빵!

달호와 양녀 퇴장.

사내	달호?
여인	예. 강 선생님을 찾던데요. 또 돈을 요구하던가요?
사내	예.
여인	얼마나요?
사내	약간.
여인	주지 마세요.
사내	그럴 작정이오.
여인	두 사람이 어떻게 친구가 됐는지 모르겠어요.
사내	변했지요.
여分	그럴까? 그치는 내 사랑을 진정으로 원했을까? 그러다가 저 양반한테서 내 사랑을 빼앗을 수 없게 되니 미국으로 간 것일까? 그래서 우리를 해코지하는 걸까?
여인	그치는 본래가 그랬어요.
사내	그렇게까지 말하고 싶지 않군.
병철	(남多가 맡는다.) 오징어 눈깔이 떴다 감았다 떴다 감았다 싱싱한 오징어 사리엇. 그래. 그렇게 생각하도록 해.
남分	병철이구나.
병철	사람은 다 거기서 거기야. 정 줄 때는 배신당할 것까지 계산해뒀던 게 아닌가.
남分	그럼. 내일쯤 네 무덤을 찾아가려고. 미안해. 그동안 못 찾아가서.
병철	괜찮아. 그때 보자.
남分	병철아. 이 여잔 어떡하지?
병철	니 방식이 옳아.
남分	그렇지?

병철   아암. (퇴장)

여인   그 사람이 돈을 요구할 땐 단순히 우정 때문만은 아니겠지요?

사내   그럴 테죠.

여인   예의 그 사건 때문인가요?

사내   예, 이것저것, 그 일이 제일 크죠.

여인   어쩌다 그랬는데요?

사내가 색안경에 모자를 푹 눌러쓰고 바닥에 앉아 있다. 사내의 연상
장면.
산새 울음소리.
잠시 후 병철과 달호가 삽을 들고 나타난다.

달호   아따 그 자식 되게 무겁고마는, 죄 많이 져서 그런가 부다.
        맞제? (병철에게) 힘들제? 막걸리 한 사발 쫙 들이켜모는 속이
        후련하겠고마는. (사내에게) 걱정 말그래. 아무 일도 없었다
        아이가.

사내   다 묻었어?

달호   응, 모진 인생 종 까는 것도 순간이구마. (사내를 보며) 내 말은
        그 개고기 자식 잘 뒈졌다 이 말이다. 봉천동 바닥에서 개고기라
        카몬 길 가던 아새끼까지도 돌아서서 침 뱉었다 아이가. 걱정 말라
        카니. 몇 놈 죽을 거 예방했다 아이가. 그놈을 내버려둬보거래.
        그놈 손에 다칠 생명이 한 꾸러미는 될 것이고마. 아암.

병철   무슨 생각 하누?

사내   어머니 생각.

달호   병철이 어무이가 니 어무이가?

사내	내 어머니.
달호	와?
사내	그냥, 그런 생각이 들어. 이젠 어떡하지?
달호	(장갑을 벗는다.)
병철	(달호의 삽에 묻은 지문을 닦은 뒤 삽을 버린다.) 조심해야 돼. 특히 술 취했을 때 입조심하고. 장갑 이리 내. (달호의 장갑을 받아 주머니에 넣는다.)
달호	안다 안다. 이 정도사 모르긋나.
병철	(사내 곁에 앉으며) 창영아.
사내	응?
병철	니놈 속 다 알아. 내가 할 일을 니가 한 거야. 그래. 그렇게 된 거라고. 내가 죽인 셈이지.
사내	어떡하지, 이젠?
병철	아까 우리 집에서 짜 맞춘 대로 하자. 일단 집에 들어가. 난 시골에 어머니 심부름 간 걸로 치고, 그리고 평상시처럼 지내는 거야. 그놈 생각나면 계집 끼고 술 처먹고, 그래도 안 잊히면 그땐 토끼는 거지 뭐.
달호	그래 그래. 세월이 약인 기라. 세월이 가몬 또 다 잊어먹고 사는 기다. 험한 세상 사노라면 이런 일도 있고 저런 일도 있지 않긋나. 야구 연습하다가 포수 골통 부쉈다 생각하고 잊어버리거래. 니만 그런 줄 아나? 군자인 척 선량인 척 에헴 하며 내숭 까고 사는 놈들이 천지 사방에 쌔구 쌨다 카이. 실상 니사 의리 때문에 한 것 아니겠누.
사내	죽일 생각은 없었어.
병철	알아.

달호	개고기 그 자식은 인간도 아니라 카니. 바퀴벌레만도 못하다 아이가.
사내	그래도 언젠가는 밝혀지겠지?
달호	아이고 본 사람이 우리 셋하고 병철이 어무이뿐이 없는데 누가 경사 났다 떠들겠노. 걱정 말그래이.
병철	쉬잇. 누가 오나 봐. 자, 저쪽으로 (후다닥 퇴장)

사내, 여인에게로 온다.

여인	지금도 친구로 생각하나요?
사내	이젠 아니오. 지워버리는 쪽으로 마음을 굳혔소.
여分	바보 같은 양반. 한두 번 울골질당했을 때 잘랐어야 될 일을 이제 마음을 굳히기로 했다니. 나에 대한 애정으로 그랬을까?
사내	봉천동 산동네 친구들이었죠. 병철이 어머니가 거기서 계집 둘을 데리고 작부집을 했었는데 걸핏하면 개고기라는 깡패 녀석이 기둥서방처럼 굴며 행패를 부렸지요. 닥치는 대로 뚜드려 부숴도 아무도 눈 한번 찔끔할 수 없는 그런 놈이었지. 병철인 항상 칼을 갈며 때가 오기만을 기다렸소. 그날도 그런 날이었소. 일 나겠구나 하면서 조심조심 보낼 땐데 개고기가 술에 취해 들어서더니 다짜고짜로 병철이 어머니를 패고 밟고 옷을 찢고. 병철이가 분연코 일어서는데…… 순간!
여인·여分	?
사내	그때 왜 어머니 생각이 났을까?
여인	강 선생님 어머니요?
사내	정신이 없었어요. 옆에 있던 곤봉을 들고 가 개고기 머리를

내리쳤죠.

여인   강 선생님이요?

사내   그 한 방으로 역사가 바뀐 거요.

      사이.

여인   후회하지 않으시겠어요? 정치 꿈요?

사내   장인어른이 제일 섭섭해할 게요. 살아 계셨다면. 다 그 양반
       배려였죠. 그 양반이 평소 호형호제하던 어르신을 소개해주셔서
       이 정도나마 큰 거라오.

여인   아직도 미련이 남아 있는 건 아닐까요. 남자들한텐 권력이 묘한
       매력일 텐데.

사내   정계에 발을 들여놓자 하루하루가 역사였소. 백 년 뒤 사가(史家)나
       나에 대해 뒷조사를 한다. 흠날 일은 해선 아니 된다. ……여러
       가질 깨달았지만 과거지사는 지울 수가 없었소.

남分   기실 정치란 가위바위보야. 내가 주먹을 두 번 내서 내리
       졌으니까 이번에는 가위를 낼 것이라는 것까지 저놈이
       예상하고는 주먹을 낸다면 나는 보를…… 낼 것이라는 것까지
       저놈이 생각하고는……. 이리 되면 뒤죽박죽이 되는 거지. 그런
       혼미한 외줄타기에서 상대한테 꼬투리를 잡혔다 하면 담판이고
       뭐고가 없거든.

여인   잘 포기했어요.

사내   그럼요.

남分   요만한 틈새라도 보이면 비집고 들어오는 게 언론의 생린데 그
       사건을 냄새 맡으면 날 그냥 내버려두겠어?

사내	백지장 하나 차인걸요……. 빗겨간 역사가 돼버렸다오.
여인	잊어버리세요. 그친 인간도 아니에요. 그걸 협박해서 돈을 뜯어내겠다니…….
사내	슬픈 건 나도 똑같은 놈이라는 거죠. 정숙 씨도 그렇고. 그런 놈을 기다리고 있으니까요.
여分	천만의 말씀.
사내	말은 중요하지 않아요.
남分	중요한 건 행동이야.
여分	움직이지 않는 행동도 있답니다.
남分	그걸로 역사를 바꿀 수야 없지.
여인	내가 그 사람을 기다리는 것같이 보이시나 부죠?
사내	그렇다고 휙 달아나지도 않잖소?
여인	그거야 다르죠.
사내	다른 행동을 보여달란 말이오.
여인	어떻게요?
사내	어떻게든.
여分	내가 거기하구 하룻밤 잔다 해서 그게 왜 달라진다고 생각하지? 남자들은 이상해. 왜 그런 걸로 만사를 해결하려 하지?
사내	찢어지게 가난한 할아버지에게 외아들이 있었소. 돈이 없어 혼례도 못 치른 며느리도 있었고. 며느린 공장에 나갔죠. 사시 공부 하는 서방의 뒷바라지를 위해서. 몇 년 뒤 서방은 사시에 합격하고는 번듯한 여자와 딴살림을 차렸죠. 부자지간에도 의절하고. 할아버지는 그 바람에 중풍에 걸려 몸져눕게 되고. 며느린 몇 년째 공장에 나가면서 시아버지 똥오줌을 받아내고 있어요. 포기하래두 말없이 기다리기만 할 뿐. 그 할아버지가

118

이럽디다. 천륜만 아니라면 눈 딱 감고 며느리 방에 들어가
행동을 가르쳐주고 싶노라고.

여인의 연상 장면.
남多가 달호 역을 맡아 도장을 새기고 있다.
달호가 주인으로 있는 도장집.
여分이 쪽지를 들고 들어선다.

여分   저어…… 말씀 좀 묻겠는데요. 여기가 호달 도장집입니까?

달호   (쳐다보지도 않고 대답) 간판에 그렇게 쓰여 있다 아입니꺼.

여分   저어, 혹시 김달호 씨가 계신가 해서요.

달호   (그제야) 지가 깁니다만.

여分   강창영 씨가 친구분 되시죠?

달호   예. 댁은 뉘신교?

여分   혹시 강창영 씨가 계신 곳을 아는가 해서요.

달호   아마 강원도 양구 바닥에 있을 겁니다만…….

여分   실은 가오작 국민학교에서 같이 근무했거든요.

달호   거기 선상님인교?

여分   예. 엊그제께 불현듯 양구를 떠나셨어요. 아무 말미도 없이. 혹시
        어디 계신지 모르시나요?

달호   혹여 무슨 물건이라도 잃어버리셨능교? 아니면 돈 꿔줬다가
        우예 떼였다든가.

여分   아니에요. 그저 연락처를 알아야겠기에.

달호   여긴 우찌 알고 찾아왔지예?

여分   아 아, 편지가 있기에 그 주소를 따라…….

달호	아 그랬습니꺼? 허허 거 머슴아 자슥. 또다시 역마살이 도졌는가 한군데 꽉 눌러 있지 못하구서리.
여分	전혀 짚이는 곳이 없으신가 부죠?
달호	예. 허허 거참. (혼잣말로) 이 자슥 어디 가서 뒈진 거 아냐?
여分	예에?
달호	걸핏하면 어디 가서 죽어버렸으면 좋겠다고 입버릇처럼 안 했능교.
여分	(무너지듯 주저앉는다.)
달호	아이고 선상님. (퇴장)
여인	돌아가세요. 병원에 가봐야 되잖아요?
사내	그래야지요. 내 자신, 그런 용기도 없고.
여인	(여分에게) 용기라니?
여分	아까 그 중풍 할아버지 얘기.
여인	아 아. (사내에게) 그건 용기 가지고 되는 게 아니에요. 사명감은 더욱 아니고요.
사내	당신은 참 묘한 여자요.
남分	사랑이 싹트다가도 이내 꼬리를 감추어버리고, 그러다가도 다시 일어나고, 봉오릴 톡 터뜨리고 싶다가도…….
사내	자꾸 막히게 되는 그 벽은 무엇일까요?
여인	결혼하기 전에도요?
사내	아니죠. 그 후로 말입니다.
여인	글쎄요.
사내	난 그것을 처가 잘 쓰는 말로 제도 때문이라고 믿고 있소.
남分	그것이 바로 뛰어넘지 못할 벽 같다 이거야. 우리 둘만을 딱 떼어놓고 생각하면 뭐든지 성사될 것 같다가도.

사내	'당신 하면' 뒤이어 달호, 병철이, 마누라, 어머니순(順)으로 얼굴이 떠올라요.
여인	그것만은 아닐 거예요. 본능적으로 원하고 있다면.
사내	본능 속에 벌써 제도가 배어 있다 이겁니다. 빼도 박도 못하게끔 굳건하게. (화병의 꽃을 보며 그쪽으로 간다.)
여인	지워버리세요, 나를.
사내	노력 가지고 되는 게 아니죠.
여인	조그만 화랑을 하나 내주었음 해요.
사내	예?
여인	이렇게 해야 당신이 날 편하게 버릴 수 있을 것 같아서. 해서 생각해낸 거야.
여인	이젠 안심하고 뚝 떼어버리세요. 더 이상 찾아오지도 말구요.
사내	무릎은 괜찮겠소?
여인	예.
사내	시내에 3층짜리 아담한 건물을 짓고 있소. 내달이면 들어갈 수 있을 겁니다. 물론 등기는 박정숙 씨 앞으로고.
여인	강 선생님.
사내	아까 그 시 좀 다시 들려주겠소?

극이 삼원 구조로 진행된다.

사내와 여인이 시를 통해 대화할 때

여인은 달호와의 옛 기억을 떠올리며

사내는 결혼 전 부인과의 대화를 연상한다.

사내는 켜지지 않는 라이터를 탁탁 자꾸만 켜고 있다.

여인, 천천히 시를 읊는다.

여인	당신은 가방을 메고
	몇 번이고 집을 향해 손을 흔들며 멀어져가고.
달호	(남多가 맡는다. 옷을 입으며) 정숙 씨 마 옷을 입으시소. 미안케
	됐심더.
여分	(알몸인 채 무표정하다.) 어서 나가주세요. 아무 말도 하고 싶지
	않아요.
달호	창영이는 여기에 없심더. 이 속초 바닥에서 고기잡이한다는 건
	순 거짓뿌렁입니다.
여分	알고 있어요. 나가주세요.
달호	옷 입으시소.
여分	실컷 보시죠. 그렇게 원하셨다면.
남分	(소파에 누워 담배를 피우다가 벌떡 일어나 앉으며) 야, 이 병신년아.
	꿈꾸지 말어. 이 강창영이는 백수건달이야.
부인	(여多가 맡는다. 속옷 차림으로 그 옆에 앉아 울먹이고 있다.)
	건달이라도 좋다는데 웬 말이 많어.
남分	니 운명이 불쌍해서 그런다.
부인	그러니까 둘이 결혼하면 되잖어.
남分	야 야! 난 인마, 공사판 잡부야. 뭐 꿍친 거라도 있는 줄 아냐?
	붕알 두 쪽밖에 없다고.
부인	그런 건 바라지도 않어. 난 끝까지 쫓아다닐 거야. 무덤 끝까지.
남分	마음대로 해라 이 밥통아. 내가 널 요만큼이라도 좋아할 줄 아냐?
부인	기어코 좋아하게 만들 자신이 있어.
남分	아이구 주여! 뭐 이따위 등신 같은 년이 있답니까요? 내 수십

기집 겪어봤지만 이런 팽패린 처음입니다요.

여인   매일 보는 뒷모습에
             번번이 눈시울이 뜨거워지는
             아침마다의 가난한 작별

달호   정숙 씨를 내 여자로 만들려는 마음만큼은 참말로 백옥처럼
             순수합니데이.

여分   이렇게 하면 당신 여자가 될 줄 알았나요?

달호   모르겠심더. 내사 마 버러지인 기라예. 버러지처럼 살아왔고
             그렇게 죽을 끼라예.

여分   (울먹이며) 버러지처럼 그냥 죽지 않구요.

남分   야! 너 재웅이 봤지! 걔가 내 아들이야, 인마. 전(前) 계집이 낳고
             토낀 씨앗이라고.

부인   알아. 봤어.

남分   그런데도 내가 좋으냐?

부인   다 좋아. 난 재웅이도 좋아해.

남分   그 병신을?

부인   그래. 우리가 결혼해도 내 자식은 안 낳겠어. 재웅이를 잘 기르기
             위해서.

남分   아이구, 미치겠네. 대학생인 년이 왜 그렇게 팍팍 안 돌아가냐.
             난 인마 살인까지 한 몸이야.

부인   그것도 전에 들었어. 두 번씩이나.

여인	전엔 그 가방에 원고지가 가득하였었는데
	이젠 도시락이 가볍지 않은 무게로 어깨를 누르고

달호	미안심더. 난 마 무식합니다. 이 달호라는 놈은 해골 복잡한 건
	딱 질색이라예.
여分	그래서요?
달호	오해하진 마십쇼예. 정숙 씨가 창영이 좋아하는 거만치로 지도
	정숙 씨를 좋아한다 아입니꺼. 지도 이런 감정은 처음이라예.
여分	그래도 강창영 씨 친구라고 할 수 있나요?
달호	마 창영인 잊어뿌리시소. 그 자슥은 정숙 씰 좋아하지 않습니더.
	좋아한다면 지금까지 아무 연락이 없었겠습니꺼. 학교에
	연락해도 되고예 지한테 연락해도 되는데예. 맹 같이 다니지
	않았습니꺼. "난 달호라 카는데 정숙 씨가 찾는다고, 꼭 소식
	바란다"꼬 가는 곳마다 일러두지 않았습니꺼.

남分	내가 너한테 눈 한번 찔끔했냐 손 한번 만져봤냐.
부인	알아 알아. 난 갑부집 딸이고 자기는…….
남分	자기 좋아하네.
부인	자긴 공사판 백수건달이야. 그래서 내가 싫은 이유가 뭐야?
남分	이유가 어딨어. 네년하곤 연줄이 안 맞는데.
부인	서로 맞추려고 노력이나 해봤어? 백수건달 마누라 좀 되겠다는데
	웬 생난리야.
남分	좋아 그럼 또 하나 가르쳐주지. 나 폐병 환자야. 얼마 살지도
	못해.
부인	피 토하는 거 나도 봤어. 맨 첫날에. 그래서 가슴이 아팠어.

여인	당신 자식들 빛난 얼굴 보라고
	아이들을 안아 올려 당신께 보여주고
	들어와 열쇠를 찾습니다.

여分	창영 씨가 어디 있는지 알고 있지요?
달호	아입니더. ……예 실은 알고 있습니다. 창영이가 말하지 말라고
	했습니더.
여分	야속한 사람. 창영 씨가 날 이렇게 하라고 하던가요? 이렇게라도
	해서 떼어버리라고?
달호	아입니더.
여分	나가주세요. 혼자 있고 싶어요.
달호	자기하고는 안 어울린다고 했심더. 정숙 씨는 조약돌이고
	자기 구정물이라꼬. 이 달호도 안 어울린다는 거 잘 알고
	있습니다마는 사랑하는 것도 죄가 되능교.
여分	누가 누구를 사랑한단 말이죠?

남分	어휴, 이 등신! (따귀를 때린다.) 꺼져!
부인	흥. 그런다고 내가 떨어질 줄 알어? (울먹이며) 나만 불쌍한
	줄 아냐. 자기도 불쌍해. 산꼭대기 판잣집에서 다섯 살짜리
	병신하고 살면서 밥하고 빨래하고 공사판에서 벽돌이나 나르는
	게 누구한테 불쌍하다고 그래. 밤새 양푼에다 피 쏟으며 죽을
	날만 기다리는 자기가 요만큼이라도 안 불쌍한 데가 있는 줄
	알어?
남分	(와락 껴안으며) 그만! 그만해. 듣기 싫어.
부인	자긴 내가 필요해.

여인   당신의 영육에 불을 지필 수 있는
         기름을 보관한 창고의 열쇠를 찾습니다.

달호   정숙 씨. 내사 마 그동안 창영이 때문에 꾹 참았다 아입니꺼.
         기둥에 대가릴 처박아가며 꾹 참았다 아입니꺼.

여分   그런데 지금은요?

달호   그 자슥은 잊어뿌리시소. 장가갔어예.

여分   예?

달호   지난주에 어떤 부잣집 가시나하고 결혼했다 아입니꺼.
         대학생이라 카는데 얼굴도 이쁘데예.

여分   예에?

달호   그래서 지도 결심했다 아입니꺼.

남分   허구헌 날 마주 보고 앉아 꼬르륵꼬르륵거리면서 뭔 느무
         말라빠진 사랑 타령이겠누.

부인   사랑 타령 하면서 망칠 팔잔 줄 나도 알어.

남分   사랑하고 동정심하고는 다르다.

부인   아니야, 난 사랑해.

남分   그런 건 순간이고 앞으론 긴 긴 세월이야. 난 널 사랑할 수 없어.
         본능적으로 안 돼.

부인   그럼 제도적으로 사랑해주면 되잖어.

남分   그게 뭔데?

부인   결혼해서 대충대충 살잔 말이야. 많은 사람이 사랑하는 척하며
         그렇게 살아가고 있잖어.

남分   너 진짜 바보구나?

여인   강 선생님.

사내   예?

잔잔한 음악이 흐른다.

여인   외로울 땐 음악을 듣지요.

　　　　괴로울 땐 술도 마시구요.

　　　　울적할 땐 이쁜 초로(草路)를 따라 걸어도 보았지요.

　　　　벅찬 감동을 받았을 땐 알 듯 모를 듯한 미소가 입가에 흘렀을

　　　　겁니다.

　　　　그동안 미친 듯이 살아도 보았고 하릴없이 빈둥거리기도 하였고

　　　　단독자의 소리 없는 절망감도 맛볼 만큼 맛보았어요.

　　　　그래요.

　　　　나이테만큼 성숙해지는 것이라고들 하지요.

　　　　이것저것 겪다 보면 자연스럽게 도달하는 경지가 있는 법이라고.

　　　　하지만 참을 수 없는 건

　　　　사무치게 참을 수 없는 건

　　　　그리움이었어요.

　　　　야속한 그리움이었어요.

사내   공사판에서 처음 만났어요.

여인   부인하고요?

사내   예. 차가 귀할 때였는데 멋진 차가 쓰윽 들어서더니 회장과 딸이

　　　　내렸지요. 난 구석지에서 피를 토했구. 그걸 딸이 보았지요. 다음

날부터 맨날 찾아왔다오.

여인   다 운명인걸요.

사내   이상하죠?

여인   뭐가요?

사내   내 처 말이오.

여인   ?

사내   별별 말로 결혼하지 않으려고 내 과거사를 오히려 과장하여
　　　 떨쿠려 했는데 아직도 못 한 얘기가 있소.

여인   말해보세요. 속 시원히.

사내   군대에서 휴가를 나오니 집안이 쑥대밭이 됐습디다. 남동생은
　　　 총기 난동 사건으로 경찰에 쫓기고 있었고 홀어머니는 뉘 집
　　　 씨앗인지 임신 8개월쯤 되었고 여동생은 어쩔 줄 몰라 옆에서
　　　 엉엉 울고 있더라구요. 별 방도가 없잖습니까. 소주만 까다가
　　　 휴가를 마치고 귀대했지요. 집에서 소식은 없고 밤에 잠은 안
　　　 오고 여러 번 탈영할 뻔했죠. 어느 날 전보가 왔소. 모친 사망!
　　　 특별 휴가를 얻어 나가보니 어머니는 애를 낳은 뒤 목을 매어
　　　 자살하였고 남동생은 경찰에 붙잡혀 무기징역을 받고 여동생은
　　　 창녀촌으로 갔는지 그 후론 소식이 없고……. 그 핏덩이가 재웅이에요.

여인   그럼 재웅이가 동생이 된다는 말이에요?

사내   예. 이런 운명도 있을까요? 처음엔 그 운명 따라 살기로
　　　 작정하고 건달로 나섰지요. 그 후론 열심히 살아도 봤고.
　　　 그러다가 여자 잘 만나 정치판에도 뛰어든 것이오. 그저
　　　 동물적인 힘만 믿고 내 운명과 끝까지 싸워보려 했던 것이죠.
　　　 "까짓것 까발리라지 뭐, 과거지사가 무슨 문제람. 이 시대는
　　　 황소 기운을 가진 영웅을 필요로 하고 있다고. 내 과거는 오히려

내 위치에 걸맞은 상징일걸." 몇 번이고 자신에게 다짐해봤소.
그러나 그래도 살인죄만큼은 감추고 싶었고 어머니 얘기가 세상에
회자되는 건……

여인 재웅이 얘기를 부인께 털어놓으세요.

사내 안 그래도 그럴 참이오. 병철이 무덤에 갔다 와서.

남分 난 그동안 정치에 대한 집념 때문에 나약하게 살아온 듯싶어.
신문에 활짝 웃는 내 사진을 연일 보면서 속으로 썩어 들어가는
내 자신을 발견하곤 하지.

사내 기자회견도 자청해서 다시 할 작정이오.

여인 무슨 새로운 결심이라도?

사내 그 자리에서 내 자신을 철저히 파괴시킬 참이오.

남分 난 이러이러한 놈이었다. 정숙 씨에게 오늘 얘기한 내용을 단
하나도 빠뜨리지 않고…….

사내 낱낱이 밝히겠소. 재웅이 얘기까지도.

남分 다들 혀를 끌끌 차겠지. 이런 놈이 정치꾼 하고잽이였다니.

사내 여기 더러운 그릇이 있소. 때가 잔뜩 낀. 이 때를 씻어내야 새
음식을 담을 수 있잖겠소.

여인 정치를 다시 하겠다는 건가요?

여分 파괴–변화–정리라는 자기의 지론처럼?

사내 딱히 정치가 아니라도 좋소. 제도 속에서 요만큼이라도
안주하겠다는 내 편의성을 아예 박멸시키겠다는 거지. 난
지금까지 어머니에 대한 마지막 예우로 재웅이 얘길 숨겨왔소.
불행의 씨앗이었고 그건 내 몫이라고. 그게 섭게 살다 돌아가신
어머니에 대한 도리라고. 그렇지만 그것만도 아니었소.
효심보다는 내 자신조차도 인정하기 싫었던 정치꾼으로서의

복잡한 계산이 있었던 거요. 이런 게 정말로 내 과거보다도 싫었소.

남分   난 늘 내 자신까지도 기만해온 셈이야.

사내   난 가끔씩 자문자답해봅니다. 우리에게 있어서 진실은 무엇일까
        하고.

여인   글쎄요.

여分   무엇이죠?

사내   진실이란 우리가 가야 할 곳이겠지요.

남分   글쟁이는 글로 과학자는 연구실로 스님은 구도로. 난 그동안 갈
        곳이 없었어.

사내   정숙 씬 어디로 갈 건가요?

여인   글쎄요.

사내   갈 곳이 없는 한 진실도 없다는 거죠. 난 어머니 품으로
        가야겠소. 나에겐 어머니가 진실이죠.

여인   뜻밖이군요.

사내   그동안 어머니는 당신 곁으로 오는 것을 막아왔어요.

남分   아니, 내 스스로 막은 셈이지. 어머니는 하루에도 몇 번씩
        재웅이의 짐을 벗어놓고 다가오라는데 난 죄악의 씨앗을
        부둥켜안고, 이것이 내 업보요 운명인데 어찌 당신을 어머니라
        부를 수 있겠느냐고 소리소리 질러댔어. 귀가하면 재웅이가
        달라붙지. 그 엉터리 걸음으로.

사내   동생이 아빠라고 부르며 다가올 때 난 처의 얼굴을 쳐다보며
        비껴갈 수 없는 형벌을 생각하오.

남分   하늘은 나를 거부했다. 신은 나를 거부했다. 가장 진실되어야 할
        어머니가 진실을 심어주지 못했고, 그래서 삐뚤어진 삶을, 어긋난
        삶을 자식인 내가 대신 살아가는 것이다.

여分   (무릎을 꿇고 간절한 기도) 하느님, 저이의 아픔을 제게로…….

사내   세상에 알리게 되면 내 어머닌 초라해지겠지. 나도 초라해질
것이고. 그 바닥에서 다시 출발하고 싶소. 그리하면 불쌍하고
가엾은 어머니를 제대로 쳐다볼 수 있을 거야. 손가락질과
수모를 견디면서도 우리를 사랑으로 키우셨던 어머니의 진실을.

남分   그게 바로 어머니가 바라는 사랑이기도 하구.

여인   쉽게 찾을 수 있는 길을 너무나 멀리 돌아온 느낌이에요.

사내   이제 당신도 자정 기운으로 환부를 도려내야 합니다.

여인   자정 기운?

남分   우린 너무도 동물이 되기를 두려워하고 있어. 그래서 나약해지고만
있을 뿐이야. 이것이 운명이라면 저것 또한 운명 아니겠어. 그
기운을 받아들이자고. 내가 그 기운을 얻었을 때 외롭게 홀로 서
있는 정숙이를 보았거든.

여分   그래. 이것이 운명이라면 나도 따르겠어.
어려운 얘길랑은 눈으로 말하고
남겨진 얘길랑은 가슴속에 저며두며
그래도 못다 한 얘길랑은 눈 감고 평생토록 생각할 수 있는
자기의 영혼의 안식처로 남아 있겠어.
그곳에서 오직 한 사람만을 고집하는
해맑은 기도를 올리겠어.

여인   어차피 내 것이 될 수 없는 사람이라면 깨끗이 지워버리고
잊어버리자. 늘 그렇게 생각해왔었죠. 하지만 저 꽃은 피어
있기에 아름다운 것이지 내 것이기에 아름다운 건 아닐 테죠.
그저 있기에 존재하기에.

잔잔한 음악.

여分	난 더 이상 창 앞에 서 있는 여자가 아닐 테지?
남分	하늘이 정숙이에게 뭐라고 말하는지 바람이 정숙이에게 뭐라고 말하는지 귀 기울여봐.
여分	맞아. 그동안 아무것도 기다리지도 바라지도 가지지도 않으면서 가고 있었나 봐.
사내	당신의 시구처럼 난 지금 불을 지피려 하고 있소.
여인	알아요. 초목을 베어낸 자리에서 다시 역사가 시작되겠지요.
남分	할 말이 많지만 가슴에서 맴맴 돌 뿐이야. 정작 말로는 표현할 수 없어.
여分	알아. 그만 말해도 돼. 시인은 마음으로 얘기하거든.
남分	가야 할 곳이 있을 거야.
여分	누구에게나 진실이 있는 것처럼?
남分	그래. 본격적으로 시를 쓰든 수녀가 되든 그림을 그리든 선생으로 남든.
여인	불 좀 꺼주세요.

사내, 여인을 처연히 바라본다.

문디

등장인물 달수

　　　　　호준

　　　　　낙중

때　　　　일제 말엽

곳　　　　소록도

무대　　　벽돌 작업장. 사방이 칙칙하다. 상수에 평상이 있고 그 위에 다
　　　　　떨어진 이불이 있다.
　　　　　하수 전면에 벽돌 기계가 있다.
　　　　　나무로 된 받침대 위에 벽돌을 만드는 쇠틀이 있고 그 틀의
　　　　　3미터쯤 위에 큰 통나무가 도르래 줄에 매달려 있다.
　　　　　도르래는 삼각의 통나무로 고정되어 있다.
　　　　　틀 옆에는 반죽이 된 모래와 진흙이 있다.

1장

용명되면 비어 있는 무대.

잠시 후, 호준이 장타령을 흥얼거리면서 약봉지를 들고 나온다.

귀한 약을 배급받은 듯 주머니에 넣었다가 다시 가슴에 넣었다가

그래도 안 되겠는지 사방을 두리번거리다가 평상 밑에 감추려고

엎드리는 순간, 달수가 등장한다. 호준, 다급한 김에 몸 뒤로 감춘다.

달수   (투덜댄다.) 소화 불량 체한 데는 건위정, 상처 궤양에는

　　　　 아까징끼, 신경통 타박상엔 맨소리다마, 슬쩍 삔 데는 요도징끼.

　　　　 흥, 그따위 어벌쩡한 치료는 나도 할 수 있다고.

호준   왜 그래? 약 못 탔냐?

달수   주사만 한 방 놔주드만.

호준   대풍자유?

달수   …….

호준   다스밍?

달수   …….

호준   소생 한 첩?

달수   …….

호준   토끼 주사?

달수   뭐야?

호준   히히히. 그걸 맞아야(토끼처럼 깡총깡총 뛰면서) 에고 에고 꽥! 할

　　　　 게 아냐. 히히히히히.

달수   로마이쪼다.

호준	여보게 달수.
달수	시끄러.
호준	난 좋은 약 탔지.
달수	미꾸라지 처먹고 용트림하긴.
호준	헤헤헤헤.
달수	징그럽다 인석아.
호준	야맹증에 직통인 약.
달수	?
호준	어지럽고 메슥거릴 때 직방인 약.
달수	?
호준	속 쓰릴 때 단박인 약.
달수	그런 약이 어딨냐.
호준	부럽지?
달수	(외면한다.)
호준	(달수 코앞에 약을 갖다 댄다.)
달수	(혹해서) 뭔데?
호준	헤헤헤.
달수	좋은 거야?
호준	뽕가루.
달수	(어이없어서) 뽕가루?
호준	헤헤헤.
달수	그게 뭐가 좋으냐.
호준	이거 먹으면 니 불알이 다시 자랄걸.
달수	어디 보자.
호준	싫어.

달수	보고 줄게.
호준	싫다니까.
달수	이 자식은 도둑놈만 꿰차고 살았나.
호준	진짜지?
달수	그래.
호준	아—멘 해봐.
달수	(짧게) 아멘.
호준	아—멘.
달수	아—멘.
호준	(약을 준다.)
달수	야, 좋은 거다. 뭐라니까 이 약 주데?
호준	공갈쳤지. 밤만 되면 앞이 안 뵙니다. 앉았다가 일어서면 머리가 띵하니 땡깁니다. 잠자려고 누우면 속이 쓰리고 아픕니다. 좋은 약 없습니까? (의사 어투로) 하! 오! 와까리마쓰.
달수	야! 이거 나 좀…….
호준	안 돼.
달수	기왕 죽을 바에 푸짐하게 적선이나 하고 뒈져.
호준	(뺏는다.)
달수	예수 가라사대 달라면 그냥 다 주거라. 새끼 예수님, 오른쪽 왼쪽 다 짤린 친구가 그대 앞에 있을진저 사랑을 베푸소서.
호준	울며 간청하는 자, 주먹으로 보답하리다.
달수	예수 책은 뭣 하러 읽냐, 뭐든지 남 주라고 안 써 있디?
호준	예수 새끼는 뭐 공기만 먹고 산다데?
달수	니놈도 큰일은 큰일이다. 내일모레 뒈질 놈이 예수를 똥개 취급하니.

호준   그놈이 나한테 뭐 준 게 있다고 맨날 비냐. 하루 빌고 하루
       욕하면 이것저것 피장파장이지.

달수   니놈이 줄 놈도 아니고 나도 한번 가서 해볼 테다. 저어……
       가슴팍이 미치게 아픕니데이. 여기가 쫙짜글 쫙짜글 쑤시는 것이
       이젠 대갈통까지 뻐개는 것 같습니데이. 무슨 신통한 약 없능교?

호준   있지.

달수   있습니꺼?

호준   이 약을 식후에 두 알씩 먹어보게.

달수   이게 뭡니꺼?

호준   아비산이다. 좋은 약이지.

달수   아비산이라예? 고맙습니데이. 저어…….

호준   또 뭔가?

달수   남들은 두 가지도 타오고 세 가지도 타오던데 또 다른 약은
       없능교?

호준   하, 오 와까리마쓰. 이건 모르핀이다.

달수   모르핀이라예?

호준   특효약이다.

달수   고ㅡ, 고맙습니데이.

호준   이건 극약이다. 요건 독약이고.

달수   마 차부리소. (흉내 내던 것을 멈추고 평상으로 가 앉는다.) 그럴
       테지. 그 자식들이 우리가 어디가 이쁘다고 아까운 약 듬뿍듬뿍
       주겠어. 니뽄도로 샥 하지 않는 것만도 다행이지.

호준   다행일 것도 없어.

달수   그건 그래. 제길헐 되게 춥네.

그때 실내 스피커를 통해 방송이 나온다.

음향   다이세이요꾸산.

호준·달수   (부동자세를 취하며 오른손을 들고) 다이세이요꾸산.

음향   여러분 우리의 과거를 돌이켜봅시다. 집과 땅을 두고도 살지
못한 우리. 부모 형제 고향 산천을 등진 우리. 우리가 등 붙여
살 곳이 어디메입니까 여러분! 불편한 몸일지라도 우리의
소록갱생원을 위해 서로서로 도웁시다. 일을 시작합시다.
다이세이요꾸산.

호준·달수   (복창한다.) 다이세이요꾸산.

호준   (자세를 풀며) 흥, 서로서로 돕자면서 감시소는 왜 또 만들어.

달수   감시소?

호준   그래.

달수   어디다?

호준   십자봉 마루턱에.

달수   제길헐.

호준   아직도 각설이패 고약한 습성이 덜 가셨다 이거겠지.

달수   보초는 누가 서고?

호준   건강 환자 중에서 뽑겠지.

달수   개자식들. 또 박동수 그 자식 짓이겠구먼.

호준   뭐가?

달수   십자봉 감시소 말이야. 흥, 오동 칼 옆에 차고 신나겠군. 박순주
죽고 나니까 이젠 그놈이 착 달라붙었어. 부첨인도 지 꼬붕만
앉히고.

호준   부럽냐?

달수	쪽발이들이야 그렇다 치지만 이럴 수가 있어. 같은 문씨(文氏)인 주제에 저는 되레 소경인 것이 사이또 자전거 뒤에 타고 이래라저래라 하는 걸 보면.
호준	어디 그놈뿐인가. 순시대 놈들이니 부락 대표니 하는 놈들도 엎어치기 메치기지.
달수	……이번 채석조(採石組)가 어디지?
호준	구북리 구막사 사람들.
달수	거문도로?
호준	응……. 그느무 암석 누가 도리해 가지 않나.
달수	우리 차례도 다음다음이겠구먼.
호준	차라리 암석 캐다 헛디뎌서 죽어버렸으면 좋겠다. 꼭대기에서 슝 하고. 헤헤헤. 그럼 내 눈깔이 저쪽에서 날 보고 히익 웃고 있겠지?
달수	원목 벌채조는?
호준	서생리 초기 환자.
달수	금산으로?
호준	응.
달수	언제 뜨지?
호준	너, 이 자식!
달수	뭘?
호준	너 또 뺀 타려는 거지?
달수	…….
호준	꿈도 꾸지 말어. 외지조(外地組) 경비병을 배로 늘렸대. 앞바다엔 순시선이 맴맴 돌고. 갔다 온 사람 얘기가, 어찌나 쥐 잡듯이 다그치는지 한가로이 쉬 할 틈도 없었다는 거야.

달수	그러게 내가 뭐랬어. 이젠 우리도 악극단이든 신극단이든 들어가야 된다니까.
호준	누가 뽑아준대?
달수	보은감사일 날 새로 뽑는다잖아.
호준	아서라. 강희국이니 성낙기니 쟁쟁한 놈들이 거기 들어가려고 벼르고들 있어.
달수	또 그놈의 얘기. 우리라고 왜 안 돼. 연습하면 되지.
호준	연습? 혼자 해.
달수	이러다간 옴짝달싹도 못 해. 생각해봐. 한 달 새에 벌써 감시소를 몇 개나 만들었어. 네 개야 네 개. 잘 생각하면 다섯 개일지도 모르고. 이젠 무슨 수를 써야 돼.
호준	무슨 수가 그런 수냐?
달수	호준아. 다른 녀석들도 오십보백보야. 두고 보라고. 지네들도 밥 빌어먹고 떠돌던 주제에 언제 연극해봤겠어? 해보자고. 사이또도 그랬잖어. 올해엔 소록신극단을 키워 꼭 순회공연 보낼 거라고.
호준	그렇다고 나더러 박동수가 되란 말이야?
달수	왜 못 돼. 잠깐뿐인데.
호준	싫어. 그럴 리도 없겠지만 뽑힌다 해도 난 못 해. 원생들이 다 보는 자리에서 사이또 새끼 숭배극을 할 순 없어.
달수	뭔배극?
호준	숭배극. 그런 말도 모르는 녀석이 무슨 신극단 풍각쟁이가 된다고 그래.
달수	일단 뽑히기만 하면 우린 순천 여수로 순회공연을 간다고.
호준	꿈 깨.

달수	하여튼.
호준	싫어.
달수	이봐. 일단은 여기서 나가는 게 중요해. 그다음 순천쯤에서 튀는 거야. 이거 알잖아. 한 놈 두 놈 삑꾸 타고 민들레 찧다 짜리 떴다. 뚱 땡! 어때?
호준	안 해.
달수	왜?
호준	첫째, 자신이 없어. 둘째, 재주도 없고.
달수	셋째!
호준	창피해.
달수	잘한다. 넷째!
호준	넷째—도 있을 텐데 생각이 안 나.
달수	이봐, 내가 이래 봬도 피양에서 개비짱일 때.
호준	그러니까 혼자 해.
달수	그럼 뭘 해. 낮엔 율석 운반 밤엔 벽돌 찧기. 갯바람은 죽기보다도 싫어. 보름 뒤엔 채석조야. 죽을지 살지도 모를 거문도에서 빳빳한 동태가 되고 싶진 않아. 이게 뭐야. 희망이 없잖아. 눈을 씻고 찾아봐도 사면초가 팔방무책이라고.
호준	(성경책을 뒤적이다가) 창수 형이 있잖아.
달수	그런 소리 작작해.
호준	쪽발이들이 패망할 날도 얼마 남지 않았어.
달수	공갈 마.
호준	정말이래. 벌써 니놈 사타구니 속에 들왔을는지도 모른다구.
달수	작년 그러께부터 했던 소리야. 조금만 기다리라고. 누군가가 온다고. 그놈들이 망한다고. 그러면…… 그러면…… 하지만 우린

	마찬가지야. 해방이 된다 해도 누가 우릴 여기서 풀어주겠어. 안 그래?
호준	조금만 더 기다려.
달수	집어치워. 낙중이를 봐.
호준	낙중이가 어째서?
달수	그게 신식 치료라는 거냐? 가슴팍을 뚫고 나쁜 피를 뽑아내면 죽어가던 문씨도 살려낸다며?
호준	그래서?
달수	가슴팍 수술이 어떻다는 것은 소록도 전체가 다 아는 일이야.
호준	낙중이는 달라.
달수	이것 봐. 그것들이 의사라면 우린 실험용 개구락지야. 언제 어떤 식으로 죽이느냐가 문제지 죽이는 건 기정사실이고, 그것도 촌각을 다투고 있어.
호준	석 달이 다 되어가는데도 낙중이는 아직도 쌩쌩해. 밥도 잘 먹고. 그건 효험이 있다는 증거야.
달수	만약 낙중이가 오늘 토끼 주사를 맞았다면?
호준	왜 맞아?
달수	이를테면?
호준	헤헤헤.
달수	해서 앞으로 얼마 못 산다면?
호준	후후후.
달수	지금도 슬핏슬핏 죽어가고 있다면 어쩔래?
호준	된밥 먹고 질펀대긴.
달수	그럼 어떡하겠냔 말이야.
호준	헤헤헤. 수작 부리지 마. 네놈 서툰 통수에 넘어갈 내가 아냐.

그런 식으로 겁준다고 내가 연극할 것 같으냐?

달수	넌 낙중이의 목숨 따위에는 관심도 없다 이거지?
호준	콩으로 메주 쑨다고 해봐라, 내가 네놈 말을 믿는가.
달수	편안혀서 좋겠다, 네놈의 그 미련한 대갈통은.
호준	이놈아, 넌 생각하는 것이 어째서 밴댕이 소갈머리만도 못하냐.
달수	뭐 밴댕이? 야, 이 멍충아. 넌 여기서 죽을 때까지 살 거냐?
호준	야, 이 밴댕아. 니 말마따나 우리가 뺀 탔다고 치자. 그다음엔?
달수	그다음이야 그때 가서 생각하는 거고.
호준	어디 가서 치료하고 어디서 살고?
달수	다 이 성님한테 방법이 있다니까.
호준	뭐든지 순서가 있고 시기가 있는 거야.
달수	그러니까 내 말은…….
호준	아무튼 뺀 탄다 해도 풍각쟁인 싫어.
달수	호준아.
호준	좌우지간 난 싫어.
달수	야, 이 멍충아. 너 낙중인 어떡할래?
호준	낙중이가 어때서 이 밴댕아.
달수	이 자식이 정말?
호준	이 자식이 정말?
달수	개자식
호준	미친놈.

달수와 호준 서로 싸운다.

이때 낙중이 등장한다.

작고 가냘픈 체구에 머리카락이 듬성듬성 빠진 모습이다.

고개를 떨군 채 힘없이 걸어와 평상에 풀썩 주저앉는다.

달수   아비산 주데?

낙중   (퉁명스럽게) 갱까돌 주더라.

호준   약 안 줘?

낙중   응.

달수   주사도 안 놔주고?

낙중   응. 호준아 뭐 주디?

호준   만병통치약.

낙중   무슨 약인데?

호준   히로뽕.

낙중   그런 걸 막 줘?

호준   응.

낙중   야 좋겠다. 달수, 너는?

달수   준 건 없어. 606호 한 방 놔주드만.

낙중   606호? 그게 뭔데?

달수   매독 주사.

호준   하하하하. 불알 짤린 놈이 무슨 놈의 매독 주사야.

달수   (화내려다가 선생님처럼 자상하게 설명해준다.) 호준아, 이 아저씬
        소록도를 용감하게 탈출했다가 그만 잡혔는데 탈출자에게는
        단종 수술이라는 벌을 내렸단다. 그래서 이 아저씨도 잘렸어.
        이 성스러운 징채를 식칼로 댕강 잘린 거야. 그럼 여기에 온갖
        잡균이 옹기종기 모여 살겠지? 그래, 안 그래?

호준   그렇습죠.

낙중   (긁는다.)

달수	그러니까 잡균이 모여 살지 않도록 여기다가 큰 걸로 한 방 꽝 나주는 게 좋을까요, 나쁠까요?
호준	좋지요.
낙중	(너무 가려워 사방을 휘젓고 다니면서 긁는다. 손이 뭉개져서 잘 긁지도 못한다.)
달수	그래서 이 아저씬 606호를 맞은 거란다.
호준	왜 그래?
낙중	가려워 미치겠어. 뼛속을 개미가 기어 다니고 있는 것 같아.
달수	또 발작이군. 이놈아, 손가락도 없는 놈이 그런다고 긁어지냐. 저 기둥에다 박박 문대.
낙중	(기둥으로 가서 마구 문댄다. 그러나 그것도 양이 안 차는지 데굴데굴 구른다.) 칼 없어? 칼 좀 줘. 아무 데라도 쑤셔대야지 미치겠어.
호준	특히 어디가 그래?
낙중	복사뼈 있는 데.
달수	다 죽은 거이 다시 살아나려고 그러나. (줄칼을 주면서) 쓱쓱 문대.
호준	(뺏으면서) 안 돼.
달수	빨리 줘.
호준	안 돼.
달수	해부산도 없는데 어떻게 참어.
호준	아! 그렇지. 너 물 좀 떠 와.
달수	(물을 떠 온다.)
호준	(주머니에서 약을 꺼내 낙중에게 먹인다.)
낙중	무슨 약인데?
호준	만병통치약.

낙중	넌 어떡하구?
호준	이젠 곧 나아질 거야.
달수	저느무 자통이 심할 땐 그저 아무 살이고 뚝뚝 떼내는 게 상책이라구.
호준	동체만 남아 이불에 둘둘 말려 종생하려고?
달수	차라리 그 편이 낫지.
낙중	(전보다는 덜하지만 아직도 조금씩 뒹군다.)
달수	차라리 웃어라 웃어. 낄낄거리며 웃어보란 말이야. 몰라 3년, 알어 3년, 썩어 3년. 넌 지금 그것 다 거치고 진짜 문씨가 된 거야. 이제 초장인 걸 벌써부터 진 빼면 나중엔 뭘로 벅깰려고 그래.
낙중	이러다가 뒈지는 거 아냐?
호준	조금만 참아. 쥐구멍에도 볕 들 날 있대잖아.
달수	언제? 너희들 둘 다 다 문씨 귀신된 다음에?
호준	우리가 죽긴 왜 죽어.
낙중	그럼. 우리가 누군데…… 그렇게 쉽게 죽겠어?
달수	병신들. 찐따 둘이 찔뚝짤뚝 잘들 논다.
낙중	또 요놈의 전쟁도 언젠가는 끝날 거고. 그럼 지금보다야 나아지겠지. 전쟁에서 지면 지는 대로 황민이니 조센징이니 하는 차별 대우가 없어질 것이고, 이기면 이기는 대로 도량을 베풀 테니까.
달수	그런 건 아예 꿈도 꾸지 말어.
낙중	왜? 쪽발이들이 맨날 그러잖어. 전쟁이 끝나면 일등공신은 너희들일 것이라고. 그렇담……
달수	그냥 하는 소리야.

낙중	아니야. 달라질지도 몰라. 모든 건 변하잖어.
호준	그래, 마음 편한 대로 생각해.
낙중	헤헤헤.
달수	미친놈.
낙중	근데 수술받은 게 잘못일까?

호준·달수 (강한 반응)

낙중	사이또 주임이 왜 하필이면 나한테 그 받기 힘들다는 가슴팍 수술을 하라 했을까?
호준	뭐 그럴 수도 있지.
달수	넌 심성이 착해서 복 받은 거야.
낙중	아냐, 잘못된 게 틀림없어. 여기가 결려.
호준	수술받은 뒤부텀?
낙중	응, 왕바늘 꽂은 데가 이상해.
호준	아니야. 니가 괜히 그런 생각해서 그래.
달수	맞어. 아무렇지도 않다고 생각해봐. 그럼 금방 괜찮아질걸.
낙중	그럴까?
달수	그럼.
낙중	그런데 왜 약을 안 주지?
호준	그건 니 몸이 점점 좋아지고 있다는 증거지.
낙중	그래?
달수	아냐, 가슴이 결린다는 건 큰 문젠데. 곧 뒈질 것 같다.
낙중	개자식.
호준	어, 이젠 아프지 않누?
낙중	(그제야) 어, 이젠 아무렇지도 않은데.
호준	거봐. 넌 본래 아프지 않었어.

낙중	아냐, 아팠어.
호준	자꾸 생각하니까 그런 거야. 일어나봐.
낙중	(일어선다.)
호준	걸어봐.
낙중	(걷는다.)
호준	어깨춤을 추면서.
낙중	이렇게?
호준	응.
낙중	신나는데.
호준	시나위 한 가락.
낙중	그건 모르고.
호준	그럼 「장타령」으로.
낙중	잘될까?

(노래한다. 그의 가무는 조금씩 흔드는 데 묘미가 있다.)

호절문전 들어온다.

온갖 춘절 나오신다.

어따 여봐라 춘덕아

너의 부모 너를 낳고

우리 부모 나를 낳고

고이고이 길러서

일관초당에 집을 짓고

독서당을 앉혔네.

물려준 것이 전혀 없어

투전 한몫을 물렸네.

물림의 솟자가 전 숫자.

호준	(가무한다.)
	얼씨구씨구 들어간다.
	절씨구씨구 들어간다.
	호절문전이 들어오면
	온갖 각설 씨 나가신다.
	여기나 앉은 요 양반
	저기나 앉은 저 양반
	좌우 양반 인정으로
	이 몸이 요렇게 다녀도
	어른네 덕으로 다니오.
	아주머니 보니 반갑소.
	술자리 보니 술맛 나
	안주 보니 즐겁소.
달수	야! 좋다.
호준	좋기로 따지자면 「베틀가」가 최고지. 과부들 모아놓고 「베틀가」를 불러주면. 히히히.
낙중	게다가 「회심곡」 하나 더 해줘봐. 고쟁이 말어 비틀면서 뒤집어지지.
달수	헤헤헤. 아랫도리 흔들어가면서?
호준	니놈이 각설이 맛을 어찌 아누?
달수	옆에서 많이 봤거든.
호준	넌 진국 맛을 몰라. 이런 날엔 그저 아랭이 한잔씩 들쑤면서 소래기 질러대면 그 이상 후련한 게 없지. 난 전남 무안에서 각설이 왕초 김우형 선생한테 직접 배웠다고. 「장타령」이라면 팔도 제일이었지. (달수에게) 너 같은 로마이쪼다에겐 가르쳐주지도

않아. 그 선생이 맨 처음 한 말이 뭔지 알어? 거지란 무엇이냐. 클
거(巨)자 뜻 지(志)자 큰 뜻을 품은 사람이로다.

낙중   난 경상도에서 배웠어.

호준   경상도「장타령」이「장타령」이냐? 발악 돼지 비명 소리지.

낙중   탄목제 시조가 그쪽이라던데.

호준   시조 좋아하네. 탄목제는.

달수   병신들 육갑하네. 정신들 차려 인마, 지금 여긴 소록도
납골당이야.

호준   개자식. 왜 피려는 꽃을 짓밟어.

낙중   한세상 잊고 살자는데 그렇게도 배 아프냐?

달수   아암.

이때 돌멩이가 벽에 탁! 부딪히는 소리가 난다. 서로 소리를 확인하는
시선.

호준   혹시.

낙중   창수 형이…….

달수   (문쪽으로 달려가 밖을 확인한다.)

호준   뭐야?

낙중   응?

달수   아무것도 없어.

호준·낙중 (낙담한다.)

사이.

호준　　제길헐 되게 춥네. 이런 날엔 그저…….

낙중　　몸이 또 이상해.

호준　　또 쑤시고 가려워?

낙중　　아니, 이젠 뻣뻣해져.

달수　　쯧쯧쯧. 병도 많다. 아비산 회 쳐 먹고 쭉 뻗어버려.

호준　　동상 조심해. 몇 십 년 만의 추위래잖어.

낙중　　몸이 언 탓일까?

호준　　응, 나도 약 배급 줄 섰다가 얼었어.

달수　　너희들 문씨병이라 그래. 난 아무렇지도 않거든. 자, 봐. (손가락
　　　　세 개 있는 것을 오무렸다 폈다 하면서) 쌩쌩하지?

호준　　오죽하시겠어. 피양 개비짱께서.

낙중　　거럼 거럼.

달수　　거럼 거럼.

호준　　후후후. (기지개를 켜면서) 오늘 밤엔 구북리 여자 독신채나 덮쳐
　　　　볼까. 낙중아, 어떠냐?

낙중　　좋지.

호준　　달수야, 너도 갈래?

달수　　…….

호준　　짤뚝짤뚝 따라와서 망이나 봐.

달수　　손도 없는 놈이 뭘로 만지냐.

호준　　짝선이 짤린 놈보다야 낫지. 안 그래?

낙중　　그럼, 이까짓 몽당손이 대순가.

달수　　…….

호준　　내시 양반, 무슨 말씀이 있으셔야지.

달수　　비둘기장 만들기가 그렇게 쉬운 줄 알어. 맹인 환자나 골라봐라.

턱 비뚤어진 할망구나.

호준 흐흐흐. 봄이 되어 금산으로 벌채 나가면 삭정이 하나 줍고 계집
       손 한번 만져보고. 그때 니놈은 낭구 뒤에 숨어서 침만 꼴깍꼴깍
       처량하게 삼킬 거 아냐.

낙중 후후후.

달수 이 자식아. 내가 이래 봬도 피양에서 개비짱일 때…….

호준 (달수 흉내를 내며) 내가 이래 봬도 (환자 시늉을 지으며) 이거였지.

달수 엄동설한에도 기생들이 앞을 다퉈 시냇물에 목욕하고
       덤벼들었어. 왠지 알어? 난 이래 봬도 더러운 계집과는 잠자리에
       들 수 없는 고상한 취미의 소유자였거든.

호준 꿀꿀이 찔래미가 아니었고?

낙중 먹자파 걸깡이었겠지.

달수 네 이름은 뭐지? 곽박자? 이름 고쳐서 다시 와. 너는? 문병순?
       너도 이름을 바꿔. 꼭 문씨 같잖아. 하하하하. 그놈의 웬수 같은
       짜리만 아녔어도…….

호준 (달수와 똑같은 자세를 취하며) 가오리 사리여―엇, 가물치
       사리여―엇, 멸치, 갈치, 꽁치, 쥐치, 병치 사리여―엇.

낙중 (머리에 보자기를 둘러쓴다. 술 취한 기생처럼)

달수 아저씨, 꽁치 있어?

달수 다 팔렸어.

낙중 아저씨가 기분 났다 하면 떨이째로 막 준다는 생선 장수
       김달수야?

호준 애교 떨면 반값, 이쁜 색시면 공껏, 떨이째 막 줘?

낙중 (달수의 손을 만지면서) 아유, 아저씨 참 미남이다. (대머리) 잘
       까지고. 그런데 아저씨 왜 손가락이 없어?

달수	에, 에…… 이건…….
호준	어, 그리고 보니 성한 데가 한 군데도 없잖아? 아저씨 혹시 문씨 아냐?
달수	아냐.
호준	맞는데 뭘. 아저씨 왜 걸렸어? 문씨 문 모기가 아저씰 깨문 거야?
달수	아냐.
낙중	아, 문씨 기생과 놀아났구나?
달수	아니라니까.
호준	옳아, 그럼 문씨병 걸린 생선 만지다가 옮아버렸구나?
달수	인마, 난 문씨가 아냐. 내가 제일가는 개비짱이니까 짜리가 날 그쪽으로 몬 거라고.
호준	누가 뭐래?
달수	그런데 왜 나를 들먹거려?
호준	(낙중에게) 그랬었나?
낙중	몰라.
달수	개자식들. 똑똑히 들어둬. 난 문씨가 아니야.
낙중	후후후.
달수	진짜야.
호준	헤헤헤.
달수	웃지 마.
낙중	하하하.
달수	그치지 못해?
낙중	으하하하.
달수	니놈 심보가 그러니까 병도 지랄 같은 거야. 대풍자유가 왜 부작용 나겠누.

낙중	넌 그래서 요렇게 됐고?
달수	난 문씨가 아니란 말이야.
낙중	그럼 발가락은 왜 없냐?
달수	교통사고야.
낙중	머리털은?
달수	어렸을 때 연애한다고 할머니가 몽땅 뽑아버렸다.
낙중	손가락은?
달수	이건 내가 왕초 깔 때…….
낙중	찌그러진 눈탱이는?
호준	백눈썹은?
달수	니놈들은 친구도 아냐. 이래 봬도 나는 의리를 모르는 놈들하곤 밥도 같이 먹지 않았다고.
호준	피양 쪽다리 법규는 다 그러냐?
달수	그렇다. 이 문씨 새끼들아.
호준	야! 너 그 듣기 싫은 문씨 소리 좀 뺄 수 없어?
달수	그렇다. 이 문씨 잡종아.
호준	뭐야? 서로 의사소통이 안 될 때는 어떻게 되는 건지 알지?
달수	똥파리 잡을 때 가다는 그렇게 잡냐?
호준	그렇다, 이 호로자식아.

서로 싸우려 한다.

| 낙중 | (큰 소리로 다급하게) 야! 샛바람 떴다! 샛바람! |

낙중이 소릴 지르면서 퇴장함과 동시에 달수와 호준 재빠르게 일을

하는 척한다. 호준은 손목에다 갈고리를 묶어 부삽을 연결한 다음 진흙을 퍼서 벽돌 틀에 넣고, 달수는 도르래 줄을 몸에 묶어 당겼다가 놓는다.

낙중, 무대 후면에서 장난기 있는 걸음으로 살금살금 나온다.

낙중   (사이또의 목소리로) 다이세이요꾸산!

달수·호준 (부동자세를 취하며) 우리의 일을 우리의 힘으로!

낙중   이 새끼들 고갤 숙이고 일을 못 하겠나?

달수·호준 예 예.

낙중   왜 이리 꾸물거려. 목도채로 또 마빡 깨지고 싶어서 그래.

호준   아닙니다요.

낙중   이낙중, 넌 밖에 나가 무릎 꿇고 있어. (본래 목소리로) 예 예.
             (달수, 호준에게) 벽돌을 그 옆에다 놓고 계속 찍어.

호준   예 예.

낙중   내가 누군지 알겠나?

달수   사이또 수간호장님이 아니십니까요.

낙중   그렇다. 이 몸이 떴다 하면 송장도 펄떡 일어선다는 사이또
             어른이시다. 현재 몇 개나 찍었지?

달수   백여 개 됩니다요.

낙중   일당이 몇 개야?

달수   3백 갭니다.

낙중   빠가야로! 작업 시간이 얼마 안 남았는데 이제 반도 못 했다?

호준   약 배급 날이 돼 놔서.

낙중   30분도 못 되는 약 배급을 핑계 삼아?

호준   열심히 했습니다만.

달수	춥고 배고프고 걸통 떨려서.
낙중	알겠다. 푹 쉬게 해주지.
호준·달수	예?
낙중	아주 따뜻한 데로 옮겨주겠다.
달수	고ㅡ, 고맙습니다.
낙중	내일 납골당으로 간다.
달수	히익! 나ㅡ, 납골당으로요?
낙중	이놈 고갤 들지 말고 일을 계속해.
호준	나으리 살려주십시오.
낙중	안 돼.
호준	살려만 주신다면.
달수	홀래미 먹던 힘까지.
호준·달수	다 바치겠습니다.
낙중	그으래? 그럼 일당을 달성할 수 있겠나?
호준·달수	예 예.
낙중	어제처럼 목도채로 딱장 터지지 않도록 조심해.
호준·달수	예 예.
낙중	누누이 말하지만 네 녀석들은 찡도 없는 놈들이야. 이 손으로 까딱만 하면 니놈들은 달걀빵이란 말씀이시다. (총 쏘는 자세) 빵! 빵! 알겠나?
호준·달수	예 예.
낙중	(왼손을 들며) 다이세이요꾸산.
호준·달수	고맙습니다.
낙중	복창해라 인마. 다이세이요꾸산.
호준·달수	(관객을 향해 차렷 자세로) 다이세이요꾸산.

낙중	에— 낙중이는 지금 자통이 심하니까 쉬운 일을 시키도록.
	알겠나? (대답이 없자) 알겠나?
호준·달수	예 예.
낙중	(나가는 것처럼 발소리를 낸 다음 벽돌 기계로 다가와서 진흙 넣는
	작업을 한다.)
호준	안 깨졌어?
낙중	응, 오늘은 봐준대.
달수	참 별일이군. 사이또가 봐주는 날도 있으니.
낙중	뱀 대갈이 용머리 봤나 부지.
달수	낙중아, 넌 쉬어.
낙중	괜찮어.
호준	그래 넌 쉬어.
낙중	아냐, 나도 할게. 의리가 있지.

그들, 반죽이 된 진흙을 틀에 넣고 뚜껑을 덮은 다음 도르래 줄을
당겼다가 놓는다.
줄에 연결된 통나무가 떨어지며 쿵 하고 진흙 틀을 찧는다.
그렇게 반복 작업을 하는 그들.

달수	하나 둘 으싸. 하나 둘 으싸. (계속한다.)
낙중	힘들지 않냐?
달수	무슨 소리야. 힘이 솟구치는데.

희미해지는 조명. 지친 모습들이다.

달수	이제 몇 개짼가?
낙중	253개.
달수	더 이상 못 하겠어.
낙중	나도 그래.
달수	쥐꼬리만 한 배급에다,
호준	국방헌금 위문헌금 다 떼어가니.
달수	흥! 위문받을 게 누군데.
낙중	쉴까?
달수	죽으려고?
낙중	차라리 죽는 게 낫겠어.
달수	언제까지 이 짓을 계속해야 하지?
호준	세계 제일의 공원을 만들 때까지.
낙중	오오사까에서 원예사까지 데려왔대.
호준	흥, 찌그러진 우리 얼굴 가둬놓고 동물원이라도 만들 참인가 부지.
달수	그러니까 무조건하고 신극단에 들어가야 돼. 넌 투전 뒤풀이를 하고 넌 「장타령」, 난 멋있고 호탕한 풍각쟁이.
호준	그놈들도 걸통 메고 북북 길 때가 오겠지.
달수	그 길만이 살길이야.
낙중	아, 아득해져. 내 몸이 내 몸이 아냐.
호준	창수 형을 생각해. 형이 지금 우리를 데리러 오고 있다고.
낙중	목장을 장만해놓고서?
호준	그럼. 젖소, 양, 사슴, 닭 들이 많겠지. 우린 아침마다 키 큰 말을 타고 유유 삼락 하는 거야. 니가 좋아하는 유채 벌판을 따라서.
낙중	유채 벌판 사잇길로 쭈욱 가면 내 고향까지 가겠네.

2장

겨울밤.

길가.

찬바람 소리 쌩쌩.

무릎 꿇고 있는 호준과 낙중.

달수는 무릎 꿇은 채 짚신을 고치고 있다.

벌을 서고 있다.

낙중   여보게 무릎 시려 죽겠어.

호준   난 아예 얼어붙었어.

낙중   몇 십 년 만의 추위라지?

호준   만주 꽃바람이라 그래.

달수   메이지 천황도 신발에는 돈을 아끼지 말라고 했다는데 우리
         짚세기는 이게 뭐야.

호준   감발을 잘해서 신어봐. 헝겁으로 밑창을 다시 대든가.

낙중   이러다간 원생 모두 동상 걸려 뒈지겠어. 우리한테 동상이 얼마나
         무서운 건지 잘 알 텐데도 말이야.

호준   부자의 실책은 돈으로 덮고 의사의 실책은 흙으로 덮는다잖아.

낙중   유식한데?

호준   헤헤헤……. 뭘.

달수   개자식들 아낄 걸 아껴야지.

낙중   조석 두 끼만 해 먹어라.

호준   주간에는 불 때지 마라.

낙중   미음도 끓여 먹지 마라.

호준   나중엔 똥도 싸지 말라고 하지 않겠어?

달수   아예 죽으라고 하지.

호준   한두 시간 군불 때고 이 추운 겨울을 어떻게 나.

낙중   새벽되면 볼만할 거야. 톡 치면 똑똑 부러질 거 아냐.

달수   야. 동생리 정봉수도 어젯밤 벌써다가 죽었어.

낙중   그런 사람이 한둘인가?

호준   명수 영감 알지?

낙중   귀아리 팔린 난쟁이 영감탱이?

호준   응. 그 영감은 어저께 중앙 본관 담벼락에다 (오줌 누는 시늉을
        하며) 이거 하다 걸렸다고.

낙중   누구한테?

호준   사이또한테.

낙중   쯧쯧, 사이또한테 걸렸으니 볼장 다 봤겠구먼.

호준   잘렸어.

낙중   짤렸어?

호준   짝선이를 잘렸다고.

달수   짝선이를?

낙중   그럼 달수하고 똑같네.

호준   아암.

달수   개자식들.

낙중   안됐구먼.

호준   야맹 환잔데 어디가 어딘 줄 알았겠어?

낙중   경비가 점점 더 심해지는 것 같애.

호준   말도 마. 당장 은급(恩級) 붙은 순사 출신들이 내일 20명씩이나

들어온다더군.

낙중   왜놈들로만?

호준   응.

달수   흥! 샛바람 떴다 하면 기십 명씩 달겨들겠군.

낙중   하긴 살아봤자 뭐 해.

호준   오죽하면 소록도 가는 길이 납골당 가는 길이라고 했을라고.

낙중   호준아. 나 벌서다가 죽으면 내 껄통, 모포, 고무신 너 다 가져.

호준   만약 내가 먼저 죽으면 껄통, 모포, 고무신에다가 아까 먹다 남은 뽕가루까지 너 다 가져.

달수   야 야, 너희들 한꺼번에 다 뒈져버려라. 내가 다 가질게.

낙중·호준 어휴 저 개자식.

달수   (추위를 참기 위해 혼자 읊조린다.) 로마이 짚신 둘에 개비짱 하나.

낙중   눈에 헛거미가 잡혀.

호준   날 샌 올빼미 신세지.

낙중   저 달 좀 봐. 보름달인가?

호준   달도 차면 기운다던데.

달수   시라이꾼 둘에 왕팔이 하나.

낙중   우린 글렀어.

호준   그렇지 않아. 형이 있잖아.

낙중   창수 형? 안 와.

호준   왜 그래?

낙중   기다려봤자 헛수고야.

호준   꼭 와.

낙중   안 와.

호준   (화를 버럭 내듯 큰 소리로) 온다니까.

낙중   맞아 올 거야. 그 형이 거짓말한 적이 없으니까.

호준   밤마다 불빛을 잘 봐야 돼. 십자봉에서 불빛이 세 번 비치면 우린
      뺀 타는 거야.

낙중   불빛이 세 번……. 비 오는 날은 어쩌지? 안 보일 텐데.

호준   형이 실수하는 거 봤어? 다 수가 있겠지.

낙중   맞아. 척척 착착이겠지.

호준   우린 기다리기만 하면 돼. 나머지 것은 잠시일 뿐이라고
      삭이면서.

낙중   봄이 돼야 올 거야. 지금은 너무 추우니까 배 타기도 힘들 게
      아냐?

호준   형님한텐 힘든 게 없어.

낙중   아, 그렇지.

호준   일본 헌병만 여덟 명을 죽인 형님이야. 단숨에 백두산을 오르고
      한걸음에 압록강을 건너니 그 녀석들인들 잡을 수가 있었겠어?

낙중   신났을 거야. 백마 타고 만주 벌판을 달리노라면.

호준   한꺼번에 세 명 죽이는 걸 봤는데 귀신 같은 솜씨야. 막 휙휙
      날러.

낙중   한 놈은 팍 배때기를 찔러 죽이고 한 놈은 팍 목덜미를 후려쳐
      죽여버리고 또 한 놈은 팍! (호준에게) 너 지금 어디 자르냐?

호준   (달수를 보며) 짝선이.

달수   민들레 둘에 하꼬방 하나. 꼬즈바라 둘에 형바리 하나.

낙중   우린 그동안 뭘 하지? 벽돌이나 찍다가 공출량을 못 채우면
      이렇게 벌이나 서는 거야?

호준   일순 고통 장락 여생.

낙중   무슨 뜻인데?

호준	고통은 잠깐이야.
낙중	잠깐이 10년도 넘었는데?
호준	그래도 그건 잠시야.
낙중	잠시가 너무 길다.
호준	그러니까 성경을 읽어. 형이 읽으랬어.
낙중	난 싫어.
호준	왜?
낙중	성경만 읽다가 진짜는 안 오면 어떡해.
호준	안 오긴 왜 안 와.
낙중	전에 훈장님이 천자문만 떼면 금강산 유람을 갈 것이다 했지. 천자문 다 떼니까 그런 게 어딨어. 다 공부시키기 위한 꾀지. 너도 너무 읽지 말어. 하라는 대로 하면 진짜는 안 온다고.
호준	이건 공부하고 달라.
낙중	그럼 뭐야.
호준	얘기야, 재미있는 얘기.
낙중	얘기?
달수	등신 둘에 제비 하나. 문씨 둘에 왕족 한 분.
호준	(달수에게) 그 놀부 심보는 평양에서 생선 장사 할 때도 그랬냐?
달수	등신 둘에 제비 하나.
호준	쯧쯧쯧, 그러니 무슨 장사가 됐겠누.
달수	문씨 둘에 왕족 한 분.
호준	왕조기? 그건 무슨 조기인데?
달수	미친놈. 그저 처먹는 거라면.
호준	기생이 꽁치 사러 오면 공꺼로 막 줬지?
달수	야, 선로반 시다 자리는 뭐 큰 벼슬아친 줄 알아?

호준	이놈아, 그래도 너보다야 낫지. 빽빽이 타고 들판을 달려봐라.
	세상이 다 내 거야.
	(그때 생각에 신이 나서)
	칙칙폭폭 내친김에 달렸다 하면 삼천리야.
	삼천리가 어디메뇨 하늘과 땅에 차이로다.
	극락천당 어디있나 빽빽이 타고 달려보세.
	미물잡것 다 태우고 하늘까장 달려가세.
	미물잡것 빽빽! 미물잡것 빽빽!
	(선생 어투로) 여기서 밑줄 친 미물잡것이란?
낙중	네. 달수를 뜻합니다.
호준	네. 맞았습니다.
달수	엠병 천병. 내가 평양에서 개비짱일 때 넌 뭐 했노. (거지 흉내 내며)
	성님 한 푼 줍쇼 예? (찌그러진 얼굴을 하며) 전 이거입죠.
호준	헤헤헤. 두고 봐라 인석아. 니놈 자는 얼굴에다 진물 고름 다
	발라버릴 테니.
달수	후후후.
호준	헤헤헤.

바람 소리 쌩쌩.
추운 듯 몸을 뒤척인다.

호준	(낙중에게) 뭘 보고 있어? 넋을 놓고.
낙중	납골당. 썰렁하지? 납골당이.
호준	이젠 매년 하던 위령제도 안 지낼 건가 봐.
낙중	정봉수는 지금쯤 뭘 하고 있을까?

달수　　어젯밤 벌서다가 죽었다니까?

낙중　　혼령은 살아 있을 게 아냐.

달수　　혼령이 어딨어. 죽으면 시체 해부해서 화장한 다음 납골당
　　　　중턱 선반에 처박히면 끝인 거지. 하지만 기왕지사 예까지
　　　　끌려나왔으니 납골당에 대고 절이나 하자고. 구천 지옥에서
　　　　욕이나 먹지 않으려면.

호준　　그 자식 혼령 있다는 소릴 묘하게 하네.

달수　　냉수는 앞에 있다 치고 절해.

낙중　　두 번 반이던가?

호준　　그럴걸?

달수　　열 번씩 해, 열 번씩. 모를 땐 많이 할수록 좋은 거고 그렇다고
　　　　결례될 건 없으니까.

　　　　앉은 채로 열 번씩 절을 한다. 달수는 하다 말고,

낙중　　죽으면 어떻게 될까?

달수　　똥통에 굴러도 이승이 좋은 거야.

낙중　　호준아, 우리는 죽은 다음에 어떤 모습일까? 죽을 때 모습일까
　　　　아니면 젊었을 때 모습일까?

호준　　글쎄…….

낙중　　죽을 당시의 모습은 아니겠지? 그렇담 우리야 천당에 가도 아무
　　　　소용 없을 거 아냐. 일그러지고 짜그라들고.

호준　　그야…… 그렇겠지.

달수　　지랄하네. 다 태워버렸는데 천당이 어딨어. 납골당에서 횟가루나
　　　　찾아봐야지.

168

낙중	억울해. 이렇게 죽는다는 것이.
호준	죽긴 왜 죽어.
낙중	납골당에 있는 사람들은 쓸쓸할 거야……. 추울 거고……. 찾아오는 사람도 없을 테니……. 그래도 사람으로 태어나길 잘했어.
호준	왜?
낙중	그냥. 버러지보다야 나을 테니까.
호준	나을 것도 없어. 우린 송충이만도 못하니까.
달수	송충이 둘에 나비 하나. 한 놈 두 놈 삑꾸 타고 민들레 찧다 짜리 떴다 뚱 땡. (작은 소리로 반복한다.)

바람 소리 더욱 세차다.

낙중	(주위를 두리번거리다가) 여보게 아무도 없어. 일어서볼까?
호준	안 돼. 아직도 어디선가 감시하고 있을 거야.
낙중	사이또는 지금쯤 잠잘 시간이라고.
호준	다른 놈한테 망보라고 시켰겠지.
낙중	맞아 그랬을 거야. 그놈이 어떤 놈인데.
호준	조금만 참아. 곧 풀어줄 테지.
낙중	풀어준대도 고민이야. 밑둥지가 딱 붙어버렸어.
호준	풀어만 주면야 기어서라도 가지.
낙중	……정말 ……이대로 죽일 참인가?
호준	(추위를 못 참겠다는 듯 작은 소리로 센다.) 한 놈 두 놈 삑꾸 타고 민들레 찧다 짜리 떴다 뚱 땡. (달수와 같이 반복한다.)
낙중	사이또 새낀 아랫목에서 실컷 잘 거야. 히히히. 마누라 허벅지 주무르면서. (호준에게) 안 그래?

호준   한 놈 두 놈 삑꾸 타고…….

낙중   (달수에게) 안 그래?

달수   한 놈 두 놈 삑꾸 타고…….

낙중   그럼 우린 어떻게 되는 거지?

달수   생태 하나에 동태 둘. 야, 좀 움직여. 이 멍청한 놈들아. 한 놈
         두 놈 삑꾸 타고…….

낙중   봄이 돼야 풀리겠구먼.

달수·호준 한 놈 두 놈 삑구 타고…….

낙중   삼한사온인데 그때까지 안 썩을라구.

달수·호준 한 놈 두 놈 삑구 타고…….

낙중   그전에 쪽발이들 생각이 달라지겠지. 안 그래?

         달수와 호준을 번갈아 보다가 대꾸가 없자 따라서 센다.

         한 놈 두 놈 삑꾸 타고…….

170

3장

낙중, 노래와 춤을 추며 등장.

익살스러운 동작.

뒤이어 달수가 등장한다.

양복을 입어도 좋고

서양 음악에 탭댄스를 춰도 좋다.

뒤이어 호준이 여장(女裝)한 채 합세한다.

궁둥이를 흔들며 집시풍의 춤을 춘다.

간드러지는 무대.

그때 호루라기 소리.

달수   짜리 떴다. 짜리!

모두 도망간다.

도망가는 것도 춤의 연장.

잠시 후,

주위를 살피면서 조심스럽게 나오는 달수.

뒤이어 호준과 낙중이 등장한다.

낙중   성, 쫓아오는 사람 없음둥?

달수   응. 아무도 없음.

낙중   헤헤헤. (풀썩 주저앉으며) 거럼 거렇디 우리를 어찌 해서리

        쫓아온단 말이오.

달수	거럼 거럼. 황새가 뱁새 쫓는 격이지비. 오마이, 안 그렇소?
낙중	그렇제이오. 아, 짜리는 뭐 날개 달렸답네까?
달수	야 인마. 내가 지금 오마이에게 말했디 너한테 말한 기가. 어른들
	말씀하시는 데 버르장머리 없이 왜 끼어드는 기가.
낙중	어휴, 니가 어른임메?
달수	뭐이 어드레? 이런 종자 새끼 보게.
낙중	데꾸 이러지 맙세.
호준	야! 니네들은 어찌 해서리 만나기만 하면 싸우는 기가. 날래
	힘 빼지 못하가서. 날래 핏대 죽이지 못하간. (혼잣말로) 어휴,
	각설이 짓도 힘들어서 못 하갔구만.
달수	오마이 이젠 어쩔 끼요. 가는 곳마다 짜리가 쩍쩍대니 이거 어디
	무서워서 살갔습네까.
낙중	오마이 우리도 소록도로 갑세다.
호준	입 닥치라우. 몰라서 그런 소리 하네? 거기 가면 다 뒈져야.
	문씨들 한꺼번에 죽이기 위해 만든 곳이 소록도란 말이야. 알간?
	알간, 모르간?
달수	그건 다 옛날 말입네.
낙중	석칠이네도 소록도 간 지가 반년이 넘었는데도 아직 뒈졌다는
	소리는 없디 않습네까.
호준	누가 죽인다고 선전하고 죽이간.
달수	짜리 또 떴다!

셋이 도망치는 시늉.

| 낙중 | 갔시요. 갔시요. (호준에게) 참말이지 이젠 이런 앵벌이 노릇 못 |

해먹갔시오.

달수   소문을 들어보니깐드루 소록도도 데꾸 좋아져서 밥도 주고 약도
주고 치료도 잘해준답네다.

호준   이 밥통아, 그긴 다 공갈이야. 본래 소문이란 믿을 수 없는
것이다. 다 그렇게 꼬여시리 싹 없애버리려는 속셈이라고.

달수   아, 그럼 어떻게 합네까. 우리 문씨들은 맞아 죽고 썩어 죽고
태워 죽고……. 이렇게 세 번 죽는다는데 까짓거 속는 셈치고
소록도로 가보자우요.

호준   종간나 새끼. 누가 니놈 보구 문씨 되라 했간?

달수   그럼 문씨 자식 왜 낳습네까?

호준   이 간나구 새끼, 몇 번씩이나 말해야 알아들어.

달수   (작은 소리로) 어휴. 혼자 잘났대.

호준   뭐야?

달수   관둡세다.

호준   관두지 않으면 어쩔 끼가.

달수   누가 어더렇게 한댔시요. 참는다니끼니.

호준   참지 않으면 어쩔 끼가. 이 오마이에게 덤빌 끼가.

달수   덤비래면 못 덤빌 내가 아님메.

호준   뭐이 어드레? 이 종자 새끼 보게.

달수   데꾸 이러지 맙세. (호준을 밀치며) 나도 이 나이면 자식 볼
나이입네다.

낙중   진짜 깠다, 너?

호준   (넘어진 채 화가 나서) 나 안 해.

달수   야, 호준아 미안하다. 바깥에 나가게 되면 싱싱쌩쌩 삑꾸 타고
민들레 찧구 에미나이 응뎅이가 씰룩쌜룩 씰룩쌜룩! 자, 다시

	해보자. 미안하다.
호준	조심해!
달수	다시 하는 거지? (다시 한다.) 관둡세다.
호준	관두지 않으면 어쩔 끼가.
달수	누가 어더렇게 한댔시요. 참는다니끼니.
호준	참지 않으면 어쩔 끼가. 이 오마이에게 덤빌 끼가.
달수	덤비래면 못 덤빌 내가 아님메.
호준	뭐이 어드레? (달수를 발로 차며) 이 종자 새끼 보게.
달수	데꾸 이러지 맙세. 나도 이 나이면 자식 볼 나이입네다.
호준	이 자슥 장가 못 가서 환장했구만.
달수	환장 된장 간장 했시요. 왜 장가라도 보내줄 참입네까?
호준	어휴, 저런 간나 새끼 낳고 잘되길 바랐으니.
달수	흥, 면서기 중에 문씨 봤습니까? 문씨 군수 봤시요?
낙중	(달수의 발을 잡으며) 성님이 참으시요. 어찌 해서리 성님이 오마이
	같습네까.
달수	야! 좀 살살 잡어.
낙중	성질내면 나도 안 해?
달수	막 잡아라, 막 잡아.
낙중	성님이 어찌 해서리 오마이 같습네까?
달수	(한숨을 쉬며) 오마이 미안하게 됐제이오. 이게 다 짜리
	때문이디요. 우리가 그냥 빌어먹는 것도 아니고 정당하게 일을
	해서 정당한 대가를 받는 거 아니가서?
낙중	거럼 거럼.
달수	지까짓 놈들이 우리 오마이 비트는 춤을 언제 보았갔서.
호준	거럼 거럼.

달수	참재 참재 해도 참을 수가 있어야지. 흥, 지네들도 우리처럼 배때기가 비어보라지. 애기 다리가 닭다리로 보일걸.
낙중	오마이, 성님 말이 맞습네다.
달수	거럼 거럼.
낙중	우리도 소록도로 갑세다. 이래 죽으나 저래 죽으나 마찬가지 아입네까. 여기선 도저히 못 살갔시요. 문씨 된 것만도 억울한데 이렇게 도망 다니면서 어이 살갔음메. 이참에 소록도 제4대 원장으로 수호세이끼라는 어르신과 수석 간호 주임님으로 사이또라는 어르신께서 오셨다는데 두 분 다 아주 좋으신 분인가 봅네다. 논밭도 주고 개, 돼지, 말, 소도 풍성하게 나누어 준답네다. 우리도 이젠 이런 각설이 패거리 때려치우고 그리로 갑세다.
달수	그럽시다, 오마이. 우리의 희망 소록도로 갑세다.
낙중	갑세다, 오마이.
호준	정말이가?
달수·낙중	예.
호준	정말이가?
달수·낙중	예.
호준	정말이가?
달수·낙중	예.
호준	좋다, 가자. 니놈들이 좋다면 어디를 못 가겠니.
달수·낙중	(환호성을 지른다.)
호준	열중쉬엇 차렷. 넌 왜 차렷을 못 하네?
달수	발가락 네 개가 다 나갔제이오.
호준	언제?

달수	쪼매 아까 짜리한테 뺀 타면서 그랬제이오.
호준	걱정 말아. 이젠 소록도만 가면 다 붙여줄 끼다. 자 우리 희망의 보금자리 소록갱생원을 향해 출발!

행진곡풍의 노래를 부른다.

배를 저어 가자 험한 바다 물결
건너 저편 언덕에,
산천 경개 좋고 바람 시원한 곳
희망의 나라로.

낙중	(노래가 끝나기도 전에) 난 안 해.
호준	나도 안 해.
달수	왜 또 그래?
낙중	일본놈 앞잽이 같은 말은 내가 다 해. 싫은 소린 나 혼자 다 해.
달수	그럼 니가 형 해.
낙중	이북 지방 사투리가 엉터리야.
호준	평안도 함경도 황해도 사투리가 뒤죽박죽이야.
낙중	니넨 막 떠드는데 난 말이 너무 없어. 이렇게 멍청이 서서 뭘 해.
달수	신극이란 본래 그런 거야.
호준	차라리 가댁질 노릇이나 하라면 하겠다. 원생들이 비웃어.
달수	비웃을 일도 많다.
낙중	몇 번이나 연습했어도 매양 그러잖아. 까먹고 틀리구 똑같잖아. 이젠 그만해.
달수	앞으로 닷새 남았어. 조금만 더 하면 충분해. 오늘은 한 번만 더

하자.

낙중   발이 아파.

호준   난 목이 아파.

낙중   일당량 못 채웠다고 딱장 터지면 어쩌려고.

달수   걱정 마. 나 혼자 밤새워서라도 일당량을 채울 테니.

호준   우리 재주론 안 돼.

낙중   외발로 뜀뛰기야.

호준   소록도가 어떤 덴지 모르는 사람 누가 있어. 수 틀리면 토끼
       주사 빵빵 놔서 에고에고 꽥꽥 죽여가는 판국인데 떨어져나간
       발가락을 다시 붙여준다고? 욕한다 욕해.

달수   누가?

호준   원생이 욕하고 하늘이 욕해.

달수   욕하라면 하라고 해. 사내자식이 웬 겁이 그리 많아. 하기
       싫으면 좋게 하기 싫다고 해. 앞잽이 짓이다 사람들이 욕한다
       아부가 심하다. ……나도 이 짓하기 싫어. 정말이야. 나라고
       사이또 앞에서 있는 재롱 없는 재롱 다 떨고 싶은 줄 알아. 나도
       좋고 니네도 좋고 난 그래서 하는 거야. 우리 셋이서 뺀 타고
       싶은 거야. 싫음 그만둬. (벽돌방아 쪽에 가서) 어서 일이나 해.
       천년 만년 벽돌이나 찍으라고. 열흘 뒤엔 거문도로 암석 캐러
       끌려가고. (벽돌을 찍는다.) 뭘 꾸물거려. 벽돌이나 찍으라는데.

호준   싫어.

낙중   나도 싫어.

호준   발 뻗고 눕고 싶다.

낙중   이대로 자고 싶다.

호준   혼자서 한댔잖어.

낙중	밤을 새워서라도.
호준	후후후.
낙중	헤헤헤.
달수	개자식들. 그럼 빨리 엎어져버려. 꼴도 보기 싫으니까.
호준	화내니까 귀엽지?
낙중	애기 같애. (자장가를 부른다.) 우리 애기 잠잘 적에 꼬꼬닭도 울지 말고 멍멍개도 짖지 마라. (벽돌 찍는 소리에 맞춰) 우리 애기 착한 애기 우리 애기 잠잘 적에 야옹 개도 울지 말고 오리 새도 꽥꽥 마라. 꽥꽥 마라……. (달수의 쿵쿵 찧는 소리에 맞춰) 꽥꽥! 꽥꽥!
달수	개자식들. (평상에 와 앉는다.)
낙중	후후후.
호준	헤헤헤.
달수	(외면한다.)

잠시 적막이 흐른다.

말이 없다.

음악이 흐른다.

낙중	달수야.
달수	…….
낙중	아직도 화 안 풀렸누?
달수	…….
낙중	장난이었어. 호준이도 그랬을 거야. 우리 맨날 그랬잖어. 다시 하려면 해.

178

달수	싫어.
낙중	마음이 변했어?
달수	응.
낙중	왜? 우리가 약 올려서?
달수	아니. 치사하다는 생각이 들었어. 뺀 탈 바에야 목숨 내놓고 타야지. 어렵게 얻어내야 좋은 것도 오래가고.
호준	그럼 이젠 완전히 끝난 거야?
달수	응. 그동안 어거지 부려서 미안하다.
호준	다시 해보자.
낙중	그래. 니가 고생했잖아?
달수	약 올리지 마. (돌아눕는다.)
낙중	(호준에게) 막상 그만둔다니까 허전하군. 달수 말마따나 뺀 탈지도 모르는데.
호준	인생살이 다 그런 거야. 기다리고 바라고 하지만 오지 않고 또 잔뜩 기다리고. 나타나면 놓치고 지나면 아름답고 아쉽고. 이럴 땐 미련하고 묵직하게 사는 게 장땡이야.
낙중	넌 옛날에 태어났으면 임금이었을 거야.
호준	약방 감초였겠지.
낙중	아는 것도 많고 삭일 줄도 알고. 난 그걸 못 해.
호준	나머지 건 다 잘하잖아.
낙중	안 그래.
호준	노래 잘하고 마음씨 좋고 화낼 줄 모르고. 군자같이 학자같이 예수같이.

잠시 사이.

낙중	달수야.
달수	…….
낙중	자냐?
달수	아니.
낙중	아직도 화 안 풀렸냐?
달수	아니.
낙중	근데 왜 그래?
달수	뭐가?
낙중	니가 가만있으니까 이상해. 아무 말이나 해봐.
달수	무슨 말?
낙중	그냥 아무 말이나. 놀부처럼 비비 꼬든가 말도 안 되는 소리 줄줄 늘어놓든가. 조용한 건 싫어. 무서워.
달수	니가 먼저 해봐.
낙중	내일 또 사이또한테 딱장 터지겠지?
달수	패대기치겠지. 겁나누?
낙중	아니. 이상하게 겁이 안 나. 전엔 안 그랬는데.
달수	나도 그래.
호준	나도 그래.
낙중	설마 죽일라구.
달수	그럼.
낙중	달수야.
달수	응?
낙중	아무래도 내 몸이 이상해. 연습하는데 괜시리 핑계 댄댈까 봐 가만있었는데……. 이상해. 기분이 이상해. 이상하지?
달수	나도 그래.

낙중 이상해. 눈물이 나와. 안 울려고 해도 그냥 쏟아지는걸.

(울먹인다.) 난 어렸을 때도 눈물이 많았어. 그래서 아버지한테

맨날 혼났어. 계집애 같다고. 삼대독자였거든? 장군처럼 키우고

싶으셨을 거야.

호준 난 할머니 생각이 나는구면. 고향을 떠나던 날 밤, "니가

사람이지 왜……" 하며 우시면서 죽어도 같이 죽고 살아도 같이

살자던.

공동묘지 무덤가에 할미꽃이 피었네.

누구 보라 피었나.

나 보라고 피었지.

기다리다 지쳐서 고개 숙여버렸나.

우리 할미 가신 넋이 혼이 되어 피었네.

하얀 머리 할미꽃.

말도 없는 할미꽃.

나의 슬픈 할미꽃.

처량스런 할미꽃.

……이젠 저세상 사람이 되셨을 거야.

달수 (서서히 일어서며 시를 읊는다.)

그 옛날 나의 사춘기에 꿈꾸던

사랑의 꿈은 깨어지고

여기 나의 다난했던 젊음을

파멸해가는 수술대 위에서

내 청춘을 통곡하며 누웠노라.

장차 손자를 보겠다던 어머니의 모습이

내 수술대 위에서 아물거린다.

정관을 차단하는 차가운 메스가
내 국부에 닿을 때
모래알처럼 번성하라던
신의 섭리를 역행하는 메스를 보고
지하의 히포크라테스는
오늘도 통곡한다.

4장

벽돌 공장.

밤.

낙중은 평상에 누워 자고 있다.

호준은 평상에 기대어 성경책을 읽고, 달수는 대풍자유 병을 끈으로 엮는다.

호준   (성경책 읽는다.) 하나님이 그 아들을 세상에 보내심은 세상을 심판하려 하심이 아니요, 저로 말미암아 세상이 구원을 받게 하심이라. (달수를 쳐다본다.)

달수   오늘 여길 뜰 거야.

호준   헤헤헤.

달수   정말이야. 여길 뜬다니까.

호준   여길 떠서 어디 가려고? 의무실에? 606호 한 방 더 맞으러?

달수   미친놈.

호준   너도 읽어볼래?

달수   (고개를 젓는다.)

호준   이것만 읽고 있으면 마음이 편해.

달수   너는 니 병도 못 고쳐주는 예수를 맨날 찾아 뭐 하누.

호준   하나님은 사랑하는 아들에게 더 큰 벌을 내리시느니라.

달수   사랑 많이 받아 퍽도 좋겠다. 다음에 하나님 만날 기회가 있으면 내 대신 전해. 이 김달수는 하나님 발길에 채여도 좋으니 이 소록도만 벗어나게 해달라 빌더라고.

호준   (성경책을 덮으면서) 옜다 모르겠다. 오늘 또 이만큼 읽었으니

오늘 지은 죄는 이것으로 샥!

달수	(피식 웃는다.)
호준	오늘따라 점잖아졌다?
달수	그럴 때도 있어야지.
호준	연극 깨졌다고 안달났누?
달수	(고개를 젓는다.)
호준	약병을 그렇게 엮어야 주사 한 방 놔준다디?
달수	…….
호준	(달수가 엮고 있던 병을 낚아챈다. 장난기가 아니다.)
달수	이 자식이 이거 왜 이래?
호준	안 돼.
달수	야!
호준	정신 차려, 인마.
달수	이 방법밖에 없어, 인마.
호준	니놈이 이러시면 낙중이와 내가 어떻게 되는 줄 알지?
달수	혼자선 안 가.
호준	난 안 가.
달수	같이 가야 돼.
호준	너도 못 가.
달수	호준아.
호준	생각도 말어. 어젯밤에도 난다 하는 제비들이 여섯이나 물귀신됐어.
달수	기는 놈들이니까 그렇지.
호준	순시대는 거적이구?
달수	십자봉 뒷길을 택하면 돼.

호준	삐딱선(船)은?
달수	한 바퀴 도는 데 30분 걸려. 20분 정도 시간 여유가 있다는 얘기지.
호준	20분 동안에 녹동까지 간다고?
달수	재수만 좋으면 갈 수 있어.
호준	재수를 믿어?
달수	(엮던 병을 가리키며) 이것도 있고.
호준	후후후. 이걸 믿어?
달수	물통도 있어.
호준	날뿌리 구릉에 있는 등대는?
달수	조금만 멀어지면 뭐가 뭔지 분간 못 해.
호준	설사 녹동까지 무사하다 해도 보성도 못 가 잡힐걸.
달수	다 생각이 있어.
호준	칼 물고 뜀뛰기야.
달수	그래도 해봐야지.
호준	난 불알 잘리고 싶지 않아. 징역살인 더더욱 싫고.
달수	병신 자식.
호준	그래 난 병신이야.
달수	여긴 소록갱생원이 아니야. 소록공동묘지라고. 소록도 전체가 납골당이야.
호준	누가 그걸 모른대?
달수	정신 차려.
호준	차리고 있어. 지금은 한겨울이야. 달수야 봄이 오면…….
달수	흥! 그놈의 봄 필요없어. 희철이를 생각해봐. 길가 한복판에 온몸을 땅속에 묻고 목만 내놓게 한 채 송진을 덕지덕지 발라

죽였지. 새파랗게 숨 막혀 죽은 희철이의 얼굴을 발길로 차며
사이또가 뭐랬지?

호준   듣기 싫어. 작년 얘길 뭣 하러 꺼내.

달수   "잘들 봐라. 말 안 듣는 놈은 다들 이렇게 된다. 본보기로
삼아 정신 차리도록." 다 썩어 해골이 굴러다닐 때까지 그 새낀
치우지도 않았어. 우리 겁주려고. 이젠 우리 차례야.

호준   너……?

달수   왜?

호준   정말 뺀 타려는 거냐?

달수   이것 봐. 이 대풍자유 병에 물통을 묶으면 너 같은 등신도 다 뜰
수 있어. 녹동까지만 가면 우리 세상 아니냐.

호준   우리 세상? 쯧쯧쯧. 너도 소록도 고시다이 그만큼 쪼갰으면 정신
좀 차리거라.

달수   평양에만 가면 내 꼬붕들이 쌔구 쌨다니까.

호준   평생 동안 숨어 살고?

달수   자유가 있잖아.

호준   자유? 애들한테 돌팔매질당하는 것도 자유냐? 지네들 간 빼
먹으러 왔다고 치를 떠는 그 세상이 자유냐고.

달수   누가 문씨라고 써 붙이고 다니간?

호준   꼭 써 붙여야 문씬 줄 아냐. 하긴 너는 문씨가 아니라니까
모르겠지.

달수   ……나도 문씨야.

호준   (비꼰다.) 개비짱께서 웬일로?

달수   (손을 내민다. 손가락이 없다.) 이것마저 나갔어.

호준   (정색하며) 아니, 언제?

달수	오늘 새벽에.
호준	아프지 않았어?
달수	내 살점이 아닌 걸 뭐.
호준	얼었나 보구나.
달수	아니야. 난 부러지는 게 특기야. 처음엔 눈썹 털, 머리카락, 손가락, 발가락, 짝선이……. 다시 손가락. 이젠 목만 남았어. ……하지만 난 (멋쩍게 웃으면서) 초기야.
호준	그럼. 몇 십 년 만의 추위라잖아.
달수	넌 항상 날씨 탓이구나.
호준	헤헤헤.
달수	후후후.
호준	헤헤헤.
달수	이것이 마지막 기회야.
호준	헤헤헤.
달수	(다시 대풍자유 병을 엮는다.)
호준	달수야?
달수	…….
호준	나 장로 될 거야.
달수	누가 시켜준대?
호준	창수 형이.
달수	…….
호준	그 형이 이 성경책도 주신 거야. ……물론 힘들겠지. 하지만 하나님 은혜를 받으면 힘든 게 없어. 달수야. (엮는 병을 뺏으면서) 우리 조금만 참고 기다리자.
달수	이리 줘.

호준	생죽음이야. (평상 밑에다 던져버린다.) 나야 불알 잘리면
	그만이지만 넌 송진에 처박혀 죽게 돼.
달수	사는 길은 딱 하나야.
호준	그래, 기다리는 거야.
달수	기다려? 언제까지? 사지가 다 문드러져 죽을 때까지?
	이 김달수는 그럴 수 없어. 이것이 마지막 기회야.
	이나마 팔다리가 남아 있을 때 하지 않음 끝장이라 이거야.
	알겠어?
호준	이까짓 애들 장난감 같은 걸로 어떻게 그 급류를 건너간단
	말이냐.
달수	할 수 있어.
호준	허튼수작 부리지 말어. 기다려.
달수	미친놈. 정신 차려 인마. 넌 지금 형을 기다리는 게 아냐. 예수를
	기다린다고. 형은 우리와 같은 문씨일 뿐이야. (대풍자유 병을
	챙기려 한다.)
호준	안 돼.
달수	왜 이래? 여기서 아무 짓도 못 하고 고스란히 다 죽자 이 말이야?
호준	내 말 들어. 여기서 나가봤자 도망치고 굶주리고 허덕이고…….
	그러다가 날 샐 것은 뻔한 이치야. 어떤 골빈 놈이 이쁜 문씨
	왔다고 병 고쳐주고 뒷수발 다 들어주겠어.
달수	그건 여기서도 마찬가지야.
호준	결국 며칠 못 가서 다시 붙잡혀 이리로 강송되어 올 것이고
	그땐 불령분자(不逞分子)라는 빨간 딱지까지 붙어 축항 공사판
	야간 작업조에 끼었다가 종국엔 갯벌에 처박혀 죽고 말 거라고.
	그러니까 내 말은 뺀 타는 것이 중요한 게 아니라 뺀 탄 다음이

중요하다 이거야. 그 일을 해낼 수 있는 사람은 창수형밖에
없어.

달수 (화를 벌컥 내며) 인마, 너도 알고 있지?

호준 뭘?

달수 낙중이가 죽는다는 걸.

호준 (흠칫 놀라며) 몰라.

달수 야로 부리지 말어. 낙중이가 토끼 주사 맞은 걸 니놈도 다 알고
있어.

호준 아냐.

달수 뭐야? (멱살을 붙들며) 나쁜 자식. 넌 분명히 알고 있어. 모르는
척 쑥맥인 척 연기 피우지 말란 말이야. 낙중이가 죽는다는 걸
알아 몰라?

호준 …….

달수 대답해.

호준 알아.

달수 비겁한 자식. 왜 모르는 척했어. 창수 형 때문이지? 창수 형이
오기도 전에 낙중이가 죽는다는 사실이 겁났던 거야. 바보 같은
자식. 이 세상에 죽은 사람 살려내고 문씨 병 고쳐주는 사람은
없어. 창수 형은 오지 않아. 정신 차려. 살아 있는 건 우리뿐이야.
우리끼리 어떻게든 해봐야 한단 말이야. 그 자식은 죽었어.
알겠어? 죽은 놈이 어떻게 오냐?

호준 …….

달수 다시 한번 말해줄까? 넌 지금 그놈을 기다리는 게 아니라
기다리다가 뒈져버릴 네 죽을 목숨을 기다리고 있는 거라구.

호준 …….

달수	…….
호준	다행히 쎈 걸로 맞진 않은 모양이야. 즉석에서 할딱할딱거리지 않는 걸 보면.
달수	…….
호준	빨리 죽여 입을 봉하자는 속셈인가?
달수	…….
호준	하긴 매독균도 건강 환자에게 집어넣어 관찰하는 놈들이니 어떤 짓인들 못 하겠어.
달수	…….
호준	달수야.
달수	마차 기다리다 장 파해.
호준	안 파해. 지금 이리로 오고 있을지도 몰라. 형이 이런 일을 모를 줄 알어? 다 알어. 다 알고 온다니까.
달수	온대두 늦었어.
호준	왜 늦어?
달수	약 기운이 이미 퍼져버렸어.
호준	창수 형은 기막힌 의사들을 많이 알고 있다고.
달수	야, 이 병신 자식아. (떠밀어낸다.) 우길 걸 우겨야지!

긴 사이. 호준과 달수, 평상에 앉아 있다.

달수, 정적을 깨고 자리에서 일어나 바지를 툭툭 털며 대풍자유 병을 어깨에 두른다.

결심이 선 듯한 태도.

달수	기다려. (손짓으로 서너 번 자기를 가리키며) 나를.

호준	혼자 갈 거야?
달수	늦어도 내일 이맘때쯤까진 종선 대놓고 데리러 오겠다.
호준	녹동까지 헤엄쳐 간다고?
달수	자신 있어.
호준	이 추위에 어떻게 바닷물에 뛰어들어?
달수	네놈의 예수 새끼가 날 보살펴주겠지.
호준	그건 믿을 게 못 돼.
달수	그동안 낙중이를 잘 돌봐줘. (낙중이를 보며) 이 자식도 지 새끼 얼굴 보기 전까진 쉽게 죽지 않을 거야. 그렇지?
호준	응.
달수	그리고 내일 인원 점호 때 혹시 날 찾으면 원목 벌채하러 갔다고 적당히 얼버무려. 어떡하든 하루만 버티면 될 테니까. 정 내가 예까지 못 올 성싶으면 십자봉 쪽에서 불빛을 세 번 비출 거야.
호준	창수 형 때처럼?
달수	응. 깜박 깜박 깜박. 낙중이, 너, 나…… 셋을 뜻해. (물통을 든다.)
호준	달수야.
달수	걱정 마.
호준	동태되기 십상이야.
달수	난 해낼 수 있어.
호준	나가봐서 안 되겠다 싶으면 챙피 주지 않을 테니 그냥 되돌아와.
달수	그래 그래.
호준	헛 깡 부리지 말고.
달수	알았어.
호준	얼어 죽어 인마.
달수	걱정 마.

호준	달수야.

달수	지루하면 열까지 세. 한 놈 두 놈 삑꾸 타고 민들레 찧다 짜리
	떴다 뚱 땡. 너도 따라서 해봐.

호준	한 놈 두 놈 삑꾸 타고 민들레 찧다 짜리 떴다 뚱 땡.

달수, 나간다.
그 자리에 멍청히 서 있는 호준.
사이.

호준	(문으로 가서 크게 소리 친다.) 이 병신 자식아. 내일 이맘때쯤
	우리를 데리러 온다고? 그전에 황천객이다 이놈아. 한번
	으스대본 거라고 솔직히 말해 인마.
	야! 순시대는 뭐 마포로 덮어씌운 메주 덩어린 줄 알어. 네놈
	위에 있어 인마. 야! 지금이라도 늦지 않았으니 어서 되돌아와.
	이 병신 자식아.

낙중	(호준의 큰 소리에 잠이 깼는지 아니면 악몽에 시달리다 깼는지 상체를
	일으킨다.)

호준	야! 이 머저리, 병태, 송충이, 거머리, 버러지, 로마이쪼다에 등신
	자식아. 깜빡 깜빡 깜빡? 에고 에고 꽥이다, 인마.

낙중	여보게 호준이.
호준	응?
낙중	왜 그래?
호준	언제 깼어?
낙중	밖에다 대고 왜 그래?
호준	으응 별거 아냐. 나도 본격적으로 「장타령」을 배우려고.

낙중	목청 트는 거야?
호준	으응 너처럼. 소래길 빽빽 질러야 잘 나온대며? 그런데 낮에는 할 수가 있어야지. 이목도 있고 챙피해서……. 내 소리에 잠 깼나? 그렇다면 미안허이.
낙중	아니. 꿈을 꿨어.
호준	꿈? 좋지. 돼지꿈이라도 꾸었나?
낙중	아니.
호준	어떤 꿈인데?
낙중	내 아들 기석이하구 달수, 그리고 어머니, 이렇게 셋이 하늘에 둥둥 떠서 날 오라고 손짓해. 자꾸 다가가는데 자꾸 멀어져가.
호준	천당 가는 꿈 아냐?
낙중	그러다가 헛디뎠어.
호준	꽥 꼴깍?
낙중	(고개를 끄덕인다.) 근데 달수는 어디 갔지?
호준	내가 소래길 뽑으니까 듣기 싫다고 나가버렸어.
낙중	추울 텐데…….
호준	내 소리 듣는 게 더 으스스했나 부지 뭘.
낙중	(다시 눕는다.)
호준	또 자려고?
낙중	응.
호준	많이 아프누?
낙중	어지러워.
호준	자지 마. 얘기나 하자.
낙중	무슨 얘기?
호준	아무 얘기나.

낙중	졸려.
호준	일어나. 자네 고향이 어디랬지?
낙중	다 알잖어.
호준	그래도?
낙중	충남 대천.
호준	부모님은 살아 계시고?
낙중	어머닌 돌아가셨어.
호준	자네…… 결혼도 했겠구먼?
낙중	했지.
호준	개통식 날 좋았겠는데?
낙중	좋았지.
호준	자식도 있나?
낙중	응.
호준	딸?
낙중	아니 아들.
호준	재주 좋은데?
낙중	뭘.
호준	보고 싶겠구먼?
낙중	보고 싶지.
호준	마누라는 재혼했지?
낙중	여기 온 지 석 달도 못 돼 가버렸어.
호준	그럼 결혼한 후에 병을 얻은 건가?
낙중	응. 한겨울 나고.
호준	어쩌다가 환자 됐누?
낙중	나?

호준	자네 말고 누가 있나.
낙중	(일어나서 벽돌 기계 쪽으로 가서 도르래 줄을 몸에 감고 몇 번인가 당겼다가 놓는다. 그때마다 탁열음이 조용한 분위기를 더욱 무겁게 만든다.) 추석이었어. 성묘 갔다 와서 버선을 벗는데 홍반점이 있었어. 그저 그런 거겠지 했는데 계속 불어나면서 마비가 왔지. 봄이면 꽃처럼 피어나는 붉은 앵두가 얼굴에 만발했고 가을이면 낙엽과 함께 눈썹이 하나둘씩 빠져 없어져가는 거야. 식구들 성화에 못 이겨 서울 무슨 병원인가 하는 유명한 데를 갔어. 그때 처음으로 경남선 긴학교를 타봤지. 참 신통하게 달리더군. 어머니가 내 손을 꽉 잡고 저쪽을 보면서 뭐라고 중얼거렸어. 나무아미타불…… 뭐 이런 조였을 거야. 마누란 눈을 감고 있었지. 비로드 한복을 업고 귀부인답게. 서울 색시였거든. 의사가 결절라 홍반이라고 하데. 다른 병원에도 가봤지만 마찬가지였어. ……이상한 일이야. 그런 엄청난 일은 북이나 꽹과리를 치면서 요란하게 올 줄 알았는데 너무나 슬며시 와버렸거든. (부인에게 말한다.) 여보! 어제 굿한 집이 누구네야? 시끄러워서 도통 잠을 잘 수 있어야지. 당신은 잘 잤나? 말이 없는 거 보니 잘 잤나 보군. 여보 오늘 아침엔 창란젓 좀 줘. 매일 골방에 있으니까 밥맛이 없어. 그리고 가끔씩 놀러 와. 자주 와도 좋아. 기석이도 데려오고. 그놈 본 지가 몇 달은 된 것 같애. 이젠 걸어다닐걸? 맨날 그놈 꿈을 꿔. 꿈속에선 내가 항상 안고 있지. 한번 안아보고 싶어. 잠깐 안는다고 해서 전염되진 않겠지? 여보 말 좀 해봐. 말하고 싶어 미치겠어. 내가 징그럽지? 나만 보면 도망가고 싶지? 여보, 거울 있어? 이리 내봐. 얼마나 변했는지 내 얼굴을 봐야겠어. 하지만

안 봐도 다 알아. 팔뚝으로 문대보면 금방 알 수 있지. 그러니까
거울도 필요 없어. 그냥 자주 오기만 하면 돼. 하지만 당신은 안
올 거야.

난 다 알아. 그믐날 밤에 도망치다가 아버님께 붙잡혔지? 그때
아버지께 잘못했다고 빈 건 참 잘한 일이야. 만약 말대꾸라도
했으면 뼈도 못 추렸을 거야. 여보 도망가지 마. 그건 바보짓이야.
아버지 재산은 다 내 거야. 청라에서 화성리까지 다 내 논이라고.
난 아버지가 돌아가시면 다 당신 주려고 해. 정말이야. 다 당신
준다니까? 나야 호적에서 빼버리면 그만이잖아.

······여보 난 저 달하고 사람 꽃······ 이런 것을 좋아했어.
또 비탈진 언덕길도 좋아했었어. 유채꽃이 피어 있는 넓은
들판을 보고 있으면 하루 종일 밥을 안 먹어도 기분이 좋았지.
헤헤헤······. 난 소학교 교장 선생 되는 게 소원이었어. 애들하고
노는 게 좋았거든. 난 애들이 똑바로 서 있는 게 싫어. 그러니까
운동장 조회 시간에도 애들을 나무 아래나 풀밭에 편히 앉게
하고 얘길 했을 거야. "봄바람이 불어오는구나. 유채 벌판이
참 보기 좋지?" 헤헤헤. 바보 같지? 징그럽지? ······하지만
걱정 말어. 난 결심했어. 소록도로 갈 거야. 어떡하든 남보란
듯이 병이 나아서 오겠어. 그때까지만 참어. 매미를 봐. 매미는
땅속에서 잠을 자다가 6년이 지나야 애벌레 껍질을 벗고
어른이 돼. 나도 소록도에서 6년만 있으면 이런 껍질 다 벗고
새살이 돋을지 알게 뭐야. 엉터리가 아니라구. 김만수 영감은
여든아홉인데도 까만 머리가 다시 나고 이도 새로 나잖아. 그런
일이 나라고 없겠어. (고개를 떨군다. 잠시 후 고갤 들고 허공을
쳐다보다가) 여보게, 호준이.

호준	응?
낙중	달이 훤하구먼. 보름달인가?
호준	글쎄.
낙중	보름달보다는 작아 보이지?
호준	응.
낙중	난 말이야. 달, 바람, 꽃, 특히 유채꽃을 좋아했어.
호준	넌 그랬지.
낙중	(넘어질 듯하면서) 아, 힘이 없어. 앞이 안 보여.
호준	(달려와서 낙중을 부축해 평상에다 앉힌다) 과로하면 안 돼.
낙중	내가 말이 많았지?
호준	응, 약간.
낙중	사람들은 이상해. 왜 우릴 무서워하지? 하긴 나도 그랬어.
	어렸을 때 진달래 꺾으러 갔다가 문씨를 봤는데 그 문씬 양지
	바른 곳에 가만히 있는데 난 막 돌을 던지면서 뛰어내려왔지.
	아마 발목뎅이 한군데 맞았을 거야. 그 문씨 내가 될지 알았나?
호준	노래를 잘 부르면 박복하다잖아.
낙중	그런가 봐. 진작에 자살이라도 했어야 하는 건데.
호준	무슨 소릴.
낙중	우리네 계급장이 얼마나 찬란해. 더 이상 불행해질 게 없겠다.
	남들이 벌벌 기겠다……. 자살할 용기가 났을 법도 한데 말이야.
호준	왜 그런 소릴 해?
낙중	어쩐지 그런 생각이 들어.
호준	자지 마.
낙중	(눕는다.) 근데 달수는 왜 아직 안 오지? 무슨 일이 생긴 걸까?
	…… 혹시 죽은 거 아냐?

호준   뭔 소릴…….

낙중   아냐. 죽었을지도 몰라. 꿈에 구름을 타고 올라갔거든? 그건
       죽는 꿈이야.

호준   실은 창수 형 마중 갔어.

낙중   뭐야? (일어나려 하나 힘이 없다. 누운 채로) 형이 온단 말이야? 왜
       그 얘길 이제 해. 불빛이 세 번 비췄어?

호준   아니.

낙중   (낙담하여 모로 눕는다.)

호준   아냐, 올지도 몰라. 그런 예감이 들어. 너도 이상한 예감이
       든다고 했잖아.

낙중   (졸린 소리로) 형이 오면 얼마나 좋을까. 소랑 말이랑 양이랑
       참새랑 유채꽃이랑. (스르륵 잠이 든다.)

호준   (작은 소리로) 낙중아.

낙중   (대답이 없다.)

호준   자지 마. 자면 안 돼. (슬쩍 깨워보나 잠이 들었다. 잠시 후 낙중 앞에서
       기도한다.) 하나님이 그 아들을 세상에 보내신 것은 (다음 구절이
       떠오르지 않는지 옆에 있는 성경을 펼쳐 보면서) 세상을 심판하려
       하심이 아니요 저로 말미암아 세상을 구원받게 하심이라.

기도가 끝나자 문 쪽으로 가서 밖을 내다본다.

인기척이 없다.

다시 낙중에게로 온다.

잠시 이쪽저쪽 오가면서 서성이다가 낙중의 손에 성경을 쥐여준다.

다시 문 쪽으로 간다.

서성인다.

그는 기다린다.

기다리면서 세기 시작한다.

한 놈 두 놈 뻑꾸 타고 민들레 찧다 짜리 떴다 뚱 땅······.

반복한다.

그것은
목탁구멍 속의
작은 어둠이었습니다

등장인물　도법스님

　　　　　탄성스님

　　　　　방장스님

　　　　　원주스님

　　　　　월명스님

　　　　　망령

　　　　　여인

1장

늙은 모습의 탄성 스님이 의자에 앉아 있다.

한정된 톱라이트.

잠시 뒤 희미한 조명이 허공을 비추면 사자(死者)의 모습인 도법 스님.

눈두덩이엔 피가 흥건하다.

탁자에는 조각에 필요한 소도구가 가지런히 있고 두 개의 찻잔이 놓여

있다.

탄성, 조각칼(혜라)을 만지작거리면서 이따금씩 도법을 힐끔 쳐다본다.

다시 침묵이 계속된다.

탄성의 뒤에는 흉측하고 일그러진 불상이 있다.

탄성   (쉰 목소리로) 왔나? 어떤가?

도법   그냥 그래.

탄성   나이를 먹으니까 참선하다가도 졸고 횡보하다가도 졸고 그래.

도법   기력이 쇠잔해서일 거야.

탄성   그럴 짬도 없는데 그러니까 문제지. 늙으면 그저 죽어야 되나

       부이. 나도 자네 곁으로나 갈까?

도법   아직 일러.

탄성   후후후. 도통하지 못했으니 더 정진하라는 얘기 같군. 아암.

       그래야지. 그렇고말고. 돌대가리니 속세에 더 머무를 수밖에.

       (사이) 항상 자넨 나보다 앞서갔지. 해인사 선방에서도 그랬고

       오대산 토굴에서도 그랬고 이 봉국사에서도 마찬가지였어.

       자네가 춘향이었다면 난 춘향이 시봉하는 년이었다고나 할까.

자네 생시(生時)엔 이 몸이 시샘도 많았다고. 족히 20년은
늦은 늦깎이 후배가 경 공부나 참선에서 자꾸 앞서가니 괴롭지
않았겠나?

도법   허허. 처음 듣는 얘기군.

탄성   생사(生死)를 마빡에 써 붙이고 참선하는 중이 그런 하찮은 것에
신경이 끊이질 않았으니 내 자신 얼마나 미웠겠나.

도법   난 늘 자네가 앞서간다고 생각했었네.

탄성   하하하. 자네가 미술 대학 선생 자릴 내던지고 서른 몇 살인가에
갓 입산했을 때도 난 자넬 업수이 여기질 못했어. 다른
행자들과는 달리 범상치 않았거든. 그만큼 자네가 커버린 채로
들어왔다고나 할까. 하하하.

        (주전자 있는 데로 가서 물을 따라 한 모금 마신다. 창밖에 눈을
        두다가) 어두워졌군. (의자에 도로 앉으며) 이런 어둠이 찾아올
        때면 번뇌 망상이 꼬리에 꼬리를 물어. 예컨대 진리란 무엇일까?
        진리란 진리라고만 불릴 뿐 애초부터 없었던 것은 아닐까?
        또, 있다면 그 반대의 것도 진리가 아닐까? 하하하. 어렸을 때
        생각들이 다 늙은 이제 와서 새삼스럽게 떠오르는 것은 무슨
        조화인지.

도법   오늘따라 말이 많군.

탄성   그렇지? 오늘은 특별한 날이거든……. 나도 자네처럼 이런저런
상념들을 저 어둠에게 맡겨두고 어디론가 가게 되겠지. 이젠
별것 아닌 선행으로 죽음의 위안을 삼던 나이도 지났어. 명예나
금전에 빠져 죽음 자체를 잊어본 적도 없는 반쪽 수행자이기도
하고. 그저 먹물 옷을 입다 보니 폭행이나 강도, 강간 같은 큰
죄만은 면할 수 있었다는 자족이 있을 뿐일세.

도법   아니야. 인간은 본래 완성자일세. 완성자임을 모르는 데서
      무지가 싹트지.

탄성   (손으로 허공을 가리키며) 저것이 태양이다 했을 때 무엇이 있던가.
      태양은 없고 가리킨 내 손만 허공에 있지 않은가. 내가 그
      꼴일세.

도법   자네가 허공을 잡았다고 했을 때 허공이란 다만 이름만 있을
      뿐 모양이 없으니 잡을 수도 없고 버릴 수도 없는 것, 이와 같이
      자네의 마음 밖에서 그 무엇을 찾는다는 것은 있을 수 없는
      일이야.

탄성   으스대지 말어. (만지작거리던 헤라로 두 눈을 찌르는 시늉을 하며
      빈정대듯) 이랬었나? 다시 한번 해보지그래. 자넨 숱한 의문을
      남긴 채, 하룻밤 뚝딱 희한한 부처를 하나 만들어놓고는 두
      눈을 찌르고 서전교 교각에서 몸을 던져 죽고 말았어. 그게
      도대체 지금 나한테 무슨 상관이냐고 묻고 싶겠지……. 바위틈에
      끼어 있던 자네의 시신을 들어내며, 그리고 피로 물들었던 자네의
      작업실 이 서전을 치우면서, 언젠가는 자네의 죽음도 정리되어야
      한다고 마음먹었지.

도법   탄성당. 무상참회(無常懺悔)일세. 난 당시 지나간 허물은 뉘우칠
      줄 알면서도 앞으로 있을 허물은 조심할 줄 몰랐어.

탄성   그 참회하는 마음으로 두 눈을 후벼 파고 용감하게 자폭했다는
      얘기 같군.

도법   (미소만 지을 뿐.)

탄성   어떤 똘중들은 이런 말을 하데. 파계는 개안(開眼)이라고. (힘을
      주며) 팔정도(八正道) 중 으뜸은 아직도 정견(正見)이라! 바르게
      보아야지. 부처의 면상이 보잘것없다고 해서 눈알을 찌르고

구도(求道)를 쫑(終)낸다는 것은 어쩐지 청정 비구로서 떳떳지
못한 행동 같지 않던가?

도법   그렇게 묻는 자네의 마음이 바로 내 마음일세.

탄성   그렇다면 자네 세상은 아직도 암흑인가?

도법   때론 광명도 있지.

탄성   그래 그것을 보아야지.

도법   자네도 잘 보라구.

탄성   뭘?

도법   자네 마음속에도 있으니까.

탄성   후후후. 나이가 듦에 인생살이가 허망터니 요즈음 들은 얘기 중
가장 그럴듯하군.

도법   가장 흔한 얘기지.

탄성   그래 맞아. 흔한 얘기지. 그 흔하고 흔해빠진 얘기 속에 뭔가
답이 있을 텐데 까먹고 잊어먹고, 잊어먹고 까먹고 늘 그
모양일세. 이건 우문(愚問)이네마는…… 왜 죽었나?

도법   (손가락으로 동그라미를 만들어 보이며) 옛 부처 나기 전에 의젓한
동그라미, 석가도 알지 못한다 했는데 어찌 그 제자인 가섭이
전할손고.

탄성   (무릎을 치며) 옳고 옳고. (고개를 끄덕이며) 역시 어리석은
질문이었어. 나도 이젠 이런 짓거리에 신물이 나. 말도 안 되는
것을 말로 묻고 말로 대답하고. 허지만 궁금했거든? 자네 평생
화두(話頭)만 해도 그래. '어떤 사람이 잠자다 일어나 거울을
들여다보니 얼굴이 없어졌다. 왜 없어진 것일까? 얼굴이 어디로
간 것일까?'
그때마다 난 이렇게 결론을 내렸지. 거울을 뒤집어 뒷면으로 본

거라고. 단순한 생각이었어. 난 항상 단순한 것을 좋아했으니까.
그러나 화두란 듣고 배우고 끝없이 의심하는 거라고 하던가?
의심에 의심이 끊이질 않더군.

도법   인간은 태어날 때부터 완성자라네.

탄성   그럼 자네는 완성자로 죽은 건가?

도 법   아닐세.

탄성   그럼 역시 사기꾼으로 죽은 게구먼.

도법   그럴지도 모르지.

탄성   그래. 그게 무방할 거야. 난 자네의 기이한 죽음을, 완벽한
불상을 만들 수 없다는 한계성으로 마감했었지. 그게 가장
쉽고도 고상한 결론이었으니까. 그런데 해가 바뀔수록
엉망진창이 돼버렸어. 이봐, 도법당.

도법   ?

탄성   (흉측한 불상을 가리키며) 어디서 저런 엉터리 발상을 하게 됐나?

도법   후후후.

탄성   내가 말한 쉬운 부처였나 아니면 자네가 말하던 망령이었나?

도법   내 불안의 그림자였지.

탄성   그 불안의 그림자가 바로 망령으로 나타났다?

도법   그렇지.

탄성   하면 망령이란 자네의 고통만을 긁어모은 분신일 수도 있고?

도법   (고개를 끄덕인다.)

탄성   그랬었군. 저 불상은 너무나도 참혹해서 보는 이를 당혹게 해.
그러나 이윽고는 그 고통에 동참케 하거든? 불안감이나 작은
욕망 따위를 물러가게 하고 애잔한 긍휼심을 불러일으키지.
모르긴 해도 고통에 대해서만큼은 대단한 자비 능력을 갖고

있어. 기이한 일이야. 이렇게 해서 저런 작업이 하룻밤 새에
일어나게 되었는지.

도법   난 꿈을 꿨어. 고달팠던 이 생에서 마지막 악몽을 꾼 거야.

탄성   꿈속의 일들이 모두 현실로 나타났으니 그게 문제지.

도법   악몽이 너무 커서 현실을 눌러버렸다고 생각하게나.

탄성   난 지금 망설이고 있어. 내가 죽기 전에 저 망측한 불상을 어떻게
할까 하고 말이야. 여기에 모셔놓고 혼자 보기엔 너무 아깝고 큰
법당 부처님으로 모시기엔 경망되고 잔혹스러우니. 어떻게 하면
좋겠나?

도법   자네도 악몽에 시달리나 보군.

탄성   대답해보게.

도법   휙 하고 한 선(線)을 그어버려.

탄성   어떻게?

도법   …….

탄성   내 임의대로?

도법   물론이지.

탄성   또 나에게 미루는구먼.

도법   자네의 의지처는 항시 자네 자신뿐이니까.

탄성   도법당.

도법   응?

탄성   이 서전을 정리하려고 해. 어찌 됐건 더 늦기 전에 뭔가 답을
구해야 할 테니까.

도법   (서서히 일어나 그네에 앉는다. 허공으로 서서히 오르는 그네.)

탄성   마침 새로 온 교무 스님이 경 공부할 처소를 달라기에
이곳을 말했지. 도배를 다시 하고 청소를 깨끗이 하면

자네의 체취도 자연 없어질 거야. 사실 여기서 공부하기엔
금상첨화(錦上添花)지. 눈앞 계곡엔 모악수(母岳水)가 흐르고
서전 교각과 주위의 은행나무 겹진달래는 아름답다 못해
무릉도원 같질 않던가. 이제야 실토하네만 이 서전을 지금껏
이대로 놔둔 것도 순전히 이 땡초의 욕심이었다고. 아마
지대방에선 대중 스님들의 험구가 대단했을걸. 도법 스님의
혼령에 사로잡혀 있다고 말이야. 헌데 아쉬운 점도 있어. 이따금
무료해질 때면 자네 영혼을 여기에 불러내서 혼자 횡설수설하는
것이 일과처럼 됐었는데. 아무튼 이젠 자네의 죽음을 내
머리에서 말끔히 씻어내야 할 때가 왔어. 어떻게 정리해야 되지?
자네의 인생과 죽음과 악몽을……

2장

주지실.

도법 스님은 우측 책상 옆 의자에 앉아 있다.

40대 후반의 모습.

사미승인 월명이가 헐레벌떡 뛰어 들어온다.

월명   (가쁜 숨을 삼키며) 죄송하구만요. 조금만 더 기다리세요.
        전해드렸으니까 곧 오실 거구만요.

도법   …….

월명   맨날 어딜 쏘다니는지 모르겠어요. 허구헌 날 방장 스님이 주지
        스님을 찾아오라는데 낸들 어디 계신지 알아야지요. 이리저리
        찾다가 아차 싶어 배추밭에 가보면 아 글쎄, 거기서 한가롭게
        잡초를 뜯고 있다니까요. "스님, 스님, 방장 스님이 찾으세요"
        하면 "알았다, 이놈아" 하고 한 시간…… 반나절…… 한나절……
        애꿎은 저만 발만 동동 가슴만 콩알콩알. 우리 주지 스님은
        굼벵이라고요.

도법   …….

월명   (눈치를 살피다가) 스님이 도법 큰스님이시죠?

도법   큰스님?

월명   스님 얘기 다 들었어요. 3년간 토굴에서 참선하셨고 또 3년간
        묵언도 하시고 또 굉장한 화가이시고. 우리 절 불상을 만들려고
        오셨죠? 그죠? ……헤헤헤. 다 알아요. 지가 이래 봬도 이 봉국사
        정보통이라구요.

도법	아까도 배추밭에 계시던가요?
월명	누가요? 아, 주지 스님이요? 예, 거기서 맨날 산다구요. 하루 종일 배추하고 연애하는지 잡초하고 춤을 추는지 알 수가 없다니까요.

그때 탄성 스님이 호미를 들고 등장한다.

탄성	(도법을 힐끗 보고 나서 월명에게) 돌멩아.
월명	제 법명은 월명이에요.
탄성	월멩이면 어떻고 돌멩이면 어떠냐. 돌대가리긴 마찬가진걸.
월명	흥, 스님도 탄성이 아니라 우와 우와! 함성이랍디다.
탄성	허허, 또 저느무 잔솔배기. 이놈아, 찻물은 올려놓은 게야?
월명	조금 전에 불을 피웠으니 조금만 더 기다리세요. (퇴장)
탄성	(도법에게 합장하며) 일이 있어 늦었구만. 많이 기다렸나?
도법	바쁜 모양이지?
탄성	무슨 차로 할까?
도법	결명자로 하지.
탄성	(의아한 표정으로) 결명자?
도법	설탕을 듬뿍 타서.
탄성	허허. 이 사람 왜 이러나. 걸신들린 사람처럼.
도법	그렇게 됐네.
탄성	어디서 곯은 게구먼.
도법	(사방을 둘러보며) 쭈욱 여기에 있었나?
탄성	응.
도법	난 자네가 선방으로 떠난 줄 알았어.

탄성	(도법의 건너편에 앉으며) 이게 몇 년 만인가. 6, 7년도 넘었지?
도법	벌써 그렇게 됐나?
탄성	자네가 큰 법당 주불 제작을 맡게 되리라곤 상상도 못 했지. 재주 있다는 소린 들었지만 이렇게 현실로 나타날 줄이야 누가 알았겠나. 방장 스님의 주문인가?
도법	응, 송구하이.
탄성	송구할 거야 무어 있겠나. 방장 스님이 잠시 물컹한 걸 밟은 거겠지. 얼마나 걸리겠나?
도법	3년쯤?
탄성	3년씩이나? 옛날 설화에서나 듣던 얘기군.
도법	맞았어.
탄성	이젠 다시 조각가로 직업을 바꾸지그래.
도법	마지막 작업으로 삼고 싶어.
탄성	나가세. 산보도 할 겸. (저쪽에다 대고 큰 소리로) 월명아, 찻물이 끊으면 니놈 혼자 다 처먹거라.

둘이 걷는다. 어두워졌다.

탄성	우리가 마지막 본 게 오대산 토굴이었을걸?
도법	응. 그래.
탄성	빈 거울에 빈 얼굴이 준 화두가 결국 불상 제작이었나?
도법	글쎄. (몇 발자국 걷는다.) 자넨 변한 게 없어 보이네마는.
탄성	왜, 나도 많이 변했지. 이 봉국사가 날 가만히 놔두지 않아. 방장 스님이사 내 것 남의 것조차 구별 못 하는 위인이니 내가 제상 돼지 대가리가 될 수밖에. (눈을 지그시 감아 돼지 흉내를 낸다.)

도법	아까 그 사미승한테 탄성 스님 계시냐니까 "주지 스님이요?" 하데. 깜짝 놀랐지. 자네가 주지라니 말이야. 봉국사가 자네의 오감(伍感)을 덮어버린 건 아닌가.
탄성	난 여길 사랑하지. (쪼그려 앉으며) 우선 소란스러운 게 살맛이 나. 그동안 절이란 곳이 너무 고요해서 생명력이 없었어. 일찍이 원효 스님도 복작복작한 시장 바닥에서 불성을 체득했거든. 저 별들 좀 봐. 저걸 보고 있노라면 난 아주 낮고 작아서 미물처럼 느껴지지.
	개미가 날 보면 또 그렇게 느낄지 몰라. 거대한 것을 보면 숙연해지기 마련이니까. 인생은 그런 건데, 그렇게 낮고 작아서 숙연해지는 것인데, 왜들 그리 요란하고 굉장하게 떠드는지 모르겠어. 끝없이 한없이 넝쿨처럼 뻗어가는 욕망의 안타까운 모습들이 눈물겨워 아예 웃고 말지. 욕망도 그렇고 출세도 그렇고 모든 게 생각의 갇힘 속에 발버둥 치는 한 조각 뜬구름이거늘. (일어서며) 안 그런가?
도법	글쎄.
탄성	또 그 글쎄군.
도법	많이 도와주게. 그리고…….
탄성	그리고?
도법	제발이지 나의 이번 작업을 속가(俗家)의 연속으로 보진 말아주게. 미대 선생 따위와 연관 짓지 말아달라는 얘길세.
탄성	노력해봄세. 하지만…….
도법	저 서전을 비워줄 수 있겠나?
탄성	그래. 그렇게 하지.

3장

도법의 작업실인 서전.

미완성인 거대한 불상 구조물이 무대를 압도한다.

불상 구조물에는 건축할 때 쓰는 비계목이 둘러쳐져 있고 나무 계단도

있다.

바닥 탁자에는 찰흙, 헤라, 망치, 붓, 석고 등 소조에 필요한 도구가

너절하다.

옆에 녹로(물레)도 있다. 중앙에 낡은 탁자와 의자가 있고

앉은뱅이책상이 객석과 마주 보고 있다.

월명, 서전을 청소한다. 크리스마스 캐럴을 흥얼거리면서 밀걸레로

바닥을 닦는다.

그때 털모자를 쓴 도법이 등장한다.

월명   히익! (노래를 멈추며) 어디 갔다 오세요?

도법   바람 좀 쐬고 오는 길이다.

월명   밖에 눈이 많이 왔죠?

도법   응.

월명   (불상 구조물 쪽을 가리키며) 여기도 치울까요?

도법   아니 됐다. 수고했다. 이제 가봐.

월명   예 예. (퇴장한다.)

도법, 먼발치서 불상 구조물을 의시하다가 뜻대로 되지 않는 듯 고개를

숙여 생각에 잠긴다. 그러다가 다시 불상을 보면서 헤라를 치켜들지만

묘안이 없다. 이러기를 여러 차례. 드디어 연장 도구함을 들고 계단을
올라 구조물 얼굴 앞에 선다. 세각을 한다.

그때 문을 통해 조심조심 등장하는 원주 스님. 여성적인 모습과
걸음걸이다. 손에 든 보자기를 탁자에 놓은 다음 다시 조심조심 나가려
한다. 그때 도법 스님이 인기척 소리를 듣고 돌아본다.

원주   (여성적인 말투로) 아유, 이 오두방정. 눈에 띄면 방해될까 봐
         몰래 가려 했는데……. 죄송해요. 누룽지 좀 싸 왔어요. 아무리
         바쁘시더라도 그렇지 개구리 점프하듯 끼니를 건너뛰시면
         어떡해요. 그럴수록이 몸조릴 잘하셔야지요.

도법   점심 공양이 체했나 봐요.

원주   아, 그럼 저한테 말씀하셔야지요. 원주라는 게 뭐 하는
         소임입니까. 스님같이 편찮은 분이 있는가, 대중 스님들의 영양
         상태는 어떤가, 콩나물 두부 참기름은 얼마나 있는가, 뭐 이런
         것을 두루두루 살피는 게 원주 아녜요? 뭘 드릴까요? 까스명수?
         활명수? 건위정? 원기소? 말씀만 하세요. 제가 즉각…….

도법   (빙긋이 웃으면서 계단을 내려와 원주에게 다가간다. 원주의 빠른
         말투와 몸짓이 재미있기 때문이다.)

원주   (입을 막으며) 아유, 이 오두방정! 항상 입조심 몸조심한다는
         게 또 이러니. (계면쩍은 듯) 도법 스님 죄송해요. 전생엔 지가
         비구니였나 봐요. (불상 구조물을 바라보며) 아유, 이쁘기도 해라.
         (자기의 불쑥 튀어나온 말에 놀라) 히익 이 입! (입을 찰싹 때린다.)
         부처님께 이쁘다니. 호호호호. 존안 유망하시네요. 이제 다 끝난
         건가요?

도법   아직도 멀었습니다. 존안도 완성되지 않은걸요.

원주	그래요? 저게 아직 안 된 거예요? 난 또…….

원주　그래요? 저게 아직 안 된 거예요? 난 또…….

도법　존안이 완성되면 여기다 석고를 입혀서 틀을 뺀 다음, 다시…….

원주　(말을 덮치며) 무지하게 복잡하네요. 하긴 부처님 만드는
　　　게 '하룻밤 뚝딱'같이 쉽겠어요? (머리를 긁적이며) 조금만
　　　생각해도 알 수 있을 머린데. 그래도 초파일 봉안식까진 시간이
　　　충분하겠지요?

도법　그래야지요.

원주　이번 초파일은 으리으리할 거예요. 명찰 대덕 스님들을 모두
　　　모셔다가 큰 잔치 벌일 테니. 대찰 큰 법당 봉안식이니 허술하게
　　　치를 수도 없잖아요.

도법　망신이나 안 당하면 다행이지요.

원주　아유, 도법 스님 하시는 일이 어려울려구요.

도법　업보만 느는 건 아닌지 모르겠습니다.

원주　아유, 도법 스님이사 말이 필요하겠어요. 그대로가 무진
　　　법문이신데. ……저 갈래요. 도와드린다는 푼수가 항상 폐만
　　　끼치니. 아이 참. (나가려고 돌아선다.)

도법　바쁘지 않으면 좀 앉으세요.

원주　(기다렸다는 듯 잽싸게 의자에 앉으며) 헤헤헤. 저야 뭐 바쁠 게
　　　있나요. 씻고 닦고 치우고, 매냥 그 일이 그 일이지요. 하긴
　　　내일 대전 보살들이 들이닥칠 모양인데 준비해논 건 없고
　　　막막하답니다. 김치도 담가야겠고……. 그거야 겉절이로
　　　하면 되겠지만 또 찌개거리 국거리…… 아유, 생각만 해도
　　　지긋지긋해요. 게다가 채공 행자가 갓 들어와서 일하는 걸 보면
　　　애간장 태운다고요. 기껏 한다는 게 다꾸왕무침이니 어쩌겠어요.
　　　지가 헐레벌떡 설레벌떡 설쳐대는 수밖에. 스님, 이번에는 절대로

우리 절 된장 안 뺏길 거예요. 이느무 대전 보살들이 얼마나 깍쟁이인지 제각각 비닐봉지 하나씩 가지고 와서 "스님 된장이 아주 맛있네요. (비비 꼬며) 호호호호." 흥! 절은 뭐 지네들 된장 치다꺼리하라고 생긴 건가. (입을 막으며) 아유, 이 오두방정. 도법 스님 앞에선 늘 조심한다는 게…….

도법   (빙긋이 웃는다.)

원주   모든 스님이 도법 스님만 같다면야 시방세계가 불국토일 거예요.

도법   하하하. 무슨 말씀을.

원주   전 밤마다 스님만을 생각한답니다. 난 언제나 저런 스님이 될꼬, 말없고 조용하고 그 가운데 움직이시고.

도법   겉모양뿐이지요.

원주   저렇게 겸손하시지. 같은 선방 수좌라도 우리 주지 스님은 아직 멀었어요. 제 나이 서른셋인데 그걸 모르겠어요? 지가 선방 수좌입네 하고 시시때때 가리지 않고 욕하는 걸 보면 그게 중인지 욕발이 아나운선지 분간할 수가 없데두요.

그때 탄성 스님이 등장한다. 헝겊 가방을 어깨에 멘 것이 어디 나갈 차림이다. 도법과 원주는 탄성의 등장을 아직 모른다.

도법   왜요, 탄성당이야 진국이지요.

원주   아유, 말도 마세요. 주지 스님이 진국이면 진국들은 맨날, "개자식 미친놈 꼴값 떨고 옘병하네" 소리가 끊이질 않으라고요.

탄성   (큰 소리로) 개자식 미친놈 꼴값 떨고 옘병하네.

원주   (그제야) 으악! (도망친다. 잠시 후 문을 빠끔히 열고) 주지 스님 죄송해요. 호호호호.

탄성	호호호호, 맨날 죄송 죄송. 언제나 칭송 칭송 할꼬.
원주	흥!
탄성	또 저쪽에 앉아 "스님, 전 밤마다 스님만을 생각한답니다" 이랬렀누?
원주	흥! 쳇! 핏! (문을 꽝 하고 닫는다.)
탄성	(탁자에 헝겊 가방을 내려놓으며) 불상은 잘돼가나?
도법	그럭저럭.
탄성	오늘 예불 마치고 나오다가 내가 방장 스님께 이랬지. "스님. 되벱[道法]이는 예불에 맨날 빠지니 곤장이라도 몇 대 갈겨줘야 되지 않겠습니까? 스님 말씀마따나 예불에 안 들어오는 놈이 어디 중이랍디까?" 이랬더니 그 골수 중 한다는 소리가 "그 자체가 원력이요 기도인데 예불은 무슨 예불인고." 후후후, 그 자체가 뭔지 아나? ……방장 스님도 돌았지. 자네 같은 땡초에게 이런 대불사를 맡기다니. (구조물을 유심히 본다.) 되어가는 대로 되어지는 게 아름다움이라고 했던가? 아름답군. 훌륭해. 그렇다고 명작이란 뜻은 아니야. 자네 솜씨치곤 괜찮다 이거지.
도법	어쩐 일인가?
탄성	죽었나 해서 들러봤지.
도법	들러보이?
탄성	쉽게 죽을 것 같진 않구만. 언제쯤이면 끝나겠는가?
도법	글쎄.
탄성	3년 가지고도 부족했던가?
도법	짧은 시간일 수도 있지.
탄성	자넬 보고 있노라면 석가탑을 만들었다는 어느 석공 얘기가 떠올라.

도법	그래?
탄성	좋은 뜻으로 얘기한 게 아냐. 그만큼 어리석다 이 말일세.
	소탐대실(小貪大失). 사실 난 자네가 마음에 들지 않아. 돼먹지
	않은 것에 집착하려 들고 그로 인해 심신이 병들어가고 있어.
	한마디로 꼴불견일세. 속세에서 못 이룬 꿈을 꼭 이런 식으로
	풀어가야 하나? 불제자의 수도는 그래선 안 돼. 속세와의 단절
	속에서 깨우쳐야만 되는 거라고. 수도승이 옛 그림을 찢어버리고
	말간 백지 위에 새 그림을 그려가고 있다면 자넨 속세에서
	그리다 만 그림을 그대로 가져와 그 위에 덧칠하고 있다고나
	할까.
도법	자네 마음에 쏙 드는 게 어디 있던가.
탄성	없는 것을 자네가 보여주면 얼마나 좋겠어.
도법	그러니까 무지혜자 아닌가, 당해봐야 깨닫게 되는.
탄성	(구조물을 보며 혼잣말로) 화가와 수도승이라……. 자넨 어느
	쪽인가?
도법	기대승과 율곡의 편이지. 이기일원론(理氣一元論)일세.
탄성	두 마리를 좇다가 둘 다 놓치고 말걸?
도법	결국 난 한 마리를 좇고 있는 셈이지.
탄성	그럴까?
도법	그럼.
탄성	(의미 있는 미소를 지어 보인 다음) 쉬었다 해. 잘 안 될 땐
	푹 쉬는 게 최고야. 환경을 바꿔보든지. (도법을 살피며)
	망중유한(忙中有閑)이란 말이 있지. 짬을 내어 북성암이라도
	댕겨오지그래. 거긴 아직도 입에 맞는 홍시가 남아 있을걸.
도법	(의자를 권하며) 좀 앉게.

탄성	아니, 곧 가야 돼.
도법	어딜?
탄성	(앉으며) 한 많은 사람이 또 이 세상을 하직했다네.
도법	시달림 가려고?
탄성	응.
도법	그렇게 시달림 갈 스님이 없던가?
탄성	이 밤중에 누가 썩 좋은 일이라고 나서겠나. 주지 밥상 잘 차려 먹었으니 그런 데나 다녀야지.
도법	…….
탄성	시체를 보면 달포쯤 정신도 차릴 테고.
도법	…….
탄성	(침체된 분위기를 바꿔야 할 필요성을 느낀 뒤 활달하게 일어서며) 난 본디 불상에 대해 불만이 많은 사람이야. 법당에 있는 불상이라는 거이 한결같이 원만상이거든. 여유 있고 품위 있고 자비롭고 부족함이 없지. 그건 석가모니 본연의 모습이 아닐 거야. (구조물을 가리키며) 이것은…….
도법	말해보게.
탄성	정신 차려.
도법	잘 봤네.
탄성	하나를 소유함은 더 큰 하나를 잃는 법이지.
도법	자네도 잘 보라고.
탄성	자꾸 비워내야 할 텐데 자꾸 채워 넣고 있어.
도법	그럴까?
탄성	(가방을 메며) 가야겠네.
도법	혼자 가려고?

탄성	너무 늦으면 귀신이 심심해하거든.
도법	장사 집이 어딘데?
탄성	원포리 지물포 집.
도법	길조심하게.
탄성	빙판길엔 이력났어. (나가려 한다.)
도법	어이 탄성당.
탄성	(멈춘 채로)
도법	같이 가세.

4장

초상집.

어둠 속에서 금강경 독송 소리.

용명되면 우측 상수 병풍 앞에 흰 천으로 덮인 시신(屍身)이 있다.

도법과 탄성이 그 앞에 앉아 금강경을 독송하면서

시달림—사람이 죽었을 때 불교에서 하는 의식—을 하고 있다.

향로에 가득 찬 향불.

겨울 바람 소리 세차다.

탄성　　쉬었다 하세. [무릎을 두어 번 두드린 다음 몸을 풀기 위해 일어나서
　　　　보선(步禪)을 한다.] 자네도 좀 걸어. 앞으로 너덧 시간쯤 더
　　　　두드려줘야 될 테니까.

도법　　괜찮아.

탄성　　바람 소리가 으스스한 게 다시 추워지려나 보군.

도법　　글쎄.

탄성　　힘들지?

도법　　오래간만에 하는 거라.

탄성　　그럴 거야. 난 오래 앉아 있을 수가 없어. 복수(腹水) 증세야.
　　　　전생에 많이 처먹은 업보지.

도법　　장사 집이 너무 조용하지 않나?

탄성　　다들 곯아떨어졌겠지.

도법　　곡(哭)소리도 안 나는군.

탄성　　차라리 울지 않는 게 낫지……. 안색이 안 좋구먼?

도법	아닐세. 냄새가 좀 고약하군.
탄성	조금 있음 괜찮을 걸세. 길들기 나름이지. 한번은 고속버스에 치인 사람을 시달림 하러 갔었는데 어찌나 냄새가 고약하던지. 7월 뙤약볕이었나 봐. 장삼에 가사까지 걸치고 대로변에서 목탁을 두드리는데 빡빡머리가 왜 그리 야속하겠나. 그런 데선 삿갓이라도 쓰고 하라면 좋겠데.
도법	(마음에 없는 미소)
탄성	도법당.
도법	(건성으로) 응?
탄성	김명석.
도법	왜?
탄성	뭘 그리 생각하나?
도법	생각은 무슨.
탄성	내가 맞혀볼까?
도법	뭘?
탄성	저 시체에 대해 생각했겠지. 왜 죽은 걸까. 죽어야 될 큰 이유라도 있는가? 어떤 기막힌 사연일까? 이 시체에서 불상에 필요한 무엇인가가 숨어 있진 않을까……. 난 안 그래. 저 사람은 죽을 때가 돼서 죽은 거야. 그뿐이야. 여보게 도법당. 자네와 내가 무엇이 다른 줄 아나?
도법	갑자기 무슨 소린가?
탄성	모든 일을 자넨 어렵게 풀고 난 쉽게 풀어. 불상만 해도 그래. 자넨 불상이라 하면 부처님의 미소나 자비로운 눈에 있다고 생각하지. 그래서 오직 눈과 미소만을 생각하지. 난 그렇지 않아. 쉽게 생각해보자고. 눈 속에 무슨 놈의 부처가 숨어 있겠나. 미소

속에 무슨 놈의 부처의 법열이 살아 숨 쉬고 있겠어. 예술가들은
그런 조그만 데서 어떤 신비를 찾는지 몰라도 그게 아냐. 부처란
몸 전체에 있다고 생각해. 목도 꺄우뚱하고 입도 찌그러진, 척
봐서 느낌이 오는 쉬운 부처! 쉽게 생각하라고. 단순은 복잡
위에 있어.

도법   (일어서며) 이 사람 어쩌다 죽었다던가?

탄성   드디어 관심이 발동했군. 자살했어.

도법   자살?

탄성   그것도 몸에 석유를 뿌리고 불 질러서.

도법   소신공양(燒身供養)처럼?

탄성   응.

도법   무슨 일로?

탄성   뭐 그렇고 그런 이유겠지. 주간지 삼류 기사처럼.

도법   …….

탄성   관심 갖지 마.

도법   …….

탄성   생각하지 말라구.

도법   …….

탄성   시달림은 시달림으로 끝내야 돼.

도법   …….

탄성   냄새 참 지독하군.

도법   안 되겠어. 향을 더 꽂아야지.

탄성   한 통 다 태웠어.

도법   더 없나?

탄성   응, 장작이라도 안 땠으면 좋겠구만.

도법   원래 시체 있는 방엔 불을 안 때잖아?

탄성   우리가 추울까 봐 때나 부지.

도법   이상한 것 천지야.

탄성   생각하지 말래두.

도법   아니야.

탄성   뭐가?

도법   입산한 지 얼마 안 돼 첫 시달림 갔을 때 얘긴데, 중풍으로
       반신불수가 되어 고생 고생하다가 죽은 사람이 있어. 입관할
       때 시신을 봤는데 반은 이미 썩었고 반은 괜찮아. 상상할 수
       있겠나? 반은 괜찮고 나머지 반만 썩었다 이 말이야.

탄성   허허. 이 사람 왜 이래?

도법   그 후 달포쯤 지났을 때야. 큰 법당에서 금강경을 독송하고
       있는데 누가 "앗 뜨거" 하면서 지나가. 깜짝 놀라 쳐다보니
       반쪽짜리 그 사람이야.

탄성   (경고하듯) 도법당!

도법   현실이었을까 환상이었을까?

탄성   자네, 이번에도 그걸 확인해보려고 따라나섰나?

도법   그 후론 내가 그 반쪽짜리가 되어 관 속에 누워 있는 거야. (탄성,
       시체 앞에 가서 앉는다. 염불해줄 채비) 살아 있는 내가 죽어 있는
       나를 들여다보고 히죽히죽 웃고 있다니까? 전에는 삶과 죽음의
       경계가 뚜렷했고 몇 만 리를 걸어도 그 경계에 도달하려면 아직도
       아득하다고 생각했었지. 그런데 지금은 아니야. 그 경계가 없어.
       눈만 감아도 넘나드는 거야.

       탄성, 목탁을 탁탁 두드려서 오라는 표시를 한다.

바람 소리 쌩쌩.

도법, 탄성 옆에 와서 앉는다.

탄성   금강경이나 두어 수 더 때려주지.
도법   이번엔 내가 요령을 잡을까?
탄성   마음대로 해. 우리가 염불해준다고 뭐가 달라지겠나. 그게 다 지
       업(業)인데. 땡초가 땡초 제도하는 격이지. (목탁을 두드리다가)
       아무래도 안 되겠어. (일어서면서) 아궁이에 찬물이라도 끼얹고
       와야지. (밖으로 나간다.)
도법   (요령을 흔들며 경을 외우려다가 탄성이 나간 쪽을 향해) 탄성당.
       탄성당. 냉수 좀 떠 오게. (대답 소리가 없자) 탄성당. 탄성당.

이상한 듯 오른쪽으로 시선을 가져오는데 흰 천으로 덮인 시신, 상체를
일으키고 있다.

도법   으악!

5장

서전.

도법은 중앙 의자에 앉아 있고 탄성은 사진 한 장을 손에 꼭 쥔 채 그

주위를 서성인다.

서로 감정을 자제하고 있다.

탄성   이게 무슨 망신인가. 자넬 업고 초상집에서 나오는데 낯이

       얼마나 뜨거웠는지 알어. 월명이 그 코흘리개를 데리고 다녀봐도

       이런 일은 없었다고.

도법   …….

탄성   그리고 제발이지 (헤라를 집어 보이며) 이 짓거린 그만둬. 자넨

       할미새야. 부러진 날개로 독수리까지 업을 수야 없잖은가.

도법   모래로 밥을 짓긴 마찬가질세.

탄성   자넨 불상 하난 만들지 몰라도 불도(佛道)는 망각해버렸어.

도법   그만해.

탄성   허허, 이 사람 왜 이리 고집이 심하지?

도법   또 억지를 부리니까 그래.

탄성   그렇다면 자네 주머니에 있던 이 마누라 사진은 무엇을 뜻하는

       겐가?

도법   그게 어쨌다는 것이야?

탄성   이게 다 세속적인 것에서 오는 탐욕, 분노, 우둔 때문이

       아니겠나?

도법   넘겨짚지 말어.

탄성	찔렸으면 아프다고 해.
도법	왜 자꾸 쓸데없는 것을 들먹거리는 거야. 내가 아닌 말로 암내 맡은 수캐처럼 날뛰기라도 했다는 소린가?
탄성	그렇다면 50이 다 된 지금에 와서 불상을 만들겠다느니 탱화를 그리겠다느니, 왜 엄한 짓거리 하고 댕겨.
도법	그게 이거하고 무슨 상관이 있다고 그래.
탄성	(버럭 소릴 높여) 왜 상관이 없어. 절 밥 먹고 있는 중이 자꾸 딴짓거리에 한눈파니까 그렇지. (헤라를 치켜들며) 이런 놀음하려면 절엔 뭣 하러 왔어. 차라리 속가에 나가 본격적으로 시작해보시지.
도법	불사(佛事)를 놀음이라고 생각하나?
탄성	그럼 이게 신선놀음이 아니고 뭐야.
도법	뭘 모를 땐 가만히 있는 게야.
탄성	가만히 있게 됐어?
도법	가만히 안 있음 어떻게 하겠다는 거야.
탄성	이 짓을 그만두든지 속퇴를 하든지 무슨 구정을 내야지.
도법	누누이 말했잖아. 속인(俗人)이 되든 도인(道人)이 되든, 깨우치든 망가지든 마지막 원력(願力)으로 삼아 결판을 내고 싶다고.
탄성	그 원력이 허깨비로 나타났던가?
도법	시체가 일어섰단 말이야. 불에 타 죽었다던 그놈이 벌떡 일어섰다구.
탄성	바퀴가 상하면 구르지 못하고 노인이 되면 수행을 못 해. 쉰이면 적은 나이가 아니야.
도법	왜 사람 말을 안 믿어?

탄성	(냉정을 되찾아 낮은 목소리로) 그래. 자네 말마따나 시체가 다시 살아났다고 치세. 그게 뭐가 무섭나. 아닌 말로 자넬 죽이려고 대들었다 한들 무어 그리 대수겠어.
도법	자네…… 연비를 어떻게 생각하나?
탄성	연비라니……. 갑자기 연비는 왜?
도법	살다 보면 급류에 휘말리게도 되고 짧은 시간 내에 큰 결론을 내리고 싶을 때가 있지. 그럴 때 택하는 것이 연비일 게야. 타오르는 촛불에 다섯 손가락을 밤새 태우면서, 피범벅 땀범벅이 되어, 후회하며 발악하며 외쳐대는, 그러면서도 뭔가 정리하고 결심하고 참회하고 용서받는 그런 응집된 시간.
탄성	그 연비가 자네에겐 불상 조각이었다?
도법	그래.
탄성	불상 만들려다 또 그 시체 보려고?
도법	시체가 나타난다면 그것조차 불상에 집어넣어야지.
탄성	당당하군. 그렇지만 지금도 불안에 떨고 있어.
도법	마지막 원력이라고 덮어두게나.
탄성	원력일 것도 없어. 언제 어디서 또 다른 시체가 불쑥 나타날지 몰라 벌벌 떨면서 무슨 놈의 고상한 미사여군가.
도법	그만두세.
탄성	왜, 듣기 싫은가?
도법	계속 반복 반복 반복이야.
탄성	(빈정대듯) 시체를 피해서 불상 제작에 몰두해? 불상이나 시체나 다 똑같은 집착이야. 그것도 나약하기 이를 데 없는.
도법	…….
탄성	(나직하게) 집착은 끝이 없어. 하나의 집착은 또 다른 집착을

불러일으키거든.

도법   …….

탄성   자네, 오대산 토굴에서 3년 결사 날 때 생각나나? 그땐 이렇게
        집착이 심하지 않았어. 너무 집착하지 말게. 미색(美色)이란 한낱
        허깨비에 불과해. 선방에 가버려. 허리춤에 붙은 뱀 집어던지듯
        휙 던져버리라고. (헝겊 가방을 어깨에 멘다.) 큰 소리 쳐서
        미안하네.

        탄성, 퇴장한다.
        멍한 시선의 도법.
        잠시 후,
        자리에서 일어나 거닌다.

        그때,
        화상을 입은 망령이 나타난다.
        목만 하얗고 나머진 피투성이인 괴기의 모습.
        망령, 도법의 뒤에 서서 도법이 움직이는 대로 움직인다.
        망령의 움직임은 흉한 몰골과는 달리 천진난만한 원숭이를 연상케
        한다. 어투도 그렇고.
        이상한 예감을 느낀 도법, 뒤를 돌아본다.
        순간 기겁하여 뒤로 넘어진다.

망령   허허. 이 사람 남의 삭신이라도 뜯어먹어야지 안 되겠구만.
        젊은 사람이 왜 이리 겁이 많어? 한 번 본 적이 있잖어. 이제야
        알아보는 모양이군. 겁먹은 얼굴 하지 말어. 겉모양만 가지고

	무서워하면 어떡해. 우리 앞으로 친하게 지내자고. 껍데기가 좀
	끄슬려서 그렇지 알맹인 말짱해. 자, 잘 봐, 괜찮지?
도법	(외면한다.)
망령	안 되겠군. [두어 발짝 물러나서 가무(歌舞)한다.] 살어리
	살어리랏다. 청산에 살어리랏다……. 어때 이젠 마음이 놓이지?
	도법당, 우리 수인사나 하고 지내세. 난 김명석이야. 공교롭게도
	자네하고 이름이 똑같애. 흔히들 김맹석이라고도 부르지. 그게
	부르기 편한가 봐. (다가서면 도법이 멀리한다.) 하하하하. 아직도
	경계하는군. 하지만 다 알아. 자네 고향이 충남 보령군 대천읍
	국말리 나무장터. 1남 4녀 중 막내. 네 계집 끝에 고추였으니
	자네 아버지 김팔만이가 얼마나 좋아했겠나. 맹석이 안 그래? 자,
	이제 일어나.
도법	도대체 당신은 뉘시요?
망령	나? 김명석. 김맹석이라고도 부른다니까. 아! 이제야 입을
	떼었군. 글쎄 그래야 된다니까. (다가간다.)
도법	(뒷걸음질 친다.)
망령	그래. (뒤로 물러나며) 뭐 이 정도 떨어져서 얘기하지. (주위를
	훑어보며) 땡초 노릇 하느라 고생이 많구만. (코를 막으면서)
	어휴. 홀애비 냄새. 가끔 향수라도 뿌리게나. (탁자에서 헤라를
	집으면서) 날이 번뜩이는군. 조심하게. 눈이라도 콱 찔리는 날엔
	볼장 다 보겠어. 그런데 이걸로 뭘 조각하지? (주위를 살피다가)
	저거군. 저것이 문제의 그 불상이렷다. (구조물을 본다.) 일리는
	있어. 탄성당은 "이것은 개지랄이다" 자네는 "이것도 수행이다".
	탄성당은 요만할 때부터 중노릇했기 때문에 자네 같은 신식
	중하고는 달라. 예술에 대해선 도무지 깜깜이라고. 나도 그래.

그래도 탄성이보다는 조금 낫지. (유심히 본다.) 근사하군.

(그러다가 갑자기 뒤로 물러난다.) 안 되겠어.

(망치를 든다.)

도법   (달려가 붙들며) 왜 그래요?

망령   헤헤헤.

도법   (망치를 뺏는다.)

망령   그래 자네가 만든 것이니 자네가 부수게.

자업자득(自業自得)이지. 난 부처 상판만 보면 울화통이

터져. 자네들이 쥐를 보면 징그럽듯이 난 부처만 보면 속이

뒤집힌다니까. (불상에 침을 탁 뱉으면서) 에이 더러운 자식.

아무리 할 짓이 없기로서니 여기까지 와서 날 괴롭힐 게 뭐야.

헤헤헤. 오늘은 그만 가겠네. 오래 놀다 가려 했는데 저게 있어서

기분이 잡쳤어. 다음에 또 (도법을 툭 치면서) 보세.

망령, 손을 흔들며 퇴장.

6장

방장 스님의 방.

우측 상수 병풍 앞에 돗자리가 깔려 있고 거기에 방장 스님과 탄성
스님이 마주 보고 앉아 있다.

무릎 꿇고 있는 탄성.

방장은 허공을 응시하고 있다.

탄성   스님.

방장   …….

탄성   방장 스님.

방장   (바로 보며) 으응.

탄성   아무래도 도법 스님을 병원에 입원시켜야겠습니다. 증세가
심상치 않습니다.

방장   보약을 멕여보지그래.

탄성   기력이 쇠잔해서가 아닙니다. 마(魔)가 씐 것 같습니다.

방장   그냥 둬.

탄성   어젯밤에는 저에게 와서 망령이 불상을 부수려 하니 막아달라고
애걸하였습니다.

방장   흔히 있는 일이야.

탄성   색계(色界)에 사로잡혀 정사(正邪)를 분별치 못하고 있습니다.
스님께서 직접 만나보심이 어떨는지요.

방장   번뇌 망상도 다 지 복인 게야.

탄성   이제 와서 이런 말씀 드리는 게 외람된 줄 아옵니다만 도법당은

불상 제작의 적격자가 아닌 듯싶습니다.

방장　하하하. 불상이 뭐 별거더냐. 그저 돌멩이야. 그 돌멩이로

　　　되벱이가 법을 본다면 그것으로 족한 게지.

탄성　색계에 집착함도 법을 구할 수 있다는 하교이십니까?

방장　어떤 사람은 죄 한 번 짓지 않고서도 법을 보지 못하고, 어떤

　　　사람들은 살인을 하고서도 깨우치는 사람이 있다…….

　　　탄성아.

탄성　예.

방장　어떤 두 녀석이 나무토막에다 각기 붓글씨를 쓰고 나서 대패로

　　　밀어보았어. 한 녀석은 댓 번 미니까 먹물이 안 보였고 다른

　　　녀석은 30번을 밀었어도 먹물이 남아 있었지. 인생은 그렇게

　　　사는 거야. 이것저것 따지게 되면 엷은 글씨가 돼버려.

7장

요사체 마당.

노랑, 빨강, 초록색의 연등들이 쌓여 있다.

무대 중앙의 평상에 도법, 탄성, 월명이 앉아 초파일에 쓸 연등을

만들고 있다.

운력 시간이다.

월명   (노래를 부른다.) 외로워 외로워서.

탄성   어허, 저놈이.

월명   (더 힘을 주어) 못 살겠어요.

탄성   저놈도 전생의 업장이 두터워서 가수로 못 풀리고 중이 됐지.

월명   (혼잣말로) 이번엔 3만 원짜릴 만들어볼까? 주지 스님, 스님들이

        꼭 이런 일을 해야 된답니까?

탄성   뭘?

월명   이 연등 만드는 것 말예요.

탄성   일일부작(一日不作)이면 일일불식(一日不食)이니라.

월명   좀 쉬운 말로 해요, 쳇.

탄성   하루 일을 하지 않으면 하루 먹지 말라는 뜻입니다. 아수라야,

        알아듣겠느냐?

월명   지 말은 이런 장사를 꼭 해야 되느냐 이 말입니다, 스님들이.

탄성   장사라니?

월명   아 그럼, 이 종이 딱지 원가가 얼마나 된다고 돈 받고 팔아요?

탄성   이놈아. 자고로 절이란 초파일 쇠서 여름 나고 칠월 칠석 쇠어

가을 나는 게야. 그래야 절도 짓고 스님들도 먹고살지.

월명　절은 더 지어서 뭘 해요. 사방 천지가 절이고 있는 절도 개판인데. 지가 큰스님 되면 사원 건축 불허령을 내리겠어요.

탄성　저놈이 무당 푸닥거리 신세를 면케 해주니까 이젠 큰스님이 어쩌구 어째?

월명　너무 무당 무당 그러지 마세요. 울 엄마가 뭐 무당 짓 하고 싶어서 하는 줄 아세요?

탄성　그럼 사내 밑둥지 맛보고 싶어서 하던가?

월명　스님은 외붕알이라고 합디다.

탄성　그럼 네놈은 겹불알이었더냐.

월명　스님은…….

탄성　이놈아. 대장부란 아무리 약 올려도 성냄이 없어야 되는 법, 항상 무심(無心)으로 살아.

월명　관두세요. 저는 금생에 성불은 포기했으니까요.

탄성　(월명의 허벅지를 세게 꼬집으며) 시급한지고. 네놈의 팔자가.

월명　왜 꼬집어욧?

탄성　아프냐?

월명　그럼 안 아파욧?

탄성　일체유심조(一切唯心造)라. 그 아픔과 안 아픔이 다 네 마음속에 있느니라. 월멩아, 알아듣겠느냐?

월명　흥! 제 법명은 월명 스님이에요.

탄성　돌멩아, 아직도 모르겠느냐?

월명　쳇!

탄성　(알밤을 주며) 공부 좀 하거라. 허구헌 날 애기 보살 꽁무니만 쫓쫓거리고 쫓아다니니 퉁퉁 불튼 불알 잡고 무슨 공부를

238

했겠느냐. 그러니 대가리가 맹탕인 게야.

월명   지가 언제 애기 보살 공무니만 쪽쪽거리면서 돌아다녔다고
             그래요?

탄성   이놈아, 후원 보살 딸년은 애기 보살이 아니고 무엇이라더냐.

월명   아이고 아이고, 기가 막혀. 걔는 이제 여섯 살이에요.

탄성   (알밤을 주며) 이놈아. 잔소리 말고 잘 새겨들어.
             일체유심조란……

월명   흥! 원효 스님의 일체유심조를 모르는 중이 어딨어요.

탄성   무슨 뜻이더냐?

월명   일체의 것은 모두 마음먹기에 달렸다 이겁죠.

탄성   하면?

월명   보름 전에 서울 점박이 보살이 백일기도 하러 내려왔습죠?

탄성   그래, 나도 안다.

월명   후원에서 쌀을 씻고 있데요. 찬찬히 보고 있다가 지가 이렇게
             말했지요.
             "네년 젖통이 듬직하구나."
             그 보살이 열 받데요.
             "네 이년! 뭘 그리 못마땅한 눈알로 흘겨보느냐?"
             그것도 주둥인 뚫렸다고 한마디 뱉을 기세예요. 지가 바락
             소래기를 질러댔죠.
             "네 이년! 자고로 미련한 년이 젖통만 큰 게야."
             머리 끝까장 약이 올랐겠죠. 지가 이렇게 한 수 가르쳐줬습니요.
             "화났느냐? 기분이 상했어? 이것아, 그 성냄과 성내지 않음이 다
             네 마음속에 있는 게야. 관세음보살."

탄성   인석아, 그 보살이 바로 우리 봉국사 화주(化主) 보살이야.

월명	점입가경이올시다.
탄성	좋다.
월명	가래를 뱉으려고 "칵" 했는데 큰아버지가 저쪽에서 오기에 도로 가래를 삼키고 "안녕하세요" 하고 인사를 했지요.
탄성	그래서?
월명	이때 우린 여기까장 끄집어낸 가래를 아무 생각 없이 먹은 것인데 그 누런 가래를 책받침에 일단 뱉었다가 먹으라고 하면 못 먹는다 이 말입니다. 재료나 색깔은 똑같은데 마음이 요랬다 죠랬다 요술을 부린 거지요.
탄성	을쓰꿍! 어느 똘중한테서 듣긴 들은 모양이구나.
월명	뽀뽀만 해도 그래요. 순진한 나로서는 전혀 이해가 안 가지만요, 뽀뽀할 때 상대방의 침을 쪽쪽 빨아 먹는다고 합디다.
탄성	예끼 이 녀석.
월명	그 뽀뽀를 이렇게 해보자 이 말입니다.
탄성	어떻게?
월명	서로 주둥이만 살짝 갖다 대고 침은 각자 사발에 칵칵 뱉어 건네준 다음 상대방의 것을 핥아 먹는 거죠. 똑같은 재료에 똑같은 양인데도 병신이 아닌 다음에야 누가 그것을 핥아 먹겠어요. 역시 마음의 조화라 이거죠.
탄성	옳고 옳고. 그 아름답고 추한 것이 다 지 마음속에 있는 것을……
월명	결국 사람들은 똥이라면 더럽다고 오두방정 다 떨면서, 밑 닦은 다음 똥을 확인하고 휴지를 접고, 닦고 보고 접고, 닦고 보고 접고 하는 엉망진창 괴물 단지라 이겁니다. 더럽다면서 뭘 그리 쳐다본답니까?

탄성	그래 그래. 네놈 말이 맞다.
월명	일체유심조라. 해가 떠서 밝다고 보는 것도 한때의 마음이며 해가 져서 어둡다고 보는 것도 한때의 마음인 것이니라. 탄성아, 알아듣겠느냐?
탄성	예, 큰스님.
월명	둥근 그릇엔 둥근 물, 각진 그릇엔 각진 물. 그런데도 너는 그 사실을 잊고 물의 모양에만 마음을 팔고 있어. (바닥을 세 번 치고 나서) 돼지 궁둥짝에 목련이야, 할!
탄성	큰스님의 말씀 명심하겠습니다.
월명	말씀 낮추시게. 손님이 가고 없다고 하여 여관이 없어진 것은 아닌 것처럼 자네와 나와의 나이 차이야 어디 가고 없어진 것이 아니지 않는가?
탄성	무진 법문이옵니다. 하오면 (월명의 허벅지를 세게 꼬집으며) 이젠 안 아프시옵니까?
월명	(꾹 참으며) 그 아픔과 안 아픔이 다 이 마음속에 있느니라.
탄성	관세음보살.
월명	니미에미티불.

그때 원주 스님이 쟁반에 먹을 것을 들고 등장한다.

원주	아유, 운력 시간 한번 조촐하네요. 스님들이 예비군 훈련이다 뭐다 하여 다들 나갔지 뭐예요. 재무 스님이사 그 지체 높으신 양반이 이런 데 나올 리 없고.
월명	흥, 주지 스님도 나왔는데 재무라고 안 나와.
탄성	허허, 이놈이 아무래도 3천 배를 해야 될란갑다.

월명	할 때 하더라도 할 말은 해야지요. 지가 언제부터 재무라고, 양말 빨아라 신 닦아라 하냐구요. 처녀 보살이 오면 "월명아, 꿀차 타 와라" 할머니 보살이 오면 "월명아, 먹다 남은 칡차 있쟈?" 흥! 주지 스님이 혼 좀 내야 한다구요.
원주	(먹을 것을 평상에 내려놓는다.)
월명	(집어 먹으려고 한다.)
원주	아이구. (월명의 손을 탁 치며) 우리 큰스님께서 뭐 이런 걸 다 잡술려구요. (탄성에게) 자, 드시고 하세요.
월명	누군 입이고 누군 주둥이랍니까?
원주	뭐야? (순간 도법을 보고는) 어머 도법 스님도 와 계시네. 저는 스님이 서전에 계신 줄 알고 행자 시켜 그리로 보냈는데 이를 어쩌나. (탄성, 떡을 먹으려 하자) 잠깐 잠깐! (탄성에겐 떡을 몇 점 놓고 나머진 모두 도법에게 갖고 간다.) 그나저나 바쁘실 텐데 어떻게 나오셨어요?
도법	이제 다 끝났습니다. 금박만 올리면 되지요.
원주	어머 어머, 보고 싶어라. 그동안 참 고생 많으셨어요.
도법	고생은요. 걱정이 앞섭니다.
원주	도법 스님 하시는 일이 어려할라구요.
도법	(떡을 먹으면서) 언제 제사 있었습니까?
원주	그냥 했어요. 찹쌀떡이에요. 아유! 이번 초파일을 어떻게 쉴지 걱정이에요. 재무 스님하고 손발이 맞아야 척척 착착일 텐데 그 답답한 양반하고 대사(大事)를 치르려면……. 아니 주지 스님은 왜 그렇게 조용하세요? 주지 스님답지 않게.
탄성	거 스님은 남자답게 딱딱 끊어서 말할 수 없소. 계집애처럼 재재재재 재재재재.

원주	어머 어머. 지가 언제 재재재재 재재재재 했어요. 내 참, 내 원기가 막혀서.
탄성	그러니까 보살들이 계집애 같다고 맨날 놀려먹지.
원주	체, 바느질에 손놀림만 부드럽다고 칭찬합디다.
탄성	쯧쯧.
원주	그럼 어느 절이고 살림하는 원주가 다 그렇고 그렇지 뭘 그래요.
탄성	어깨를 좀 탁 펴고 "에헴, 요년들 어디 와서 나발나발대는 거야" 이래야지 (원주 흉내를 내며) "호호호호, 흥! 내 참, 내 원 기가 막혀서. 아이구 이 오두방정" 이게 뭔가.
원주	아이구, 언제는 원주 잘 만나 청국장 잘 얻어먹는다고 아양만 떠시더니 무슨 사내 마음이 요랬다 죠랬다 바람난 애기 보살 같답니까?
탄성	언제 또 바람난 애기 보살과 놀아났던가.
원주	화두가 없음 조용히 묵상하세요.
탄성	자네 걸음걸일 볼 때마다 엉뎅이에서 비파 소리가 들리는 거 같아 화두를 들 수 있어야지.
원주	굽은 나무가 선산을 지킨답니다.
탄성	굽은 망아지는 달릴 수가 없답니다.
원주	길은 갈 탓 말은 할 탓.
탄성	하하하하. 악담이 덕담이니라.
원주	저런 스님이 말하고 싶어서 어떻게 묵언(默言)을 했을꼬. 쯧쯧쯧. 자, 장 보러 가니까 필요한 물건이 있으면 시방 말씀하세요.
월명	저 신이 떨어졌는데요.
원주	몇 문?
월명	대충 사 오세요.

원주	발 좀 이리 내. (적으면서) 10문 7. 다음부턴 외워.
월명	또 여름 양말 네 켤레요.
원주	두 켤레만 사고. 또요?
월명	떡 더 없어요?
원주	왜요, 있지요. 하지만 적게 먹고 가는 똥 싸셔야죠.
월명	(탄성의 흉내를 내며) 하하하하. 원주가 오랜만에 옳은 말 했구나.
원주	아니, 죠것이. 넌 깜장 고무신이야.
월명	여보게 원주, 노여워 말게. 꼬부랑자지는 항시 지 발등에 오줌 눈다 안 하던가.
원주	아니 어머 어머. (아랫도리를 가리며) 뭐 자……? 아이구 나 말 못 해, 말 못 해.
월명	(자기 입을 때리면서) 아이구 오두방정. 그 흔한 불알마저 없을지도 모르는데.
원주	뭐야? 왼종일 재수가 없더니 이젠 저것까지 깐죽깐죽대네그랴.
월명	재수가 없을라면 비행기 속에서도 독사한테 물려 죽는다고 안 합디까?
원주	아유, 죠게 정말.
도법	아, 원주 스님.
원주	(표정을 밝게 하며) 네?
도법	붓 좀 사다 주세요.
원주	어떤 붓인데요?
도법	에, 그게 어느 거냐며는……. 월명아.
월명	예.
도법	서전에 가서 노랗고 이렇게 두꺼운 붓 좀 가져와. 탁자 위에 있느니라.

월명	예.
도법	조심해서. 다른 것 건드리지 말고.
월명	알았습니다. (나가려 할 때)
도법	열쇠를 가져가야지.
월명	(열쇠를 건네받고 퇴장)
원주	또 없으세요?
탄성	여기 있소.
원주	뭐예요?
탄성	부라자 좀 사 오시오.
원주	부라자요? 어디에 쓰시게요?
탄성	(원주를 흉내 내며) 당신 주려고용.
원주	쳇, 별꼴이야. 제가 뭐 살림하는 중이라고 약 올리는 거예요? 나도 이 짓 하기가 죽기보다 싫다고요. 50원짜리고 백 원짜리고 재무 스님한테 죄다 결재 맡아야지, 능구렁이 같은 후원 보살 달래야지, 절 살림해야지. 요즘은 또 읍내 사람들이 무슨 수작인진 몰라도 우리한테 불매 운동을 벌여서 배추 씨를 살래도 전주까지 나가야 된다고요. 그리고 뭐 점방마다 영수증 끊어달라면 옛슈 하고 척척 내주는 줄 아세요?
탄성	그렇게 귀찮은 원주 노릇 뭣 하러 해. 속퇴하고 광주 양동시장에다가 한복집이나 차리시지.
원주	저도 내년에는 선방에 갈 거예요.
탄성	열녀전 끼고 서방질하시려고?
원주	뭐 스님만 선방 수좌예요?
탄성	이년!
원주	요놈!

탄성	봐라. 당신은 이년이고 나는 요놈이지.
원주	아이구, 포산사 운곡 스님도 돌았지. 저런 스님을 제일 수좌로 꼽았으니……. 하심(下心) 좀 하세요.
탄성	운곡 스님도 당신을 보았다면 마음이 달라지셨을걸.
원주	그럼요 그럼요. 수고하고 무거운 짐 진 다들아. 다 내게로 오라. 내가 너희를 쉬게 하리라. 마태복음 11장 28절.

그때 월명이 헐떡거리며 뛰어 들어온다.

월명	스님, 스님, 큰일 났어요.
도법	?

8장

도법의 작업실 서전.

불상 구조물의 머리 부분이 깨진 채로 바닥에 널려 있다.

화덕에 불을 지피고 있는 도법.

망령은 이 상황이 재밌는 듯 천진난만한 표정이다.

탄성은 중앙 의자에 앉아 도법을 물끄러미 쳐다보고 있다. 탄성에겐
망령이 보이지 않는다.

망령   잊어버려. 이미 깨져버린 불상에 미련 둬서 뭘 하나. 탄성이
        말마따나 그게 다 집착이라고.

도법   …….

망령   그렇다고 날 원망하지 마. 자넬 골탕 멕이려고 이런 게 아니니까.
        전에 말했잖어. 부처와는 상극이라고……. 뭐 크게 상극일 것도
        없지만. (방금 떠오른 듯) 아, 그렇지. 내가 호랑이였다면 자네가
        만든 불상은 고양이었어. 호랑이는 고양이를 보면 가만 놔두지
        않거든. 어설프게 닮았다 이거지. 헤헤헤. 이젠 속이 다 후련하군.
        (일어나서 찬장으로 간다.) 이렇게 얘기하면 될 걸 가지고 그동안
        끙끙 앓았으니. 어때, 이젠 자네 속도 후련할걸? 헤헤헤.
        (찬장에서 설탕을 꺼내 찍어 먹는다.)

탄성   누군지 짐작 가는 사람이 있나?

도법   …….

망령   내가 그랬지.

탄성   바람이 넘어뜨렸을 리도 없고.

망령	내가 그랬다니까.
탄성	혹시 월명이가 덜렁대다가?
망령	아휴, 저 등신.
탄성	대중 스님들은 자네 짓이라고 하드만. 두 가지 이유를 대더군. 첫째는 마음에 들지 않았거나 자신이 없어서. 둘째는 잠시 실성을 했거나 환각에 빠져서. 덧붙여 말하길 요즘 자네 행동으로 보아서는 후자가 합당할 거라고.
도법	차 들 텐가?
탄성	그러지.
망령	좋지.
도법	결명자?
망령	좋아, 달착지근하게 끓이게.
탄성	아니 담백한 것으로.
도법	칡차?
망령	에이, 싫어.
탄성	좀 무겁지 않나?
도법	작설차?
탄성	그래, 그게 좋겠군.
망령	난 싫여. 그걸 무슨 맛으로 처먹어.
탄성	자넨 제맛을 낼 수 있을 거야. 월명이가 끓여 오는 것은 그게 어디 차인가?
망령	양잿물이지.
탄성	구정물이지.
망령	어이, 나도 한잔 줘. 이리 가져오지 말고 그냥 거기다 놔. 이리 가져오면 탄성당이 자넬 돈 사람 취급할 테니까.

도법	(화를 억제하다 못해 망령에게로 간다.)
망령	(뒷걸음치며) 왜 이래?
도법	왜 이래? 참는 데도 한도가 있는 거야. 도대체 넌 어떤 놈이야. 내가 너하고 무슨 억겁의 괴연을 졌는지 말해보란 말이야.
망령	탄성당이 비웃어. 너 혼자 여기서 연극한다고.
도법	불상을 부수고 종국에는 어쩌자는 거야. 원하는 게 뭐야.
망령	허허. 탄성당이 쳐다본대두.
도법	꺼져. 사생결단 내기 전에 어서 꺼지란 말이야.
탄성	(도법을 붙들며) 도법당 왜 이래? 이 무슨 경거망동이야.
망령	옳지 옳지.
탄성	정신 차려.
망령	아암, 내 대신 혼내주게.
탄성	(잡았던 것을 풀며) 허공에다 성낸다고 박살 난 조각이 다시 붙어지겠나?
망령	에이, 한 대 쥐어박을 것이지.
탄성	찻물이 다 닳겠네.
도법	(체념한 듯 화덕 있는 데로 가 작설을 넣는다.)
망령	그나저나 대단히 발전했어. 처음 봤을 땐 졸도하더니…….
탄성	(의자에 앉으며) 이건 다른 얘기네마는 난 자넬 이해할 수가 없어. 나야 뭐 절이 뭐 하는 데인지도 모르는 채 요만할 때 계(戒)를 받았지만 자넨 왜 중이 됐나? 듣자 하니 그림 솜씨도 꽤 알아줬던 모양인데. 자네도 허무주의자였나?
망령	마누라가 겁탈당했거든.
도법	(망령을 쏘아본다.)
망령	아, 미안해. 그 상처는 건드리지 않도록 하지.

탄성	(도법의 시선을 따라 살피다가) 왜 그래?
도법	쥐새끼가 많아.
망령	쥐새끼? 저런 고얀 새끼.
도법	(찻잔을 건넨 다음 의자에 앉는다.)
탄성	(합장한 뒤 차를 마시면서) 아무튼 잘된 일이야. 그러잖아도 자네가 만든 불상을 보면서 죽을 때까지 예불 드릴 일이 끔찍했었는데.
도법	(차를 마실 뿐)
탄성	다시 만들 셈인가? 큰 법당에 있는 불상도 아직 쓸 만하니까 웬만하면 그만두지그래. 초파일도 이젠 며칠 안 남았어.
망령	(주전자째로 마시면서) 그래, 아예 그만둬.
탄성	망령이란 묘안이었어. 그렇지? 이 시점에서 합리화시킬 수도 있고 포기할 수도 있게 되었으니까.
도법	(차를 벌컥벌컥 마신다.)
탄성	차는 그렇게 마시는 게 아니야. 천천히 사색하면서 느낌을 갖고.
도법	탄성당 내 말을 믿게. (이내 낙담하며) 하긴 믿어서 풀릴 문제도 아니야. 그래 내 문제겠지.
탄성	선방에 가버려.
도법	아, 모르겠어. 내가 나를 모르고 지나는 게 너무 많아.
탄성	솔직히 대중 스님들 보기가 민망할 지경일세.
도법	용서하게.
탄성	의기양양하게 써서 보낸 봉안식 초청장이 날 아찔하게 만들고 있어.
도법	이젠 다 끝났어. 모두 참회하고 용서받고 싶어. 그동안 고마웠네. 어찌 보면 홀가분하기도 해.
망령	그래 그래. 마음 잘 먹었지. 또 만들면 또 부숴야 해.

탄성	떠나겠나?
도법	가야지. 죄송스러워서라도 눌러 있을 수 있겠나?
탄성	그런 이유라면 남아 있고.
도법	아니야.
망령	집으로 가. 가서 마누라 좀 찾아봐라.
탄성	선방에 가련가?
도법	생각해봐야지.
탄성	불상 제작도 집어치우고?
도법	응.
탄성	깊이 생각해보게.
도법	생각하고 말 것도 없어.
탄성	자식, 비겁한 놈이군.
도법	?
망령	저 자식 왜 저래?
탄성	(벌떡 일어서며) 이놈아, 너는 부처님과 약속한 거야. 애초에 방장 스님의 명을 받아 초파일까지 완성하겠다고 한 것부터가 부처님과의 약속이란 말이야.
도법	보름밖에 안 남았는데 나보고 어떻게 하란 말이야.
탄성	앞으로 보름이나 남았다고 생각하면 되잖아.
도법	보름 가지고 될 것 같애?
탄성	인마, 그걸 나한테 물어? 돼지우리 장판을 만들더라도 약속은 지켜야지.
망령	아니…… 저…… 저 자식이 산통 다 깨네.

9장

방장 스님의 방.

방장 스님 앞에 무릎 꿇고 앉아 있는 도법.

방장   거…… 기괴한 일이다.

도법   제 말이 믿기지 않습니까?

방장   있을 수 없는 일이지.

도법   하면 환청이라는 뜻입니까?

방장   아니지.

도법   방장 스님. 이번 일은…….

방장   무엇이 가장 무섭던고? 그 모양인가?

도법   아닙니다.

방장   하면?

도법   전체가 다입니다.

방장   (생각에 잠긴다.) 요새 앵두가 나올 때던가?

도법   아직 이릅니다.

방장   그럼 딸기는 나왔겠지?

도법   예.

방장   난 딸기보다는 앵두가 맛있더군. 앵두는 요만한 게 씨가 커서 먹을 게 별로 없거든. 발라 먹어야 되지. 그러니까 맛있어. 언제 앵두를 보게 되면 요만큼만 갖다줄란가?

도법   예.

방장   많이 가져와도 못 먹어.

도법	예.
방장	내가 요즘 몸이 나빠. 되지도 않는 참선한답시고 몸만 버렸지. 그래서 며칠 전에 운동 삼아 몰래 아랫마을에 내려가보았어. 왜 시장 모퉁이에서 한약방 하는 노인 있잖은가?
도법	예.
방장	절이 시끄러워진 뒤론 한동안 못 봤거든. 약도 짓고 한담도 나눌 겸 해서 찾아갔더니만 죽을 때 다 된 놈이 무슨 놈의 몸보신이냐면서 술이나 몇 사발 받아줄 테니 따라오라는데, 딴엔 그래. 해서 나섰지. (꾸벅꾸벅 존다.)
도법	저…… 스님……. 스님.
방장	응?
도법	저어…….
방장	아, 내가 어디까지 말했지?
도법	약주…… 드시자고.
방장	아, 그래 그랬어. 그래서 따라갔지. 가다가 어물전 앞에서 거지를 봤는데 그 녀석이 희한한 놈이더군. 옆으로 기어 다니면서 동냥하러 다니는데 왼통 얼굴을 보자기로 싸맸더란 말이야. 멀쩡한 놈 같지 않겠나? 해서 지나가는 척하다가 보자기를 샥 벗겨보았지. 아뿔싸, 그게 아냐. 뭐에 어떻게 됐진진 몰라도 얼굴이 몹시 상했어. 내가 얼마나 난처했겠나. 거지는 거지대로 능욕당했다는 생각이 들어 막 싸우려 들지, 마을 사람들은 삥 둘러서서 늙은 땡초 어떻게 당하나 두고 보자는 식으로 야멸차게 구경하지……. 한약방 하는 친구가 없었으면 크게 혼날 뻔했지. ……자네 정종 먹어봤나?
도법	예.

방장	속가에서?
도법	예.
방장	참 좋데. 그게 한 병에 얼만고?
도법	모르겠는데요.
방장	비싸겠지?
도법	그렇게 비싸진 않을 겁니다만.
방장	그래? 다음에 올 때 그것도 사다 줄란가?
도법	예.
방장	몰래 가져와야 돼.
도법	예.
방장	그날 밤 정종을 여러 잔 마셨어. 얼굴이 부한 게 말이 많아지더군. 뭐 이런저런 얘길 했는데 거지 얘기가 제일 많았지. 따지고 보면 인간이란 다 거지거든. 빈 몸뚱이에 빈껍데기지. 해서 김삿갓부터 천사촌 거지 왕초 천팔만이 그리고 청라골 과부 거지 등등. 근데 말이야, 한약방 하는 친구가 거지에 대해서 아는 게 많더군. 하나가 그럴듯하더란 말이야. 들어볼란가?
도법	예.
방장	중국 어느 지방에 거지가 있었는데 거지랄 수도 없는 거지였어. 왜냐면 아주 비싼 목걸일 하고 다녔거든. 그런데 거지는 이 사실을 모르고 자기를 땡전 한 푼 없는 비렁뱅이로만 여기고 있었어. 그러다가 우연히 옛 친구를 만났는데 자초지종 얘길 들은 거지는 깜짝 놀랐지. 그 목걸일 보았던 거야. 친구가 알려줬지. "이 친구야, 자네 목에 값비싼 진주 목걸이가 있는데 뭐 하러 동냥하러 다니는가. 그걸 팔아 장사를 해도 큰 장사를 할 수 있을 텐데……."

거지는 그제야 그걸 알고 기뻐했지. 얼마나 기뻤겠어. 거지가
기뻐서 길길이 날뛰는 걸 보고 친구가 또 말했지. "이 친구야.
그 목걸인 본래부터 네 것이었어. 어디서 주운 게 아냐. 그런데
뭘 그렇게 좋아하는 거지?" (자신의 얘기에 재미있어 큰 소리로
웃는다.) 본래부터 자기 것인 것을, 이제 생겨난 양 기뻐하는 꼴이
얼마나 우스웠겠나. 하하하하. 모든 것이 목탁구멍 속의 작은
어둠이지. 안 그래? 하하하하.

도법   저어…… 방장 스님? 제가 여쭙고자 하는 것은…….

방장   (손을 저으면서) 자기의 의지처는 자기인 것이야. 삼라만상이 다
내 것인데 그 무엇이 부족할꼬?

도법   ……?

방장   (주장자를 세 번 치고) 돼지 궁둥짝에 목련이야! 할!

10장

어둠 속에서 천둥소리.

이어서 소나기와 번갯불이 무대를 가른다.

용명되면,

도법의 작업실.

망령은 의자에 앉아 술을 마시고 도법은 창가에 서서 소낙비를 보는 듯 뒷모습을 보이고 있다.

망령   어이…… 도법당, 이리 와서 한잔하자고. (대답이 없자) 비 구경
        처음 하나? 이 비는 금방 그쳐. 지나가는 비거든. 도법당, 실은
        오늘이 마지막이야. 난 이 밤이 지나면 여길 떠나야 한단 말일세.
        이제 가면 오고 싶어도 못 와. 허허, 내 말이 안 들리나? 술
        생각이 나서 찾아온 친구에게 이건 너무하지 않나.

도법   …….

망령   헤헤헤, 그래도 난 자네가 좋아. 재주꾼이거든. 그에 비해
        겸손하고. 헤헤헤. (자작한다.) 도법당, 나에 대해 궁금한 게
        많지? (고개를 끄덕이며) 이해할 수 있어. 자넨 입산할 때만큼이나
        착잡하고 고통스러울 테니까. 불상 문제도 그렇지, 탄성이도
        그렇지, 게다가 지금은 비까지 오고 있으니까. 자넨 예나
        지금이나 빗방울만 보면 맥을 못 추누만. 그래 가지곤 중이 될
        수 없어. 너무 감상적이야. 하긴 옛날에도 자네 같은 녀석이 있긴
        있었지. 유명한 놈이야. 조주(祖疇)라고.

(시를 읊는다.)

독좌시문낙엽빈(獨座時聞落葉頻)이니
수도출가증애단(誰道出家憎愛斷)고
사량불각루첨건(思量不覺淚沾巾)이라.

홀로 앉아 낙엽 떨어지는 소리를 들을 때
누가 말하였던고 출가하여 도를 닦으면 사랑과 증오가
끊어진다고
아무리 생각해도 깨우치지 못하니 흐르는 눈물이 수건만
적시누나.

……헤헤헤. 그 자식의 무상시(無常詩)지. 10년간 토굴에서
면벽했지만 힐끗 본 치마 때문에 도로 헬까닥했다는 아픈
얘기야. (밖을 본다.) 아! 비가 그쳤군. 거봐. 내 말이 맞다니까.
자, 이젠 술 좀 마시자고. 응? 오늘이 마지막이라니까. 자, 어서.

도법   (의자에 앉는다.)

망령   (건너편 의자에 앉으며) 머루주야. 맛이 그만이지.

도법   (한입에 털어 넣고 다시 잔을 내민다.)

망령   한 잔 더?

도법   (연거푸 세 잔을 마신다.)

망령   맛있나? 아니면 오긴가?

도법   이젠 어디로 갈 거지?

망령   하늘나라로.

도법   그래?

망령	실은 갈 데도 없어. 자네가 하두 싫어하니까 아무 데나 가려는 게지. 그냥 있어도 되겠나? 그건 싫지?
도법	그리 싫지도 않아.
망령	그래? 그거 듣던 중 반가운 소리군. 내가 무섭지 않나?
도법	도대체 니 정체가 뭐야?
망령	나도 한잔 주게.
도법	(따르며) 원포리 지물포 집 혼령인가?
망령	그 말 귀치않고.
도법	그럼 아무 관계도 없단 말인가?
망령	난 몰라.
도법	그런데 왜 그 시체 속에 있었지?
망령	무슨 소리야. 난 나야. 내가 도대체 어디에 있었다는 겐가.
도법	당신이 그때 벌떡 일어섰잖아.
망령	허허, 정신 차리게. 뭘 잘못 봐도 한참 잘못 봤구먼.
도법	거짓말 말어. 여기 처음 나타났을 때도 구면인 사이에 뭘 그리 놀라느냐고 안 그랬어?
망령	그래? 그럼 그렇다고 하지. 그런데 그게 뭐 그리 중요한가?
도법	(잔을 비운다.) 자, 이제 다 털어놓아보시지.
망령	뭘?
도법	불상을 왜 부쉈지?
망령	꼭 알고 싶어?
도법	그래.
망령	니놈이 불상을 만들 자격은 있는 거냐?
도법	(눈을 부릅뜨며) 뭐야?
망령	마음속에 부처가 없는데 어떻게 부처를 그려?

도법	(노려본다.)
망령	아하, 알았네. 술맛 잡친다 이거지. 다른 얘길 하자구. 도법당.
	(묘한 웃음을 입가에 흘리면서) 자고로 술이 있으면 계집이 있어야
	흥이 난단 말일세. 안 그런가? 내 이럴 줄 알고 미리 준비해뒀지.
	자네도 계집이 필요한가? 필요 없지? 그럼 내 것만 부르겠네.
	(손뼉을 치며) 어서 들어와라.

짙은 화장을 한 여인이 나타난다.

망령	옳지 옳지. 사뿐사뿐. (도법에게) 괜찮은 아이지. 서울 무슨
	술집인가 하는 데서 비싸게 주고 사 왔다고. (여인에게) 자,
	인사해.
도법	(여인을 보자 깜짝 놀란다.) 아니…….
망령	(여인에게) 어서 인사해. 아 참, 앤 말을 못 해. 그러니 인사하고
	싶으면 자네나 하게.
도법	아니…… 이럴 수가.
망령	(여인에게) 뭘 꿈쩍거려. 어서 여기 앉지 않구. (옆에 앉힌다. 여인의
	가슴속에 손을 넣어 주무르면서) 자식, 처녀처럼 보송보송하군.
	도법당, 자네 또 생떼 부리지 말어. 이젠 이 아이가 내
	계집이니까. 자고로 버린 계집 미련 두는 녀석이 제일 못난
	사내라구.
도법	여보, 부인!
망령	(여인에게) 여기 왔으면 신고식을 해야지.
여인	(망령에게 입을 맞춘다.)
도법	이봐. 그 손 놓지 못해?

망령	왜?
도법	…….
망령	아하! 왕년에 얘의 남편이었다? 이젠 아무것도 아냐. 안 그래?

불교 음악이 애잔하게 울려 퍼진다.

망령	그게 언제쯤이었을까? 깡패들한테 강간당한 게? 그때 자넨 꽁꽁 묶여 있었고 얘는 그 녀석들한테 차례로 당했지.
도법	그만해.
망령	그만하긴. 이미 엎질러진 물인데. 자넨 차례로 다 보았지. 처음엔 녀석들이 윗도리를 벗기고 다음엔 치마…… 속곳도 벗기고. 소리질러봐. 그때처럼. "살려줘! 살려줘! 이놈들아, 제발 그만두란 말이야." 그러곤 그 순간 외면해버렸어. 낄낄거리는 녀석들의 웃음소리와 함께 모든 게 끝장나버렸지. 넌 곧장 입산했으니까.
도법	…….
망령	괴로운가?
도법	(노려볼 뿐)
망령	(빈정대며 시를 읊는다.) 우리 모두 사랑하는 이를 갖지 말자. 우리 모두 미운 이를 갖지 말자. 사랑하는 사람은 못 만나 괴롭고 미운 사람은 만나서 괴로우니 그 사랑하고 미워하는 것이 모두 다 고통이 아니겠소.

도법 (과장된 표현) 아암, 고통이지. 고통이고말고. 그러니 어떻게
     할까? 저 마나님 붙잡고 덩실덩실 춤이라도 출까? 아니면
     통곡이라도 할까? 원하는 게 뭐야? 말해, 이 자식아.

망령 (여인에게) 얘야 안 되겠다. 발작병이 다시 도진 모양이다. 어여
     인나서 선을 보여. 니 멋진 춤으로 혼을 싹 빼버려.

여인 (일어나 춤을 춘다. 춤추며 옷을 하나씩 벗는다.)

망령 쟤는 그래도 됐어. 웬만한 계집 같았으면 죽는다고 난리 법석을
     피웠을 텐데. 저렇게 상처를 스스로 치유할 줄 안단 말이야. 옳지
     옳지. (도법에게) 옛날하고 똑같은 몸매지? 후후후.

도법 그만해.

망령 그만하라니. 그만두면 만사가 다 끝이 나냐. 네놈은 어여 된 게
     만사가 순간순간이야. 저 술집 계집이 여기서 벗지 않는다고
     다른 데서도 안 벗을 줄 알아? 천만의 말씀. 그게 저년의
     직업인걸.

도법 …….

망령 (술을 마시면서) 잘 봐. 거기서 떠오르는 것이 있을 거야. 저걸
     어려운 말로 묘유(妙有)라고 하지. 묘하게 있다 이거야. 저년을
     봐. 저게 영원히 있는 걸까? 아니지. 언젠가는 없어진단 말이야.
     그러니까 없는 거지. 그렇담 완전히 없는 거야? 그것도 아니지.
     있긴 있어. 묘하게 있는 거지.

도법 (망령의 멱살을 잡으며) 시끄러, 이 자식아.

망령 허허. (도법의 두 손을 쉽게 꺾어 눌러 앉힌다.) 자넨 어째서 이
     순간을 영원하다고 생각하지? 인생이 순간이면 영원한 건 없고
     인생이 영원하면 순간이란 없을 텐데 말이야. 이건 앞뒤가 맞질
     않아. 마누라가 강간당한 건 영원하고 마누라를 사랑했던 건

순간이라니 이런 엉터리 발상이 어디 있나.

여인   (속옷 차림으로 춤을 춘다.)

망령   (도법의 얼굴을 똑바로 들게 한다.) 자비의 시선으로 저것을 봐.
         봤어? 봤으면 이리 와. (도법을 일으켜 세워 탁자 있는 데로 와서
         의자에 앉힌다.) 불쌍하지?

도법   …….

망령   저년이 불쌍하지? 니 마누란 변한 게 없어. 저년은 아직도 너를
         생각하고 있으니까. 어쩔 수 없이 당한 건 죄가 아니야. 그건
         새끼손가락에 난 생채기에 불과해. 변한 건 너야. 네가 잘못
         본 거지. 아니 잘못 본 것도 아니야. 잘못 본 줄 뻔히 알면서도
         시정하지 않았으니까. 범부의 세속이란 다 그래.

도법   그래 난 범부야. 속인이구 죄인이구 머저리야. 물론 내 처는 아무
         잘못도 없어. 그걸 나도 알아. 이치상으로 확실히 그래. 하지만
         난 그 일을 지울 수가 없어. 지우려고 노력이야 했지. 잊어야
         한다고. 그러지 않으면 저 여자나 나나 불행해진다고. 허지만
         소용없는 일이었어. 버선코빼기만 보아도 그 일이 떠오르는 걸
         낸들 어쩌란 말이야. 어떤 놈이든 붙잡고 물어봐. 지 마누라가
         강간당하는 걸 보고 저건 색(色)이요, 저건 공(空)이니 집착하지
         말고 아무 일도 없었던 것처럼 여겨버려라. 어떤 미친놈이 그대로
         따르겠어. 없어. 그런 놈은 세상에 없어.

망령   왜 없어. 있어. 쌔구 쌨어.

도법   그런 자들은 인간이 아니야.

망령   인간이야. 그런 썩은 동태 눈알 가지고 무슨 도를 닦겠다고 그래.
         이놈아. 너와 마누라는 같은 장소에서 같은 사건으로 똑같이
         당했어. 둘 다 시궁창에 빠진 거야. 그런데도 너는 말짱하고

마누라만 더럽다 이거야?

도법   불리지 말어. 난 그 일을 말갛게 지울 수가 없다는 것뿐이야.

망령   누가 말갛게 지우래? 만약에 네 마누라가 당하는 걸 직접

보지 못했고 그 후로도 눈치채지 못했다고 가정해보자. 어떻게

했겠어?

도법   차라리 그 편이 나았겠지.

망령   그런 어벌쩡한 말이 어딨어. 안 보면 괜찮고 보면 안 돼?

도법   더 이상 듣기 싫어.

망령   그러려면 뭣 하러 중이 됐어? 불상은 왜 만들었어? 법(法)을

보려고 했던 거 아냐? 그 법이 여기에 있는데 넌 지금 어디서

찾고 있는 거야, 이놈아!

도법   법이란 고통과 좌절의 아픔을 인간적인, 너무나 인간적인

입장에서 얼만큼 견뎌왔느냐에 달려 있어. 나는 그 모든 법난과

정면으로 맞서 싸워왔고 그 좌절의 깊이만큼 지금은 상처가

아물게 되었던 것이야. 알겠어?

망령   아니 모르겠어. 본디 그 일이 어떤 상처였으며 이제는 어떤

법으로 어떻게 아물게 되었다는 건지 엉망진창이라고. 다시

말해봐. 아주 쉽게.

도법   당해보지 않은 놈은 몰라. 지 멋대로 입방아 찧지 말란 말이야.

망령   헤헤헤. 자, 그럼 난 잠자코 있을 테니 네가 찬찬히 설명해봐.

도법   알 필요 없어.

망령   그럼 내가 설명해보지. 그러니까 깡패들이 네 처를 이렇게

눕혀놓고 (음악 소리 순간 정지) 그 짓을 했다 이 말이지? (여인을

탁자에 눕히고 당시를 재현하려 한다.)

도법   손 떼.

망령	못 떼.
도법	안 떼겠어?
망령	못 떼겠다면?
도법	(헤라를 집어 들며) 죽여버리겠어.
망령	상처가 아물었담서?
도법	그만두지 못하겠어?
망령	우리끼리 서로 삭이지 못할 게 무어 있겠나. 색즉시공이요, 무욕무탐인 걸.
도법	똑바로 들어. 마지막 경고야.
망령	이놈아. 큰 소리 치지 말어. 넌 개자식이야.
도법	개자식이라도 좋으니 어서 꺼져버려.
망령	누구 마음대로?
도법	어서!
망령	좋다. 마음대로 해봐. 어디 악마가 이기나 까까중이 이기나 해보자구. (여인을 애무하려 한다.)
도법	야!
망령	(태도를 돌변한다.) 헤헤헤. 참게 참아. 한번 해본 거야. 우리가 이럴 필요가 있겠어? 잠시 머리도 식힐 겸 휴전을 하자고. 결론을 내릴 때가 되었으니까. ……아는 노래가 있음 한 곡조 불러보게……. 막간을 이용해서 유서라도 써놓든지.

창가로 가서 창문을 여는 망령.

심호흡을 몇 번 한다.

잠시 후,

망령	소감이 어떤가? 넌 하나를 전체로 보았지.
도법	그 일이 있은 뒤 등껍질이 벗겨지는 부두 노역을 하면서 지금 네 말처럼 하나를 전체로 보고 착각하는 것은 아닌지 거듭거듭 생각해보았지. (힘을 주어) 내면 깊숙이 숨어 있던 모든 번뇌가 그 하나로 인해 모두 고개를 쳐든 거야. 분명히 말하건대 난 마누라 일이 동기가 되어 전체를 보았다고. 생로병사에 허덕이는 전체 인생의 백팔번뇌를 보았던 거라고.
망령	해서 입산했다?
도법	아암.
망령	그리고 잊기 위해 수행도 했고?
도법	이기기 위해서였지.
망령	그래서 이겼나? 내가 보기엔 그 전체라는 게 하나처럼 보이는데? 아직도 그 하나 때문에 전체가 망가져가는 꼬락서닌데.
도법	염려 말어. 호락호락 망가지진 않을 테니까.
망령	그럴까?
도법	아암.
망령	흥미진진한데? 자, 그럼 시작해볼까?
도법	…….
망령	자넨 오늘 우리의 마지막 이별을 그 조각칼로 끝내야 돼. 알겠나? (여인의 옷을 벗기고 애무한다. 빠른 행동. 극에 속도감이 붙는다.) 어떤가? 보기 싫은가? 보기 싫음 지금 니 눈을 찔러버려. 그런 썩은 눈알이라면 계속 보아봤자 아무것도 깨닫지 못해. 사실 이런 일은 전에도 있었거든? 넌 지금 꿈을 꾸고 있거든? 그런데도 보기 싫어 미치겠다면 그거야말로 머저리지. 뭘 망설이나. 찌르라니까. ……옳아! 그렇담 이 모습이 보기 싫지

않다 이거야? (더욱 격렬하게 애무하며) 보기 좋은가? 참을 수
있겠어? 색즉시공이야, 부처의 자비야? ……보기 좋대두 지금
찔러버려. 이젠 안 보아도 자넨 자유자재함이야. 자넨 지금
마누라가 당하고 있는데도 대자대비의 시선으로 보고 있어.
그러니 미추가 따로 없음이지. 뭘해. 어서 찌르라니까. 만약
이런저런 연유로 찌르지 못한다면 자넨 이 끈적끈적한 속세에
아직도 미련이 많다는 것이고 결국 이런 식으로 더 확실한 것,
더 구체적인 것을 찾다가 종래엔 아수라가 되어 육도 윤회를
거듭하게 될 것이야. 망설이지 말고 어서 찔러! 어서! (더욱
세차게 여인과 정사한다.)

도법   (헤라를 집어 든다.) 개자식.
망령   그래 그래. 어서 그걸로 두 눈을 찌르라니까?
도법   (망령에게 다가가며) 더 이상 못 참겠어.
망령   왜 나한테 덤벼들어. 자네 두 눈을 찔러버리라니까.
도법   흥! 니놈도 오늘로 끝장이야.
망령   그래? 죽여봐라, 이놈아.

더욱 격렬하게 정사하는 망령과 여인.
격정적 감정에 휩싸인 도법. 헤라를 양손에 들고 부들부들 떤다. "야!"
하는 소리와 함께 망령을 마구 찌르는 도법.
사이키 조명이 비치다가 사라지면 순간, 암전.
용명되면, 도법에게 한정된 불빛.
쪼그려 앉은 채 양손으로 두 눈을 감싸고 있다.
눈에서 피가 흘러내린다.
망령, 녹로 위에 앉아 있다. 불상처럼.

망령   자넨 나를 죽이려고 했지만 결국 자네의 두 눈을 찌르고 말았어.
난 자네의 번뇌와 불안일세. 세상 이치가 일체유심조라. 난
바로 자네일세. 자넨 자네의 추악한 부분을 인정하려 들지
않았어. 그러나 이젠 보았겠지. 자네의 다른 한 부분이 얼마나
추악했던가를. 도법당 미추를 포기하게. 아름답고 추함이란 한낱
꿈속의 허깨비에 불과한 것이야. 본디 이 세상 모든 것은 묘하게
있을 뿐 미추란 없는 것이야. 그것을 자꾸만 추하다고 보는
자네 자신에게 문제가 있었던 것일세. 도법당. 내 몸에 석고를
입히도록 하게.

숙연해지는 무대.
범패 소리 크게 울리다 사라지면…….
도법, 망령한테로 가서 석고를 입히기 시작한다.

망령   (지금까지의 말투가 아니다. 부처의 설법처럼 들린다.) 도법당
모든 적개심을 내려놓게. 바닷가의 조약돌은 둥글고 예쁘지.
그 조약돌을 그토록 매끄럽고 아름답게 깎은 것은 조각칼이
아니라 부드럽게 쓰다듬은 물결인 게야. 나와 싸우려 들지 말게.
칡넝쿨이 보리수를 휘어감듯이 자네가 싸우려 들면 우린 서로
파멸하고 말아.

도법   …….

망령   자, 이젠 자네의 외부를 보지 말게. 하늘에도 바다에도 산에도
들에도 자네가 벗어날 곳은 아무 데도 없어.

도법   (따라서 한다.) 하늘에도 바다에도 산에도 들에도 벗어날 곳은
아무 데도 없다…….

망령   우린 태어날 때부터 완성자였어. 범부들은 이것을 몰라. 모든
       것이 목탁구멍 속의 작은 어둠이지.

도법   (소리 없이 울먹인다.) 모든 것이 목탁구멍 속의 작은
       어둠이라…….

망령   도법당, 어떤 사람이 인적 끊어진 숲속을 헤매다가 아득한
       옛날 자신이 살았던 낡은 집을 발견하였네. 그 집에는 연꽃과
       보리수가 있었지. 도법당, 나도 이와 같이 먼저 깨우친 분들이
       걸어갔던 (손가락으로 허공을 가리키며) 옛길을 발견했을 뿐이야.

       도법, 바르르 떨리는 사지를 가까스로 진정시킨다.
       정지 상태의 망령에게 환상적인 조명이 밝혀지면
       망령, 허공을 가리키는 엉거주춤한 모습의 신비스러운 불상으로
       화(化)하게 된다.
       1장에서 본 흉측한 불상으로…….

돼지와
오토바이

등장인물   사내

처

박경숙

의사

간호사

원장수녀

술집여자

검사

변호사

판동 처

사내, 의자에 앉아 있다.

그 옆에는 여자 옷이 아무렇게나 있다.

어디서부터 어떻게 실마리를 풀어가야 할까.

망설임이 역력하다.

사내   글쎄요. 인생이란 3박 4일의 여행과도 같다고 생각합니다.

3박 4일의 여행이란,

첫날밤은 설렘으로

다음 날은 마지막 밤에 대한 기다림으로

마지막 밤은 아쉬움 속에 작별을 고하게 됩니다.

우리네 인생도 그럴 거예요.

설렘 속에 태어나

뭔가가 있겠지, 이루어지겠지 기다리다가

아쉬움 속에 죽음을 맞게 되겠지요.

3박 4일일 것입니다.

벚꽃 만발한 경주 여행에서 전 그걸 느꼈습니다.

짧은 인생이란 걸.

신라 소녀의 숨결 또한 그렇게 짧으리란 걸.

훗날 이런 여행에서도 남는 게 있어

추억을 파먹고 살게 되겠지요.

늘 안녕이라고.

그때 무대 뒤편에서 박경숙의 목소리가 들려온다.

목소리   선생님. 선생니임.

사내	왜? 또 하수구가 막혔냐?
목소리	아뇨. 수건하고 면도기 좀 갖다주세요.
사내	목욕하누?
목소리	예. 같이 할래요?
사내	아니, 됐어.……면도기?
목소리	예.
사내	왜? 여자가 면도할 데가 어딨다고.
목소리	있단 말예요.
사내	알았어. (갖다주고 나오다가) 경숙아.
목소리	예?
사내	물이 뜨겁냐?
목소리	예.
사내	아직도 멀었어?
목소리	예.
사내	맹랑하지? 박경숙이 말이야. 당신도 한 번 본 적이 있을걸?

밤중에 우리 집 문틈으로 편지를 집어넣다가 당신하고
마주쳤다며. 그렇게 들어오게 만들어서 요기서 커피도 마셨었잖아.
셋이서. 손발 떨며 마른침 목젖으로 넘기려고 무던히도 애쓰던
고것이 박경숙이라니까.

결혼하재. 많이 컸지. 여보! 변명 같겠지만 안 할 수도 없어. 쟨
아무것도 몰라. 결혼이란 것이 한 여자와 살면서 다른 여자를
사랑하는 것이라고 했더니 깔깔 웃으면서 그럼 얼마나 멋지내.
자기는 남편이 다른 여자들한테 인기가 좋았음 싶대나.
이상적인 것은 말은 쉽고 실제론 아니잖아. 쟨 그런 것도 몰라.
하긴 저라고 고민이 없겠어? 나와 결혼하기 위해 지 부모와

3년째 투쟁 중이야. 수월내기는 아니지. 내 앞에선 한결같아.
쾌청일로지. 그런 점이 좋아. 속으론 탱탱 곪았으면서도
아랑곳없이 건강한. 그런 건 영락없이 당신이라니까. 사랑스럽지.
내겐 과분하기도 하고. 그런데 내빼고 싶어. 이상하지?

그때 무대 뒤편에서 박경숙의 목소리.

목소리   선생님. 선생님.

사내   왜?

목소리   아직도 속이 안 좋으세요?

사내   응.

목소리   언제부터 그랬어요?

사내   늘상 그래.

목소리   고민이 많아서 그래요.

사내   (혼잣말로) 고민 없는 사람도 있나.

목소리   제가 싹 고쳐드릴게요.

사내   (객석을 보며) 전 우리 몽짜치기를 죽인 죄로 2년형을 받았습니다.
결코 짧지 않은 시간을 감옥소에서 보내면서 이런 걸 느꼈습니다.
아주 유치한 위안에 불과한 것이라고.
그건 제 처도 마찬가지였습니다.
아내는 일주일에 한 번씩 의무감에서 면회를 왔고, 와서는 별
얘기도 없이 가버렸죠. 성지순례와 같은 옥살이와 면회도 이처럼
일상으로 변해갔던 것입니다.

사내, 죄수복으로 갈아입고 의자에 앉는다.

처가 등장한다.

면회 장면.

궁여지책으로 어렵게 대화한다.

처   몸은 어때요?

사내   그저 그래. 당신은?

처   저도요.

사내   장모님은?

처   늘 그렇죠 뭐. 쑤시고 아프고 저리고. 늙으면 그저 빨리 죽어야
한다고 틈만 나면 푸념이시죠. 원장 수녀님이 위독하시대요.

사내   그래?

처   승일 씨가 그러더라구요. 며칠 전에 다녀갔어요.

사내   뭐 한대?

처   철공소에서 일한대요. (주위를 살피다가) 돈 좀 부쳐드릴까요?
약값 하시라고, 원장 수녀님한테.

사내   주소는 알아?

처   (멋쩍은 웃음으로) 아뇨.

사내   옆방에 사기죄로 들어온 친구가 있는데 재밌어, 과거 얘기가.
과장도 있을 거야.

처   호영이네가 이사 갔어요.

사내   언제?

처   3일 전에요. 이삿짐이 얼마나 많은지. 작은 집에 그 많은 짐이 다
들어갔다는 게 상상이 안 되더라구요.

사내   요새 무슨 책 읽고 있어?

처   안 읽어요.

사내	왜?
처	안 읽어도 편해요.
사내	(시계를 본다.)
처	(역시 시계를 보며) 3분이나 남았네요.
사내	학교 선생들은 잘들 있고?
처	소식도 없어요. 잘들 살겠죠 뭐.
사내	그렇겠지?
처	예.
사내	최판동인?
처	많이 도와줘요.
사내	시 좀 써보지그래.
처	시는 무슨.
사내	혼자 밥 먹기 싫지?
처	예.
사내	다음부턴 안 와도 돼.
처	왜요?
사내	오더라도 한 달에 한 번 정도 오든지.
처	죄송해요. 재재보살이 못 돼서. 아 참, 영옥이가 돈 있음 백만 원만 꿔달래요. 이부로 쳐주겠다고.
사내	아, 그래?

처가 퇴장한다.

| 사내 | 아내와의 마지막 대화였죠. "죄송해요. 재재보살이 못 돼서. 아 참, 영옥이가 돈 있음 백만 원만 꿔달래요. 이부로 쳐주겠다고." |

아무 관련도 없는 이 말을 남기고 아내는 자살을 했습니다.
유서고 유언이고 아무것도 없었죠. 몇 편의 시가 유서라면
유서겠죠.

(빠른 속도로 얘기하듯)
며칠 전에 비로소 깨우쳤습니다.
시작이란,
우리가 무심코 내뱉은 말과 행동에서 비롯된다는 것을.
말의 소중함을 깨달아가고 있습니다.
감히 이렇게 말할랍니다.
'당신을 사랑한다고.
당신을 미치도록 사랑한다고.'
이 말이 내 운명을 바꿔버릴 겝니다.

사이.

그 무렵 아내의 낙서죠. ……어찌 됐든 가장 잔혹스럽다는
쥐약을 먹고 아내는 죽었습니다.

그때, 남자 와이셔츠 차림인 박경숙이 이제 막 목욕을 끝낸 양 수건을
목에 두르고 등장한다.

경숙   뭐 잘못 드신 건 없어요?
사내   아니.
경숙   이상하네. (뒤에서 사내의 목과 어깨를 주무른다. 뒤통수를 쿡쿡

찌르며) 여긴 어때요?

사내   글쎄, 괜찮은 것 같기도 하고.

경숙   꾀병 아니죠?

사내   아냐.

경숙   손을 따봐요?

사내   그건 한의잖아.

경숙   요즘 세상에 한의, 양의가 어딨어요. 서방님이 맥이 막혀
　　　　죽어가는 판국인데.

사내   짜발량이 의사가 어디 한둘이던가.

경숙   아직도 가슴이 답답해요?

사내   응. ……아니, 솔직히 모르겠어. 답답한 건지 메스꺼운 건지.

경숙   네에?

사내   왜?

경숙   이상하잖아요.

사내   뭐가?

경숙   솔직히 모르겠다. 답답한 건지 메스꺼운 건지.

사내   그게 왜?

경숙   첫째, 답답한 거나 메스꺼운 거나 대충 같은 뜻일 텐데 왜 별나게
　　　　구분해서 말했을 거며.
　　　　둘째, 또 그 정도 감정의 얄쌍한 차이에다가 '솔직히'라는 말은
　　　　어디서 굴러들어온 뚱딴지같은 소린가. 역사적 선택을 묻는
　　　　대목도 아닐진대 너무 고지식하고 과격한 사용은 아닌가.
　　　　셋째, 그렇다면 선생님은 지금 건성으로 얘기하고 있으며 생각은
　　　　다른 데에 가 있었다는 결론으로 미루어…….

사내   숨 좀 쉬거라.

경숙	(지압을 세게 하며) 지금은 어때요? 솔직히 말해봐요.
사내	솔직히 말하라……. 우리, 결혼해선 안 돼.
경숙	승자는 넘어지면 일어나 앞을 보고 패자는 넘어지면 일어나 뒤를 본다.
사내	그런 생각이 들어.
경숙	승자는 세 번 쓰러져도 또 일어나고 패자는 쓰러진 세 번을 낱낱이 후회한다.
사내	달리 생각해봐. 건장하고 실한 놈으로.
경숙	후후후. 다시 원점으로 회귀해보시자? 황재규. 전직 고등학교 영어 선생. 지금은 학원 강사. 태생이 별 볼 일 없고 결혼해서 상처(喪妻)한 경험도 있다. 그에 비해 박경숙. 전문의 과정에 있으며 집안도 넉넉하고 결혼한 경험도 없으시다.
사내	난 반쪽이고 시들었어.
경숙	반쪽이고 시든 사과, 일단 씹어나 보자구요.
사내	경숙아.
경숙	네에. 황재규 씨, 말씀해보시지요.
사내	에이 관두자.
경숙	그럼요. 반론을 펴봤자 어제처럼 또 돌돌 말려 종국엔 지고 말 텐데요 뭘. (뒤편에서 껴안으며) 선생니임.
사내	일없다, 인석아.
경숙	뭐가요?
사내	선생님 소리가 듣기 싫어.
경숙	재규야!
사내	너하곤 심각한 얘길 할 수가 없어.

경숙	사모님하고는요?

사내   어떻게 이렇게 변했지?

경숙   불도그가 똥개 봤다 아입니꺼.

사내   고등학생 땐 맨날 질질 짜며 울더니만.

경숙   그땐 말예요, 둘을 쫌맬 수 없다고 늘 비관했었죠.

사내   지금은?

경숙   운명의 실타래가 꽁꽁 동여매져 있다니까요. 사모님이
돌아가셨다는 소릴 듣는 순간 직감적으로 그걸 느꼈죠.

사내   넌 아직 날 몰라. 경숙아, 재미있는 얘기 하나 해줄까?

경숙   뭔데요?

사내   돼지가 오토바이 타는 얘기.

경숙   웬 돼지?

사내   옛날엔 접붙이려면 할아버지가 회초리로 씨돼지 엉둥짝을
때리면서 요리조리 몰고 다녔거든? 헌데 요새는 오토바이에 태워
나른대. 오토바이 뒷좌석에 쇠틀 상자를 만들어 거기에 태우고
다니면서 접붙인다 이거야.
그러니까 이 씨돼지가 오토바이만 탔다 하면 벌써 그건 줄 알고
꿀꿀 꽥꽥 신난다는 거지.
너, 씨돼지가 암퇘지한테 어떻게 접근하는 줄 알아? 주둥이로
암컷 목덜미 같은 데를 쿡 찔러. 암컷이 놀라면 이쪽으로 와서
아무 짓도 안 했다는 듯 앞발로 땅만 파지. 그러다가 쿡 찌르고
쿡 찌르고. 능청 부리며 내숭 떨며 슬슬 접근한다고. 서서히
잦게 되지. 그만큼 가까워지고. 이때다 싶으면 놓치지 않고
저질러버려. 자고로 사람이든 짐승이든 저질러버리지 않고는
정리가 안 되나 봐. 일이 끝나면 종돈은 지 우리로 돌아가

발라당 누워버려. 이내 쿨쿨 잠만 자. 아무 일도 없었던 것처럼.
암컷은 달라. 다음 날부터 수컷 우리를 향해 울부짖어. 얼마나
시끄럽다고. 꽥꽥…… 꽥꽥. 나중엔 눈물 흐른 자국에 골이 생겨
자국이 깊게 파일 정도라니까. 사람하고 똑같지. 경숙아, 무슨
뜻인지 알겠어?

경숙	내일 2시에 만나재요. 엄마가요.
사내	거봐.
경숙	식장도 잡고 장롱도 보자구요.
사내	어랍쇼?
경숙	기쁘시죠? 그쵸?
사내	왜 또 마음을 바꾸셨대? 한사코 반대 방향으로 줄달음치시더니.
경숙	그러니까 우리 엄만 개구락지라니까요.
사내	응?
경숙	어디로 뛸지 모른단 말입니다.
사내	잘못 뛰셨군. 뱀 아가리로 뛰었어.
경숙	아빠가 문제긴 문젠데 엄마가 장롱을 보잘 때 그쪽도 대략 굳히셨다는 뜻이 아니겠어요. 들어가면 무슨 말인이 있으시겠죠. 서방님께선 축 개통식 준비나 하고 있으시라구요. (와이셔츠를 벗어던지며) 이거 이제 그만 입으세요. 땀 냄새가 배었어요.
사내	가려고?
경숙	예. (청바지에 윗도리를 아무렇게나 입는다.) 내일 아침에 네 시간짜리 수술이 있어요. 김 박사님이 날 파트너로 찍었대요. 그 권위에 찬 영감탱이가 내 실력을 인정했다 이거죠. 교과서 지식만으로 가득 찬 쓸모없는 꼬맹이라고 밟아버릴 때는 언제고. 거봐요. 역사는 이렇게 잔잔히 변하는 거예요. 더 이상 역사의

변두리에서 낙오자로 머물러 있지 마세요. 역사는 도도히 흐르고 그 역사 따라 선생님도 나이를 먹는다니까요.

사내   가봐. 나도 혼자서 좀 생각해봐야겠다.

경숙   여보! 식후에 이 약 두 알 드시고 푹 주무세요. 잘 안 돼요, 여보라는 소리가.

       여보. 식후에 이 약 두 알……. 자꾸 하다 보면 이력 붙겠죠. 이력 붙음 우리 애기도 생길 테고. ……오늘 황홀했어요. 선생님이 거칠게 나오니깐 나도 이상해지더라구요.

사내   또 저놈의 는실난실. ……가봐.

경숙   잠깐만. (전축 있는 데로 가서 음악을 튼다.) 이 음악을 들으면서 내 말을 곰곰이 생각해보세요.

사내   뭘?

경숙   선생님, 도대체 구겨진 삶이 뭐 어떻다는 거죠?

       경숙, 퇴장한다.
       음악을 들으면서 묵묵히 앉아 있는 사내.
       사방을 둘러보다가 일어나
       침대로 가서 누우며,

사내   여기에 고것하고 팔베개하고 있으면 당신이 천장에 큰 대(大)자로 착 붙어서 빤히 내려다보고 있다니까. 엉겨 붙으면 당신이 식칼을 들고 수직 낙하할 자세야. 옛다 모르겠다 하고 올라타면 순간 등짝에 묵직한 게 박힌단 말이야. 으윽!

       사이.

최판동이한테서 엊그제 전화 왔었어. 미친놈. 사냥 가재. 노루 피가 몸보신에 최고라나? 요새도 지 마누라 시켜 밑반찬을 해 보내. 보름에 한두 번은 꼭. 여보! 나 이상한 버릇이 생겼다. 시도 때도 없이 씨부렁댄다니까. 지금처럼. 이렇게 씨부렁대고 혼란스러워야 언젠가는 정갈하게 씻실 것 같거든. 왜 이런 거 있잖아. '난 나쁜 놈이다. 난 죽일 놈이다' 이런 소릴 연발하노라면 언젠가는 죄가 가벼워지거나 없어질 것만 같은. ……늘 우리 몽짜치기 얘기지. 몽짜치기가 누군지 모르지? 내가 지었어. 몽짜치기란 겉으로는 어리석은 체하면서 속은 딴생각으로 가득 찬 엉큼한 녀석이란 뜻이야.

의사가 흰 가운을 입고 등장한다.
가상의 신생아를 놓고 수련의 학생들에게 설명하듯,

의사　좌우 대뇌 반구를 구분하는 반구간 뇌열이 생기지 않음으로써 뇌가 호떡같이 둥글게 되고 따라서 축뇌실도 중앙에 하나로 위치하는 것이 특징입니다. 이는 신경관 결손의 다음 단계 발생 이상으로서 거의 예외 없이 얼굴의 기형을 동반하게 되지요. 즉 얼굴의 중앙부 기형이 특징으로, 두 눈 사이의 거리가 짧아지고 코가 작고 위치가 달라지고 입의 기형을 동반하기도 하며 트리조미13증후군이 합병되기도 합니다.

사내　사람의 대뇌는 땅콩 깍지 모양으로 생겨야 된답니다. 이렇게. (두 손으로 원 두 개를 만들어 붙인다.)

의사　본래의 뇌는 두 개의 반구로 되어 있죠.

사내　그런데 우리 몽짜치기는 그게 하나라 이겁니다. 원통 모양처럼 둥근 것 하나.

의사   대뇌 분할이 이루어져 있지 않은 상태였습니다.

사내   의사들은 병명을 곧잘 음식에 비유한다는데 우리 몽짜치기를
　　　　의대 용어로 빈대떡이라 부른다더군요.

의사   팬케이크라 부르지요.

사내   우리 몽짜는 외눈박이에 코가 없고 콧구멍만 눈 위로 붙었으며
　　　　눈 아래에 입이 있고 그 밑에 귀가 있었습니다. 인중은 없었지요.
　　　　그래서 젖도 못 빨지요. 담당 의사 말로는 홀로텔렌세팔리에다가
　　　　아멜리아를 동반했답니다. 무슨 뜻이냐고 물으니까…….

의사   전종뇌증 환자인 데다가 아멜리아를 수반했습니다.
　　　　전종뇌증이란 얼굴 중간 배엽에 이상이 생긴 거고 아멜리아란
　　　　팔이 있을 자리에 손이 붙었다는 겁니다.

사내   이러한 기형은 대개 치사적이어서 신생아기에 대부분 사망하거나
　　　　사산되지만 그 정도가 약하면 소아 시절까지도 살 수가 있다는
　　　　겁니다. 우리 몽짜는 불행하게도 건강한 편이었죠.

의사   중뇌와 소뇌 및 뇌간은 비교적 잘 유지되어 있기 때문에
　　　　4~5세까지 살 수 있지 않겠느냐…… 조심스럽지만 그렇게
　　　　추정됩니다.

사내   원인이 뭡니까?

의사   발생 원인은 다른 기형도 마찬가집니다만 구체적으로
　　　　규명되지 않고 있습니다. 의학적으로 더 연구해야 될
　　　　부분입니다. 우선 산모가 살리도마이드라는 수면제를
　　　　항용해왔는가라는 점이 의심스럽습니다. 또한 유전자, 즉
　　　　염색체 이상이 가계에 있지 않았는가. 그 외에도 마약, 감기,
　　　　바이러스 감염, 풍진 등을 꼽을 수 있습니다. (퇴장)

사내 의사한테서 미리 소상히 설명을 듣고 각오도 해봤습니다만
그 녀석을 처음 보는 순간…… 안 되더라구요. 하느님의
저주였습니다. 오래 살 것 같더라니까요. 네댓 살이 아니라 환갑
진갑까지도 살 것 같았죠. 못된 것이 오래가고 추한 것이 질기지
않습니까?

처가 환자복 차림에 병원용 휠체어를 타고 등장한다.
사내, 처에게로 가 휠체어를 밀어준다.
병원 복도를 가고 있다.
효과음이 들린다.
"권홍길 선생님, 권홍길 선생님. 신경정신과 중환자실로 급히 가주시기
바랍니다. 송광림 선생님, 송광림 선생님. 제2병동 712호실로 급히
가주시기 바랍니다."

처 이뻐요?

사내 그럼 이쁘고말고. (관객에게) 처한텐 일단 속이기로 했습니다.
간호사한테도 그리 일러두었지요.

처 누굴 닮았어요?

사내 날 닮았던데.

처 그래요? 그럼…….

사내 늠늠하고 호방형이지.

처 거짓말. 무슨 애기가 벌써 그럴라구.

사내 백문이 불여일견이라. 일단 보시라니까.

처 어디예요?

사내 저 끄트머리야. 신생아실이.

처	학교는요?
사내	까짓거 학교가 문제야. 마나님께서 아드님을 무 뽑듯 쭈욱. 교장께 말씀드렸어. 일주일간 휴가.
처	좋은 학교예요.
사내	아암. 평소 열심히 근무한 덕분이지.
처	우리 집에 연락했어요?
사내	응.
처	근데 왜 엄마가 안 오시죠?
사내	아냐. 왔다 가셨어. 아까 당신 잠잘 적에.
처	어어, 잠잔 적이 없는데.
사내	아냐. 아까 깜박했어.
처	애기도 보시구요?
사내	응, 이쁘대.
처	언제 또 오신대요?
사내	불편하신가 봐. 인대가 늘어났대.
처	아, 예. 언제 퇴원하래요?
사내	일주일쯤?
처	순산인데 왜 그리 길어요?
사내	밑두리콧두리 캐묻긴. 병원에서 푹 좀 쉬라구. 산후조릴 잘해야지. (관객에게) 겨울치곤 청명한 날씨였어요. 대나무 빗자루를 일렬로 거꾸로 박은 듯한 가로수가 복도 창문을 통해 보였지요. 창밖은 평화스러웠습니다. (처에게) 저기 쟤야.
처	어머. 막 움직이네.
사내	이쁘지?
처	담당 간호사 스타킹 좀 사주세요. 바뀔 적도 있대요. 뒷갈망을

잘해야 된다구요.

사내   그러지.

처   안아보면 안 돼요?

사내   체중 미달이래. 인큐베이터 속에서 얼마간 있어야 된다나 봐.

처   얼마나요?

사내   글쎄, 보름쯤? ……가자고.

처   잠깐만요.

사내   왜, 또 시를 쓰게?

사내, 무대 중앙으로 온다.

처는 서서히 퇴장.

사내   처갓집 식구들이 왔을 때가 무척 곤혹스러웠습니다. 눈시울이
붉어지면 복도에 나가 실컷 울고, 들어와서는 태연한 척 연기를
해야 했죠. 처는 틈만 나면 아기 보러 가재지, 저는 그때마다
미리 찍어둔 뒤 집 애기를 보여주며 거짓 웃음을 팔아야지,
몽짜는 집채만 한 그물로 투망질해 오고 있는데 전 어어어어
하며 그저 뒷걸음질만 칠 뿐.
정공법을 택해 아내에게 사실대로 알려야 할지, 미리 제 선에서
죽인 다음 잘못되어 죽었노라고 위로조로 나가야 할지, 될 대로
되라는 식으로 방임조로 끝까지 흘러가는 시간에 맡겨야 할지.
그날도 큰맘먹고 병원에 갔었지만 아무 결정도 내리지 못하고
전날처럼 허겁지겁 뛰쳐나왔습니다. 나온 즉시 포장마차로
달려가 소주를 콜라 잔으로 네댓 잔 퍼댔지요. ……그때가 우리
몽짜가 태어난 지 3, 4일 정도 지났을 겁니다. 병원 복도에

고주망태가 되어 쭈그려 앉아 있는데 담당 간호사와 마주치게
되었습니다.

간호사, 손에 차트를 들고 등장.

사내　　　안녕하십니까.

간호사　　(그냥 지나치려다가) 아, 예. 힘드시죠?

사내　　　예.

간호사　　어떻게……?

사내　　　글쎄요.

간호사　　그럼 이만.

사내　　　저어…… 굉장히 바쁘신가 부죠?

간호사　　말씀하시지요.

사내　　　병원 측에선 어떻게 해주지 않나요?

간호사　　살리는 것이 병원의 임무입니다.

사내　　　(버럭 소리) 그야 알죠. 무슨 방법이 없겠습니까?

간호사　　글쎄요. 무슨 뜻인지?

사내　　　솔직히 죽이고 싶습니다. (관객에게) 그랬더니 간호사는
　　　　　암팡스럽게도 씨익 웃는 것이 아니겠습니까. 처음엔 댁 혼자
　　　　　알아서 하라는 식으로 딱 잡아떼더니 나중엔 제가 안돼
　　　　　보였던지.

간호사　　뭘 망설이세요. 퇴원시키세요. 당장 오늘이라도.

사내　　　그러고선?

간호사　　아무것도 멕이지 말고 2, 3일만 그대로 두세요.

사내　　　아, 예.

간호사	특히 그 아인 인큐베이터 속에 있었기 때문에 찬공기를 쐬게
	되면 더욱 빨리 원하시는 대로 될 겁니다. 그럼 이만. (돌아서서
	걷는다.)
사내	(쫓아가며) 퇴원은 마음대로 시켜주나요?
간호사	(멈춘 채) 그럼요.
사내	고맙습니다. (관객에게) 아내 곁에 와서 밤새 곰곰이
	생각해봤습니다. 도무지 할 짓이 못 되더군요. 생명은 생명
	아닙니까? 다음 날 간호사를 봤을 때 못 하겠노라고, 그렇게
	말했습니다. 이런 방법을 알려주더군요.
간호사	해외 입양 건이 있긴 있습니다. 외국엔 기형아만을 골라 받는
	단체가 있거든요.
사내	아, 그게 좋겠네요.
간호사	다른 방법은 없어요.
사내	하지만 보호자가 원할 경우에 한해 연구 재료 같은 것으로
	받아주진 않나요?
간호사	병원에서요?
사내	예.
간호사	산 사람을 어떻게 재료로 쓰겠어요?
사내	그래도 보호자가 아주 딱한 사정이라면.
간호사	물론 인큐베이터에 연결된 베이직 튜브만 빼버리면 신생아는
	죽지요.
사내	글쎄, 그런 방법 말입니다.
간호사	안 될 거예요. 전에는 그런 적이 가끔 있었다고 해요. 아주
	딱한 경우에 한해. 그런데 몇 년 전에 산모가 하두 사정을 해서
	그리 처리를 했는데 나중에 산모가 고소를 해서 그 병원이

망했답니다.

사내   결국 해외 입양시키는 방법이 제일 상책이겠군요.

간호사   그렇겠죠.

사내   수속이 복잡하지 않나요?

간호사   간단해요. 동의서만 작성하면 되니까.

사내   그런 케이스는 더러 있구요?

간호사   알아봐야죠.

사내   꼭 좀 어떻게든.

간호사   과장님한테 잘 말씀드려볼게요. 어려울지도 몰라요. 부탁하는
               사람이 적잖거든요. (퇴장)

사내   그렇겠죠. (관객에게) 흐음, 다음 날 그 간호사를 만나 안
               받겠다는 걸 억지로 3만 원을 쥐여주었습니다. 수고가 많노라고.
               그다음 날 알아보니 아직 자리가 없다는 거예요. 하지만
               가능성은 보인다고. 그날 다시 5만 원을 더 주었습니다. 당시 제
               월급이 8, 9만 원 할 땝니다. 눈물이 나더군요. 화장터에서도
               돈을 줘야 다른 사람의 뼛가루와 섞이지 않고 잘 빻을 수
               있다 듯이 죽는 마당에서도 돈이구나 생각하니……. 그다음
               날 알아보니 드디어 내정이 됐다고 하더군요. 옳다구나, 저는
               기뻐서 어쩔 줄을 몰랐습니다. 간호사한테 이 은혜는 평생
               잊지 않겠노라고 연신 머릴 조아렸지요. 그런 흡족한 마음으로
               아내 병상에 걸터앉아 어둠 속에 잠들어 있는 서울 야경을
               보았습니다. 휘황찬란한 오색 등불이 사진에서 본 여느 외국
               도시 못지않았습니다. 전 그 이색 지대에 혼자 떨궈진 이방인
               같았구요. 가끔씩 잉오잉오 하는 구급차 소리가 정적을 깨곤
               하였습니다. 야경을 보려 한 것이 아니었습니다. 막상 입양 건이

뜻대로 되고 보니, 그런다고 살인죄가 어디로 가는 줄 아느냐, 니가 받은 벌을 누구에게 미루려 하느냐, 돈을 주고 자식 목숨 내놓는 놈이 세상에 어디 있겠느냐……. 생매장시키는 것보다 더 무서운 일 같았습니다. 비겁하고 능갈치고 졸렬하고. 저는 결정을 내렸습니다. 제 자식을 절대로 남의 손에 넘길 수는 없다고.

순간, 암전.
어린 시절의 회상 장면이다.
수녀복 차림의 원장에게만 핀 라이트.
원장 수녀의 손엔 죽은 닭이 들려 있다.
축 늘어진 채로.

사내	(어둠 속에서 어린 목소리로) 원장 수녀님, 잘못했습니다. 다시는 안 그럴게요.
원장	어서 대답해보아.
사내	제 배고픔만을 생각하고 이기적으로 행동했습니다.
원장	아니다.
사내	친구들을 꼬드겨 나쁜 일에 앞장선 것이 제일 큰 죄입니다.
원장	아니다.
사내	원장 수녀님의 말씀을 어기고 또 규칙을 어겼습니다.
원장	아니다.
사내	제 배고픔 때문에 한 생명을 죽였습니다.
원장	재규야.
사내	예.

원장	이번이 네 번째다. 그렇지?
사내	예. 잘못했습니다.
원장	너를 이 광 속에 가두어 벌을 주려는 것이 다른 데에 있지 않다. 닭이 아까워서가 아니다. 이 닭을 팔아 양식을 못 사서도 아니고. 니가 배고프다 해서 어찌 닭의 목을 비틀어 모질게 죽이고 털을 뽑고 속 창자를 긁어내서 구워 먹을 수가 있단 말이냐. 너만 할 때 나비랑 잠자리가 어떻게 신비스럽게 날아다니는지, 나무랑 꽃들이 얼마나 이쁜지, 그런 마음으로 자라야 된다. 명심해서 들어보아.
사내	예.
원장	예수께서 길을 가시다가 태어나면서부터 눈먼 소경을 만나셨다. 제자들이 물었다. "예수님. 저 사람이 소경으로 태어난 것은 누구의 죄입니까. 자기 죄입니까, 그 부모의 죄입니까." 예수께서 이렇게 대답하셨다. "자기 죄 탓도 부모의 죄 탓도 아니다. 다만 저 사람에게서 하느님의 권능을 보여주기 위함이다." 재규야, 잘 생각해보아라. 이때 하느님의 권능이란 무슨 뜻이더냐? 이 광 속에서 눈을 감고 그 답을 생각해보아라. 바른 답이 나오거든 그때 소릴 질러 내게 알리거라. (퇴장)
사내	원장 수녀님. 원장 수녀님.

원래의 조명으로 돌아온다.
사내, 물을 한 모금 마신다.

사내	죄를 짓게 되면 네 번 짓게 된답니다. 죄를 짓고,

죄를 반복하고,

탄로 나면 변명하고,

종국엔 남에게 전가하고……

그래도 토를 달게 되는 것은

죄 많은 인간이기 때문일 거예요.

바람이 까닭도 없이 스쳐 지나가듯.

사이.

처한테는 급히 좀 다녀와야 할 데가 있다고, 2, 3일쯤 걸릴
거라고 일러두고는 퇴원 수속을 밟았습니다. 의사가 그러더군요.
지금 퇴원시키면 죽는다고. 알고 있다고 했습니다. 간호사는
영문을 몰라 어리벙벙해 있구요. 그 안면에 대고 소리치고
싶었습니다. 이 황재규는 단 하루를 살더라도 더럽게 살고
싶지는 않다고. 떳떳하고 용감하게 살고 싶다고.
품에 안기자 킥킥킥 늘키더군요. 우리 몽짜도 제 손에 들어가면
죽으리란 것을 알았던 모양이에요. 그날 함박눈이 야나치게
내렸습니다. 크리스마스 전전날쯤 될 거예요. 지나는 길목마다
징글벨이 울리고 산타클로스가 나타났습니다. '제길헐, 이
자식 좀 부활되었으면…….' 집에 도착하니 아기가 다시 울기
시작하더군요. 되도록 그놈의 얼굴을 안 봤습니다. 솜이불로
아기를 돌돌 말아 벽장에다 처박았습니다. 가방을 챙겨 가지고
나왔습니다. 장항선을 타고 대천에서 내렸지요. 겨울 바다……
좋더군요. 3일 예정으로 갔지만 하루 만에 올라와버리고
말았습니다. 일률적인 파도의 반복이 시간을 더욱 더디게 하는

것 같아서요. 파도를 보고 있노라면 시간은 가만히 있고 파도만
부서지는 것이었습니다. 서울에 도착해서 바로 집으로 가려
했습니다. 아무 버스나 타고 종점에 내려 술집을 찾아갔지요.
종점에는 무슨 술집이고 있게 마련이거든요. 들입다 마셨습니다.
2차로 매미집에 가서 또 한 차례 퍼마셨지요.

사내, 술에 취해 흥얼거린다.
술집 여자와 하냥 어울려 한바탕 놀아제낀다.
젓가락으로 박자도 맞추며 익살스러운 동작으로 춤도 추고 노래도 한다.
뭔가 잊어보자는 심사다.

사내   ……그날이 바로 크리스마스였죠. 동창이 밝자 술집을 빠져
          나왔습니다. 집으로 부랴부랴 달려갔지요. 이젠 죽었겠지.
          분명히 죽었을 거야. 숨 막혀 죽었든가 배곯아 죽었든가 추워서
          죽었든가 어떻게든 죽어 있겠지. 그런데 이게 웬일입니까.
          벽장 속에 있어야 할 아기가 아랫목에 두꺼운 솜이불을 깔고
          누워 있는 게 아닙니까. 방도 따끈따끈하고요. 기가 막힐
          노릇이었습니다. '누가 왔다 갔나? 장모가? 처조카가?'

사내가 아기의 목을 조르려는데 처가 사내를 떠다민다.
그 바람에 처가 들고 있던 큰 봉투가 바닥에 떨어지면서 분유 통 등
유아 식품이 너절하게 깔린다. 처가 그것을 봉투에 주워 담는다.

사내   어떻게 된 거야?
처   다 알아요.

사내	언제 퇴원했어?
처	직감이죠. (젖병에 분유를 넣어 흔든 다음 다시 사발에 쏟는다.) 다들 이상했어요. 엄마나 동생도 이상하게 날 외면하고.
사내	병원에서 다 말해줬어?
처	(분유를 숟가락으로 떠서 아기에게 먹이며) 이 녀석은 인중이 없어서 떠멕여야 해요. 그래도 곧잘 받아먹더라구요. 이 봐요. 배고팠나 봐요. 호호호. 까꿍. 에롱에롱. 곧 놀소리도 힐 거예요. 아침에 병원에 댕겨왔어요.
사내	병원에? 앨 데리고?
처	건강하대요. 한번은 친구 딸이 백일이라 대학 동창끼리 우르르 몰려갔었는데, 왜 백일이면 그 아기한테 뭐라고 한마디씩 칭찬해야 되잖아요. '어휴 이쁘다. 공주 같다. 크면 남자깨나 홀리겠는데.' 할 말이 있어야죠. 내가 보기에도 아기치고 그렇게 못생긴 앤 처음이었어요. 하다못해 발이라도 잘생겼으면 '발 좀봐라 얘. 두툼한 게 복발이다 얘.' 어떡해요. 서로들 쳐다보며 옹색해하길래 내가 친구한테 이랬죠. "장군 같다 얘." 와락 웃음이 터졌죠. 여자애한테 장군 같다니……. 우리 친구들이 오면 뭐라고 말들 할지 그게 궁금해요. 백일을 안 쇨 수도 없고. 이름은 뭐라고 짓죠?
사내	키울 작정이야?
처	죽일 작정이세요?
사내	…….
처	(울먹이며) 저주예요. 저주.
사내	진정하구려.

처	하느님이 내게 주신 천벌이라구요.
사내	여보. 죄가 있다면 그건 운명이야. (관객에게) 다른 것은 둘째치고라도 자기 몸에서 이런 흉측한 것이 나왔다는 데에 대한 몸부림은 정말 무서운 것이었습니다.
처	내 탓이에요. 내 탓.
사내	책임지는 건 우리지만 사는 건 얘라니까. 키워놓으면 철학이나 종교를 통해 스스로 지 삶을 개척해나갈 거라고 반문하고 싶겠지. 얜 달라.
처	여보란 듯이 키울 거예요.
사내	키울 수 없어.
처	무슨 뜻이죠?
사내	우리가 키울 수 없는 애를 누가 대신 키워줘.
처	대단한 용기시군요.
사내	빈정거리지 말어. 나도 이 자식 애비야. 천륜도 알고 법도 알고 양심도 있다구. 이것 봐. 법에서 이것을 살인이다 하니까 죄의식도 느끼고 양심적인 가책도 느끼는 거야. 양심을 먼저 느끼고 법을 생각해보자구. 별것도 아니야. 어디 애가 흉측해서 못 키우나? 젖 주기가 무서워서 못 키우는 거야? 부모라면 절대로 키울 수 없다고. 왜? 사랑하니까.
처	길게 말하고 싶지 않아요.
사내	나도 그래. 결론을 냅시다.
처	내보시죠.
사내	끌면 끌수록 아파.
처	키울 거예요.
사내	못 키워.

처	누구 맘대로.
사내	내 맘대로.
처	뭐예요? (소리 없는 악다구니. 마치 화면은 나오고 음량은 없는 TV 모습.)
사내	(관객에게) 끝까지 맞서기가 싫었습니다. 그런 문제는 시간이 지나야 해결되기도 하고요. 이틀이 지났습니다. 서로 아무 말도 없었죠. 아내는 온종일 성당에 나가 빌었고 전 대가릴 벽에 기대고 하염없이 우리 몽짜만 지켜보고. 더 이상 견딜 수가 없었습니다. (처에게) 앤 지금 병원에 데려간다 해도 얼마 못 살아.
처	사는 데까지 살리는 거예요. 멀쩡한 다른 애들처럼 사랑하면서.
사내	당신은 걸핏하면 이놈이 우리의 천벌에서 왔다는데 왜 이놈까지 그 천벌에 처박아야 돼. 만약에 당신 말대로 하느님이 정녕코 우리에게 내린 천벌이라고 한다면 우리 둘만 그것을 걸머져야 할 거야. 이 녀석한테까지 지고 가라 할 순 없어. 이놈은 아무 죄도 없잖아, 안 그래?
처	결과란 늘 나에게 머무는 하느님의 복음이며 명령이에요.
사내	중요한 건 마음이야. 살아가는 자세고.
처	당신이 애를…… 죽일 수 있을 것 같아요?
사내	아암.
처	그런 다음에는요?
사내	나야 어딜 가서 빌겠어. 그렇다고 시침 뚝 떼고 아무 일도 없었던 것처럼 편케 살 배짱도 없고.
처	그럼 당신은 자수해서 옥살일 하고 난 여기 남아 옥바라지하고요?
사내	같이 하든가.

처	옥살인 아무 위안도 안 줘요, 내게는.
사내	그럼 내가 나올 때까지 어디 깊숙한 기도처를 잡아보든가.
처	오래 살까요?
사내	누가? 얘? 나?
처	당신 말예요. 내가 알아봤어요. 3, 4년쯤 살 거래요.
사내	그렇게나 길어?
처	사진까지 찍어뒀어요.
사내	…….
처	(턱으로 가리킨다.) 법정에 제시하면 흉측한 정도에 따라 정상 참작을 해줄 거예요. 잘하면 1, 2년도 가능하구.
사내	당신도 내 식이었군그래.
처	여보, 날 사랑하죠?
사내	아암.
처	죽도록?
사내	(관객에게) 아내는 애초부터 제 말을 수용하고 있었는지도 모릅니다. 그날 밤 우린 마주 앉았습니다. 문풍지 떨리는 스산한 방에 아기를 가운데 놓고. 제의는 아내 식을 좇기로 했죠.

마주 앉는다.
조명 대신 촛불.

찬송가를 부른다. 효과음으로 처리해도 좋다.
"하느님이 몸소 그들의 눈에서
모든 눈물을 닦아주시리니
다시는 죽음이 없고

슬픔도 울부짖음도 고통도 없으리라.

고통도 없으리라.

하느님이 몸소 그들의 손에서

모든 환난을 거둬주시리니

다시는 주림이 없고

피로도 거짓 다툼도 불화도 없으리라.

불화도 없으리라.

하느님이 몸소 그들의 맘에서

모든 번민을 씻어주시리니

다시는 불안이 없고

신음도 안타까움도 절망도 없으리라.

절망도 없으리라."

사내, 성수로 손을 닦는다.

처가 묵주를 성경에 대었다가 자신의 입에 대었다가 사내의 입에 댄 후
아기의 목에 걸어준다.

처   모든 눈물을 그 눈에서 씻기시매 다시 사망이 없고 애통하는
        것과 아픈 것이 있지 아니하리라. 그것은 처음 것들이 다
        지나갔음이라. 이제 세세토록 살아 있어 사망과 음부의 열쇠를
        가졌노니 그러므로 네 본 것과 이제 있는 장차 될 일을 가짐이라.

        사내, 목 졸라 죽인다.

처	아버지!
사내	(관객에게) 촛불이 살랑살랑 바람에 흩날렸습니다. 몽짜는 그의 고통을 말해주듯 한 줄기 눈물을 길게 남기고 있었습니다. 다음 날 몽짜를 홑이불에 꽁꽁 싸 가방에 넣고 집을 나섰습니다. 우리는 버스를 타고 강원도 신포리에서 내렸습니다. 기슭에 묶어놓은 나룻배를 타고 강 가운데로 나갔습니다. 달빛이 강물에 교교히 흘렀습니다. 우리는 아기를 꽃바구니 속에 뉘었습니다. 꽃바구니가 강물을 따라 흐르고 흘러 보이지 않게 될 때까지 우리의 두 손엔 파문이 일었습니다. 그리고 아기가 행복한 나라로 가주길 빌고 또 빌었습니다. 사람을 죽였다는 것은 죽였다는 사실만 남는 것이지 그 외의 아름다움 변명 같은 건 있어주질 않았습니다.

사내와 처가 나란히 길을 걷는다.

처	날씨가 꽤 쌀쌀하죠? 진짜 겨울이 왔나 봐요.
사내	무슨 소리야. 겨울 한복판인데. 만주 바람이 안 보여?
처	징글벨 소리도 울리구요.
사내	울렸다 벌써 갔다. 청소차 소리야.

다시 걷는다.
바람 소리 쌩쌩.

사내	저기까지 더 갔다 오지.
처	저 보초가 이상하게 생각하겠다. 아까부터 왔다 갔다.

사내 경찰서에 뭐 털러 온 놈인가 하고?

처 제일 먼저 무슨 얘길 할 거예요?

사내 "이래 봬도 이 몸이 자식을 죽인 놈이오." 형사들이 놀라겠지. 그러면 또 시시콜콜 다 설명해야 할 거야. 선은 이렇고 후는 이렇다.

처 후후후.

사내 장모님 말씀이 생각나누만.

처 무슨 말?

사내 둘이 결혼하면 삼재에 휘말려 화를 면치 못할 거라는 말.

처 괜한 으름장이었죠.

사내 맞나 봐.

처 치이. 그런 걸 믿으세요?

사내 자꾸 약해져.

처 돌아갈까요?

사내 집으로?

처 예. 방이 따뜻해요.

사내 별일이야.

처 ?

사내 옛날 생각이 다 나. 대학 시절.

처 후회하세요? 나랑 결혼한 거?

사내 당신에게 결혼하자고 했을 때 이런 생각을 했었지. 하기만 해봐라. 그 못된 고집 단박에 요절내버릴 테니.

처 걸핏하면 동갑내기라고 기어올랐거든?

사내 후후후.

처 생각나세요?

사내	뭐?
처	그때 당신이 잘 하던 말. 항상 평범한 사람이 되고 싶다고 했죠.
사내	거짓말이었어.
처	알아요. 그런 말 하는 사람들 대부분 비범을 꿈꾸거든.
사내	고등학교 선생 직함이 그 비범을 잠재워버렸지.
처	선생이 어때서요.
사내	길 가다가 양놈 지갑 주운 셈이야.
처	뭐가요?
사내	당신과의 결혼.
처	후후후.
사내	참 이상해. 중요한 고비 같아서 멋진 고별사를 하려 했는데.
처	(눈물이 주르륵) 기다릴게요. 기다리는 덴 선수잖아요.

서로 울먹인다.

강렬한 포옹.

암전.

어둠 속, 전화벨 소리.

용명되면

사내가 팬티 차림으로 나와 전화를 받는다.

침대 쪽에서는 경숙이가 화장을 하며 수화기를 들고 있다.

경숙	왜 이렇게 전화를 안 받아요?
사내	경숙이구나. 밤늦게 웬일이야?
경숙	주무셨어요?

사내	아니.
경숙	내가 틀어준 음악 지금까지 듣고 계셨어요?
사내	아니.
경숙	식사하셨어요?
사내	아니.
경숙	그럼 웬 잡년이 찾아왔어요?
사내	글쎄 왜 그래.
경숙	근데 왜 이리 전화를 늦게 받냐구요.
사내	아 참, 그걸 왜 물어.
경숙	궁금하잖아요. 얼마나 걱정했다구요.
사내	용건이 뭔데?
경숙	왜 늦게 받았냐니까요?
사내	꼭 대답해야 돼?
경숙	그래요.
사내	똥 눴다, 왜?
경숙	얼라. 아까도 한차례 댕겨오시더니. 세 번 이상이면 대장염 증세예요.
사내	정확히 세 번째다.
경숙	양은요?
사내	무슨 양?
경숙	똥 양요.
사내	너 맞을래, 죽을래?
경숙	헤헤헤. 뭐든 조심하라 이거예요. 봄 병아리 조색조색거리다가 콕 하면 그걸로 끝이라니까요.
사내	의사 양반. 댁한텐 관심거리가 미균, 세균, 잡균, 병균뿐이

없으시구만.

경숙   서방님.

사내   왜?

경숙   아빠가 방금 들어오셨거든요.

사내   그런데?

경숙   뭐라는 줄 아세요?

사내   다음에 만나서 얘기하자고.

경숙   "학원 강사랬지?" 예. "마음에 든대? 직장이?" 아뇨. "전공이 영어랬던가?" 예. 영어만큼은 최고예요. 아빠 좋은 자리 하나 주라아. 나이도 있는데. "내일 장롱 보기로 했다며?" 아빠도 나오시려고요? "솔직히 섭섭하긴 하다만 니가 어디 남이가." 아빠 열심히 살게요. 지금은 마음에 안 드실지 몰라도 사노라면 곧 바뀌실 거예요. ……선생님한테는 사람을 끄는 묘한 매력이 있거든요.

사내   매력?

경숙   예. 그게 뭘까 하고 곰곰이 생각해봤는데요……. 찾았어요. 멍한 눈!

사내   뭐?

경숙   아무튼 아빠가 방으로 들어가려다 말고 대뜸 뭐라는 줄 아세요? "일단 그쪽 사표부터 쓰라고 해. 그쪽도 정리할 시간이 필요할 테니까."

여보세요. 여보세요.

사내   듣고 있어.

경숙   왜 안 기쁘세요?

사내   전과자 얘긴 안 했지?

경숙   몰라요, 아실지도. 뒷조사를 다 해봤을 거예요. 알면서도 모르는

척. 생전 가도 왜 그랬지 하고 묻는 법이 없어요. 울 엄마 코

밑에 내복 단추만 한 흉터가 있거든요. 아직도 안 물어봤대요.

물어봤자 엄마 마음만 아플 거라면서.

사내   나 그냥 학원에 나갈래.

경숙   그러실 줄 알았어요. 이봐요, 황재규 선생. (신파조로) 비련의

사내는 낡은 아파트 골방에서 결핵으로 죽어가고 그 여자

친구는 부잣집 외동딸로서 정신적, 물질적 성원을 아끼지 않으나

사내는 끝내 거부하고 외로운 죽음의 길로 다가가는 것이었다.

사내   폐 끼치기 싫어서 그래.

경숙   초라해지는 것도 싫으실 테고. 아까 저한테 종돈 얘길 했었죠?

씨돼지가 오토바이만 탔다 하면 그건 줄 알고 신이 난다고. 그냥

습관대로 신나 한다고. 하지만 그건 모르는 거예요. 아닐 때도

있을 거 아녜요. 오토바이를 타고 가축병원으로 갈 수도 있고

도살장으로 끌려갈지도 모르잖아요. 김 아무개네 집으로 팔려 갈

수도 있고, 아니면 우량 돼지 선발 대회에 나갈 수도 있잖아요.

바로 그거예요. 이건 꼭 이거다가 아닌 거예요. 저는 선생님이

운명따라 골따라 그렇게 청승 떨며 사는 게 싫어요. 좌회전하는

거예요. 유(U)턴하는 거예요. 씨돼지가 오토바이를 탔다 해서 꼭

그 짓 하러 가는 것만은 아니잖아요.

사내   뭘 말하려는 거야.

경숙   선생님 과거지사가 이쯤 되고 보면 펼쳐질 미래가 뭐겠어요. 지은

죄의 밀린 이자 갚듯 고갤 떨구고 살아갈 거 아녜요. 제가 바라는

건, 그럴수록 독사 대가릴 하고 어깨에 힘 팍팍 주고 눈깔에 핏대

세우며, 새 인생을 살라 이거죠. 여기 미인이 있습니다. 미인이

멋진 옷을 입고 랄랄라 지나가는 것도 멋지지만 교통사고로 다리 한쪽이 절단됐는데도, 질질 짜지 않고 목발을 짚고 뙤약볕 속을 짤뚝짤뚝 걷고 있는 미인이 있다면, 이것 또한 아름답지 않은가 말입니다.

사내   그래 얘긴 고맙다. 하지만…….

경숙   선생님, 사랑해요. 당신의 모든 것을. 언젠가 엄마가 묻더라구요. 선생님을 얼만큼 좋아하내요. 쑥스러웠지만 말했죠. 선생님이 아파하는 것만큼 좋아한다구요. 선생님을 포기하면 얼만큼 아프겠내요. 선생님을 이만큼 사랑했다면 이만큼 아파할 거라고. 요만큼 사랑했으면 요만큼 아픈 거고.

사내   니 말처럼 과거에 묻혀 살아왔을지도 몰라. 그렇다고 앞으로 과거를 잊고 살 주접도 못 돼.

경숙   순진해서 그래요.

사내   너 까불래?

경숙   점점 나아지실 거예요. 이 박경숙이가 내버려두지도 않을 테니까. 내일 2시에 나오실 거죠?

사내   푹 자라. 아침에 다시 통화하구.

경숙   선생님아. 호호호.

사내   왜?

경숙   멍이 졌어요. 시퍼렇게. 양 허벅지에.

사내   왜?

경숙   아까 심하게 했나 봐요.

사내   …….

경숙   벌써 그리워져요, 당신이. 쪽!

경숙, 전화를 끊고 퇴장한다.

사내, 무대 전면으로 나온다.

사내   기실 니가 고아라면 좋겠다. 절름발이라도 좋겠고. 그러면 나와
　　　　어울리겠지. 마치 사탕 먹는 꼬마 녀석 얼리고 홀려서 단물만 쪽
　　　　빨아먹는 버러지 같아서 싫어.

메부수수한 차림의 최판동의 처가
보자기를 손에 들고 등장한다.

판동 처   마른반찬 쪼깨 담어 왔어라우. 깻잎무침을 봉깨로 재규 씨
　　　　생각이 나서 고쟁이도 제대로 못 입어불고 (웃으면서 치마를 슬쩍
　　　　올려 증명해 보인다.) 허천나게 달려왔소 안. 원체 좋아하싱깨로.
　　　　신체 강건하시지라우?

사내   예.

판동 처   댁내 무고하옵시고?

사내   혼잔데요 뭘. 이거 번번이 폐를 끼쳐 어쩌지요.

판동 처   폐는 무슨 놈의 폐요. 허는 길에 쪼까 더 혔다가 날상날상
　　　　나르기만 허면 되는디.

사내   왜 최판동이하고 같이 오시지 않고.

판동 처   사냥 갔어라우.

사내   아, 예.

판동 처   집에 붙어 있는 적이 없어라우. 담벼락에 대못으로 콱콱
　　　　박어분지면 물를까 갑갑증 땜새 한시도 진드감치 머물러 있질
　　　　않는단 말이요. 하루는 지가 그 양반헌티 "당신은 바람이요"

헝께 어뭉일 보다 말고 지를 빠히 쳐다본단 말이요. "해불
참이면 아그 밴 암소 눈 꾸벅꾸벅 뜸시로 나중에 되새김질허들
말고 시방 혀시쇼"허고 부애가 나서 한마디 혔더니 "조금 아까
뭐라고?"이러코롬 되묻는단 말이요. "당신이 바람이다 혔소"
그랑께로 허허 웃음서 하는 말이 걸작이지라우. "시적이군."
"뭣이다? 시적이라구라." 헤헤헤. 이 무식헌 년이 뭔느무 시적인
야글 허겄소. 다 지를 놀려묵자는 심산이제.

사내   집에 오면 별 얘기도 없죠? 최판동이 말입니다.

판동 처 넘들은 신혼도 있고 신방도 있다던디 지는 그런 거 물르고
         살았어라. 저 산 너머에 어떤 미친놈 미친년이 그리 살다
         갔는갑다 싶으요.

사내   의외인걸요.

판동 처 재규 씨헌티만은 끔찍혀지라우. 늘상 우리 재규 씨, 재규 씨. 재규
         씨 챙기는 것이사 새끼 예수 다름없지라우. 지한텐 야박하그가
         말로 다 형용할 수 없당깨라. 최고 야박한 게 뭔 줄 아시쇼 야?

사내   뭔데요?

판동 처 무관심이지라우. "나 옷 샀소." "그려?" "나 빠마혀부렀소."
         "그려?" "나 부애 나서 카바레 갔소." "허허. 그려? 누가
         거들떠보던감." 지가 옆에서 뽀닥뽀닥 혔싸도 어뭉이만 봄시로
         주인 없는 미소만 지을 뿐.

사내   어뭉이라니요?

판동 처 테레비요.

사내   아, 그래요?

판동 처 지가 지어부렀소. 뭔가 하날 남기고 가얄 틴디 배운 건 없고
         작가가 안 항깨로 에라 쌍, 지가 명명혀부렀소. (계면쩍은 웃음)

　　　　　　하냥 문예반였담서라우?

사내　　　예. 고등학교 때부터.

판동 처　　죽은 아줌씨도 시를 썼담서라?

사내　　　예. 전 옆에서 구경만 하고.

판동 처　　허문 핵교 댕길 때부텀 하냥 셋이서 싸돌아댕김서 시도 쓰고
　　　　　　노래도 하고 그래분졌소?

사내　　　예.

판동 처　　데모도 혀불고?

사내　　　예.

판동 처　　그때 난 뭘 혔는지. 시도 모르고 노래도 모르고, 그저 한 되면
　　　　　　셋이 먹고 두 되면 여섯이 먹는다, 장맛은 정성 맛 짠지 맛은
　　　　　　젓갈 맛, 소금은 요때 넣고 간장은 요때 넣어라. 부엌데기 수업만
　　　　　　죽신 나게 받았지라우. 지가 6남매 중 막낸디 나머진 싹수가
　　　　　　다들 좋아 대학까장 마쳤지만, 지는 어려서부텀 달리는 기차에
　　　　　　골통을 받친 년처럼 1 더하기 2…… 에엥? 3 빼기 3…… 에엥?
　　　　　　이랬는갑소.
　　　　　　하루는 아부지가 "판동이헌티 시집가분져라." "싫어라우."
　　　　　　"왜?" "옆집 귀례 씨가 좋아라우." "걔는 점순이허고 혼사
　　　　　　야그가 오가는디?" "둘이 헌 야그가 있어라우." "어허."
　　　　　　"싫어라우." "잔솔빼기 허들 말고 판동이헌티 가분져.
　　　　　　알아들어?" "그려도 귀례 씨가 좋아라우." "어허, 저런 싸가지
　　　　　　없는 년 봐라이. 앞으로 아부지헌티 한 번만 더 앙앙대면 저
　　　　　　꼬챙이로 마빡을 칵 조사불어잉." "야." "흠흠. 징한 것이로고."
　　　　　　마빡을 두서너 번이고 쪼시는 한이 있더라도 또박또박 우겼어야
　　　　　　혔는디. 안 조사부릴 양반도 아니시고.

사내	친정이 목포 갑부였다지요?
판동 처	야. 데모 주동자로 몰려 도망 왔소 안. 우리 집 장끼 만지던 그이를 살살 꼬드겨 쫌매줬지라우. 넘들도 이상한가 부요. 사장 남편과 무식쟁이 부인이 서로 맺찌가 잘 안 된다 그것이지요이.
사내	살아보니 어때요?
판동 처	물과 기름이지라우. 왜 배운 것들은 한 꺼풀 입히고 한 자락씩들 깔고 야글 허들 않는갑소 안? "똥 쌌냐" 소리를 "흐흠. 손 닦아라", "배고프다" 허면 될 것을 "시방 몇 신고?", "사랑하오" 직접 말허면 될 것을 "자꾸자꾸 내 인생을 맡기고 싶당깨라우"……. 속으로 속으로 썩을 년 뒈질 년 소릴 맨날 듣고 산다요. 얼라? 워매 워매. 이 정신 좀 봐라이. 갈 시간이 폴쎄 넘었구마는. (보따리를 챙긴다.)
사내	가시게요?
판동 처	예. 이 잡것은 그저 어디 앉기만 허면, 있는 주접 없는 주접 다 늘어놓는당깨라우. 이해허시쇼 야. 그랑깨 닭대가리라고 놀려 묵들 않소 안.
사내	무슨 말씀을.
판동 처	그나저나 재규 씨도 어여 좋은 색시 만나 새 장가를 가얄 텐디. 그저 집에는 훈기가 있어야 된다고들 안 허요. 죽은 아줌씨도 마음이 안 놓일 것이오. 그저 여자들은 살아서나 죽어서나 지 서방 뜨슨 밥 잡숫는 걸 최고로 삼응깨라. 자, 가볼께라우. (가려다 말고) 이상허지라우?
사내	뭐가요?
판동 처	혀도 되는지 모르겄소마는 지가 지 남편 지갑을 생전 가도 보는 법이 없는디, 하루는 봉깨로 죽은 아줌씨 사진이 주민증 꽂는

칸에 떡 있더란 말이요. 이상허지라우?

부분 암전.
최판동의 처, 퇴장한다.

사내   여보! 내 꿈도 있었지. 나를 닮은 자식을 낳아 좋은 아빠가
             되는 거. 그 녀석과 함께 이쪽저쪽 다니면서 맛있는 것도
             사주고 좋은 구경도 시켜주고. 내가 못 받은 사랑을 자식에게
             다 주었을 거야. 하지만 그 꿈은 포기했지. 당신이 그 엄청난
             고통을 치렀는데 어떻게 또 아기를 낳으라고 할 수 있겠어. 그저
             출소하면 당신의 응어리들을 풀어주며 당신과 함께 오손도손
             살리라 생각했었지.

처   (등장하며) 잊어버리세요.

사내   허허, 이 사람 참. 어떻게 그걸 잊어버릴 수가 있나?

처   용서하세요.

사내   오늘 방 청소를 깨끗이 했어. 내 마음속도 함께.

처   모르겠어요. 불구덩이든 어디든 그냥 날 내던지고 싶었어요.
             아차 싶었을 땐 이미 때가 늦었구요.

사내   몽짜를 죽인 죗값이 옥살이에서 끝나지 않고 당신한테까지
             이렇게 질기게 받아야 되는 건가……. 이런 식으로도 생각해봤어.

처   죄송해요. 살다 보면 이성이나 상식이 아닌 줄 알면서도 빠져들
             때가 있나 봐요.

사내   이해는 되지만 용납은 안 돼.

처   나도 그래요.

사내   쉽게 말하지 마. 난 지금까지 그 긴긴 날을 약 오르고 분한

마음에 밤잠을 설쳐왔어. 성이 덜 풀린 싸움꾼처럼 적개심을
불태워왔다구. 이놈은 배신자고 저년은 화냥년이다.

처   당신이 무슨 말을 한다고 해도 난 할 말이 없어요.
        난 죄인이에요.

사내   너희들은 인간쓰레기들이야. 내가 가장 곤경에 처해 있을 때 날
        배신한 연놈들이라고.

처   알아요. 충분히 알아요.

사내   알긴 뭘 알아. 당신이 내게 준 상처가 얼마나 컸고 그걸 이겨내는
        데 얼마나 많은 시간이 필요했는데. 남들이 편하게 학교를
        다닐 때도 난, 신문 배달, 우유 배달, 구두닦이, 막노동을 해야
        했다. 가는 곳마다 걸핏하면 의심받고 쫓겨나고 얻어맞고 도망
        다니면서도 마음속으로 뭐라고 다짐했는 줄 알아. '삐뚤어지지
        말자. 삐뚤어지지 말자' 이 한마디였어. 그래서 어렵게 대학
        공부도 마쳤고 직장도 이 보금자리도 얻었던 거야. 이젠 사람답게
        사는가 싶었지. 근데 어떤 미친년이 나타나 단숨에 날려보낸
        거야. 바르게 살려고 그렇게 노력을 했건마는 그 미친년은,
        삐뚤게 삐뚤어지게 살라고, 날 사지(死地)로 내몰았다니까.

처   그래요. 당신은 잡초예요. 그동안 무수히 밟혀왔어요. 나도
        짓밟았구요. 지금도 또 밟힐까 봐 두려워하고 있어요.

사내   그래, 당신이 날 짓밟았어. 당신들이 날 이렇게 망가뜨려놓았고.
        그런데 지금에 와선 짓밟은 거와 다시 일어서는 것은 별개다?

처   아암, 별개죠.

사내   밟혔기 때문에 못 일어나는데도?

처   여보. 쥐 탓이 아니에요.

사내   쥐구멍 탓이다? 쥐구멍을 안 메운 내 탓이다? 당신과 결혼을

잘못한 내 탓이다?

처   여보. 나를 여기에 불러낸 이유가 뭐예요. 나를 비난하기
       위해선가요? 왜 자꾸 다른 구실을 대세요. 당신이 그 결혼을
       꺼리는 이유가 뭐예요. 왜죠? 날 사랑해서? 그건 아니겠죠.
       증오심으로 꽉 차 있으니까. 아니면 나한테 미안해서? 그럴 수도
       있겠죠. 경숙이와 결혼해서 굉장히 행복하게 살게 된다면 나한테
       미안하겠죠. 오히려 내 앞에 무릎 꿇고 용서를 구할 날이 올지도
       모르겠죠. 하지만 그건 미래의 몫이니까 언급할 필요도 없을
       테고. 그럼 경숙이한테 또 밟힐까 봐? 그것도 아니겠죠. 사랑하고
       있으니까. 그렇다면 나와 최판동이처럼 살기는 싫다? 왜 당신이
       우리처럼 살아요. 다 다른데. 그럼 뭘까요? 당신이 가장 두려워하는
       게. 혹시 경숙이가 또 몽짜를 낳을까 봐? 이건가요? 안 하겠다는
       이유가 뭐예요? 괜히 증오 운운하면서 내 핑계 대지 말아요.
       당신은 당신 상처를 최소한으로 줄이기 위해 증오 타령, 배신
       타령만 하고 있어요.

사내   …….

처   (다정하게) 여보, 당신 이런 습관 있는 거 알아요?

사내   …….

처   당신은 대문을 나갈 때 꼭 왼발부터 나가더라구요. 하루도
       빠짐없이. 이젠 오른발부터 나가봐요. 당신의 피해 의식은 그
       차이예요.

       처가 퇴장한다.
       사내, 서성인다.
       물도 마시고, 음악도 틀었다가 끄고,

술을 마실까 하다가 말고,

담배를 피워 문다.

잠시 후,

무슨 결심이 선 듯 담뱃불을 끈다.

죄수복을 입는다.

심호흡을 하면 조명이 바뀐다.

재판 장면.

검사　　피고 황재규.

사내　　예.

검사　　피고인이 영아를 살해한 것은 1983년 12월 28일 새벽 두
　　　　시였죠?

사내　　예.

검사　　갑작스러운 충동으로 죽였나요?

사내　　아닙니다.

검사　　사전 계획이 있었군요.

사내　　예.

검사　　언제 살해를 계획했죠?

사내　　아기를 병원에서 데리고 나올 때부터였습니다.

검사　　살해하기 전에 의식을 치렀다고 했는데 이유가 뭡니까?

사내　　아내가 가톨릭 신자입니다.

검사　　잔인하다는 생각이 안 들었습니까?

사내　　아뇨.

검사　　그날은 피고인의 서른한 번째 생일이었죠?

사내　　예.

검사	무슨 이유라도 있었나요?
사내	없었습니다. 전 그날이 제 생일인 줄 구속된 뒤에 알았습니다.
검사	꽃바구니는 어디서 장만했습니까?
사내	……직접 만들었습니다.
검사	언제 만들었습니까? 살해하기 전이었나요, 후였나요?
사내	후였습니다.
검사	피고는 충남 부여 출생이죠?
사내	예.
검사	여섯 살 때 화재로 부모 형제를 잃고 경남 진해에 소재한 소망고아원에서 자랐죠?
사내	예.
검사	부모 밑에서 사랑을 받고 자란 보통 사람들과는 다른 비정상적인 삶이었죠?
사내	…….
검사	어찌 됐든 피고인은 부모의 따뜻한 사랑을 받지 못하고 고아로 자란 사실을 인정하죠?
사내	예.
검사	자신의 첫 아들인 영아를 자신의 손으로 목을 졸라 살해한 게 사랑했기 때문이라고 지금도 주장합니까?
사내	……예.
검사	피고는 천륜이 뭔지 압니까?
사내	압니다.
검사	만약에 둘째 아기도 기형아로 태어난다면 이번처럼 또 죽이겠습니까?
사내	…….

검사 (자리에서 일어난다.) 피고인은 천륜을 비웃기라도 하는 양 영아를 살해하는 끔찍한 상황에서도 죽음의 제전을 거행하고 시체를 꽃바구니에 넣어 강물에 띄웠습니다. 살해의 의미를 축소시키고 자기 합리화를 통해 죽음의 미화를 의도한 자가당착적 범행이며, 고아라는 비정상적 삶 속에서 쌓인 강렬한 파괴 본능으로 직계 비속의 목을 거침없이 조른 잔인하고 흉악한 살인인 것입니다. 본 검사는 피고인의 자식이 기형아였다는 점과 자수를 했다는 정상참작에도 불구하고

첫째, 살인할 의지나 죽여야 된다는 강박관념의 흥분 상태가 지속됐다는 점

둘째, 만용과 저주로서 인간 세계의 가치 질서를 파괴했다는 점

셋째, 생명 경시 풍조가 팽배해가는 세태에 경종을 울리기 위해서라도 확고한 법의 체계를 세워야 된다는 점에 주목, 피고 황재규를 형법 251조 영아살해죄 및 형법 161조 사체은닉죄를 적용하여 징역 7년을 구형합니다. (퇴장)

사내 (죄수복을 벗으며) 재판은 이상한 쪽으로 흘러갔지요. 마치 갑이 을을 총으로 쏴서 죽였다면 죽인 이유가 가장 중요할 텐데도 재판은 그렇지가 않았습니다. 어떤 옷을 입고, 쏘기 전에 무엇을 먹었으며, 한 발을 쏘았는가 두세 발을 쏘았는가, 쏜 다음의 자세는 어떠했으며 그 후론 어떤 옷으로 갈아입고 무엇을 먹고 어떻게 잤는가. 총을 쏜 자는 고아였는가 아니었는가. 전 아무것도 느낄 수가 없었습니다.

변호사 이 사진을 보아주시기 바랍니다. (기형아 사진) 전 이 사진을 보면서 변호사가 아닌, 아이를 기르고 있는 한 여자의 입장에서 제가 이런 아이를 낳았을 때를 상상해봤습니다. 저 역시도,

피고인과 같은 행동을 한 끝에 이 피고인 석에 서게 되고
말리라는 결론을 내렸습니다. 담당 검사는 본 사건을 인간의
가치 체계를 뒤흔든 잔악한 범행이라 규정지었습니다. 또한
제삼자가 볼 때는, 어찌 됐든 기형아의 출생은 피고인의
책임이고, 그렇기 때문에 무조건 키워야만 된다고 주장할 수
있습니다. 죽이는 것은 살인이고, 살인을 피하기 위해서라도
죽을 때까지 키워야만 하는 것이라고 강요할 수도 있습니다.
3, 4년만 꾹 참고 키우다 보면 저절로 해결될 문제를 왜
성급하게 그랬는가.

피고인은 이렇게 말했습니다. 그건 더 잔인한 예비 살인일 뿐,
용서받을 수 없는 죄악이라고.

그렇습니다. 자식이 죽어주기를 바라면서 키운다는 건
살해보다도 더욱 잔인한 예비 살인일 것입니다. 우리는 이런
경우에도 살인죄를 면하기 위해 죽을 때까지 키워야만 한다고
강요할 수 있겠습니까?

……누구에게나 올바른 길을 가려다가 뜻대로 되지 않는 경우가
있습니다. 그때는 다시 시작하는 겁니다. 피고인이 다시 시작할
수 있도록 관대한 처벌을 내려주시기 바랍니다. (퇴장)

사내   살아보면 묘하더라구요. 그땐 그게 아니었는데 지금 생각하면
그렇구나 하는 게 있구요, 또 어떤 건 그땐 그랬었는데 지금은
아닌 게 있구요.

정인수란 친구가 있었어요. 제가 학교 선생 할 때 같이 근무했던
수학 선생이었는데 뇌종양으로 죽었습니다. 부인의 간병이
대단했죠. 임신한 몸으로 약해대랴 수발들랴 살림하랴 틈만
나면 교회 가서 기도하랴.

318

벽제화장터에서 태웠습니다. 그때도 애 낳아 잘 기르겠다면서
다짐 다짐 하더라구요.

서너 달쯤 지났을 겁니다. 하루는 학교 선생들하고 당구를 치고
있는데 체육 선생이 들어오면서 "야! 정인수 처 말이야, 애 떼고
시집간대" 이래요. 그러니까 이쪽저쪽에서 "그러면 그렇지, 에라
이 잡년아, 새 놈 씨 만나거든 바람이나 피우지 말거라" 말들이
많이 나왔을 거 아닙니까.

얼마 뒤에 우연히 그 여자와 마주쳤어요. 종로 거리를 저는
가고 정인수 처는 이리 오고. 잠깐 얘기 좀 하재요. 다방에
들어갔습니다. 대뜸 "절 미워하시죠?" 그래서 그렇다고 했죠.
한참을 울먹입디다. 다른 손님들이 쳐다보고, 앞 여잘 먹고
차버린 불한당처럼 저를 보았을 겁니다.

비웃지 말래요. 당신네들이 뭘 아내요. 남편이 죽자 시어머닌
하나둘씩 남편 몫의 재산을 뺏어갔다. 주위에선 저것이 과연
일생 동안 수절할 수 있을까 호기심으로 지켜보고. 이기적인지
비약인진 몰라도 난 거기서 도망치고 싶었다. 누가 뭐래도 난
죽은 남편을 사랑한다. 하지만 내 자신도 사랑하고 싶다. 내
결심에 잘못이 있을지도 모른다. 그렇다고 당신들의 편안한
잣대로 재서야 되겠느냐. 남편 없이 두어 달을 사는 동안 난 그
잔상들과 싸워야 했다. 두어 달이 10년과도 같았다. 밥을 먹다
보면 남편이 배시식 웃으면서 다가와 "이거 먹어, 이거 먹어."
어어, 내 남편이 죽었는데…… 하고 보면 없고. 남편 품에 안겨
잠을 자다가 어어, 내 남편은 죽었는데…… 하고 보면 또 없고.
보이진 않고 잡히진 않고. 그래도 잔상은 살아 있어 늘 내 곁에
있고. 매일 남편 사랑을 확인하고, 정신 차려 생각하면 아닌

거고. 그 괴로움 속에 내가 지금 새 삶을 살겠다고 발버둥 치고
있다.

사이.

그때는 그 여자의 말이 별로 와 닿질 않았어요. 한 많은 사람 한
맺힌 얘기려니…… 요즘 들어 그 여자 얘기가 자꾸 떠올라요.

이때 처가 등장한다.

처   뜨거운 눈물을 길어 올리는
        나의 어부를 생각합니다.
        당신은 섬에서 외쳐 부르나
        내 음성은 작아서 그곳까지 닿을 수가 없어요.
        하염없이
        물결치는 방죽에 앉아
        당신이 헤엄쳐 나오기를 기다리고 있어요.
        함께 흘러갈 그 무엇을 찾기까지
        꽃이 지고 눈 내리는 세월마저도
        잊으려 해요.

처가 퇴장하면,

사내   해운대로 신혼여행을 갔을 때 바다를 보며 처가 쓴 거죠.
        '헤엄쳐 나오기를 기다리고 있다…….'

뭘 알고 쓴 걸까요? 지금은 흘러흘러 서낭당 죽은 고목 속에
묻어버린 옛애기가 돼버렸습니다.

사내, 전축 있는 데로 가서 음악을 튼다.
잔잔한 가락이 깔린다.
서성인다.
그 서성임에 박자가 있다.
이윽고,

사내   예수가 길을 가고 있었다. 태어나면서부터 소경인 자가 보였다.
제자가 물었다. 저건 누구의 죕니까. 자기 죕니까, 부모의 죕니까.
예수가 말했다. 누구의 죄도 아니다. 하느님의 권능을 드러내기
위함이다.
……그때의 권능이란 무엇을 의미하는 것일까요?

전화를 건다.

경숙이냐? 이 음악 좋다 야.

저자 소개

극작가 이만희(李萬喜, Lee Man-Hee)

1954. 7.	충남 대천 출생
1979. 2.	동국대학교 인도철학과 졸업
2000~2004	동덕여자대학교 문예창작학과 교수 재직
2005~현재	동국대학교 영상대학원 교수 재직

희곡 작품

1980	처녀비행
1989	문디
1990	그것은 목탁구멍 속의 작은 어둠이었습니다
1992	불 좀 꺼주세요
1993	돼지와 오토바이
1993	피고 지고 피고 지고
1996	아름다운 거리
1996	돌아서서 떠나라
1997	용띠 개띠
1998	암스테르담
1999	언니, 나야
2003	새 한 마리
2005	그래도 기차는 간다
2008	언덕을 넘어서 가자

2009	해가 져서 어둔 날에 옷 갈아입고 어디 가오
2010	그대를 속일지라도
2010	늙은 자전거
2018	가벼운 스님들

시나리오 작품

1998	약속(각본)
2003	보리울의 여름(각본)
2003	와일드카드(각본)
2004	아홉살 인생(각본)
2005	6월의 일기(각색)
2008	신기전(각본)
2009	거북이 달린다(각색)
2010	포화 속으로(이재한 공동 각본)
2010	사요나라 이츠카(각색)
2010	그대를 사랑합니다(각색)
2012	R2B 리턴 투 베이스(각색)
2013	박수건달(각색)
2014	피끓는 청춘(각색)
2016	제3의 사랑(이재한 공동 각본)
2016	인천상륙작전(이재한 공동 각본)

작품상 수상

1979	《동아일보》 장막 희곡상
1983	월간문학상

1990	삼성문예상
1990	서울연극제 희곡상
1991	백상예술상
1994	영희연극상
1996	동아연극상
1998	대산문학상
1999	한국희곡문학상
2004	춘사영화제 각본상

저서

『이만희 대표 희곡집』 — 도서출판 청맥, 1993

『이만희 희곡집』 I, II — 도서출판 월인, 1998

『와일드카드』(한국시나리오걸작선 101) — 커뮤니케이션북스, 2005

『그것은 목탁구멍 속의 작은 어둠이었습니다』(지만지 한국희곡선집) — 지만지, 2014

『피고 지고 피고 지고』(지만지 한국희곡선집) — 지만지, 2014

돌아서서 떠나라 이만희 희곡집 3

1판 1쇄 인쇄 2019년 6월 19일
1판 1쇄 발행 2019년 6월 29일

지은이 이만희
펴낸이 김영곤
펴낸곳 아르테

문학미디어사업부문 이사 신우섭
문학사업본부 본부장 원미선
문학콘텐츠팀 팀장 이정미
편집 김필균 김지현 허문선 김혜영 김연수
디자인 박란정 김영길
문학마케팅팀 정유선 임동렬 조윤선 배한진
문학영업팀 권장규 오서영
홍보팀장 이혜연 **제작팀장** 이영민

출판등록 2000년 5월 6일 제406-2003-061호
주소 (우 10881) 경기도 파주시 회동길 201(문발동)
대표전화 031-955-2100 **팩스** 031-955-2151

ISBN 978-89-509-8193-8 (04810)
      978-89-509-8195-2 (세트)